KB156398

압솔루트노 공장

Továrna na Absolutno

압솔루트노 공장

초판 1쇄 펴낸 날 / 2018년 1월 19일

지은이 • 카렐 차페크 | 옮긴이 • 김규진 | 펴낸이 • 임형욱 |
디자인 • 예민 | 영업 • 이다윗 |
펴낸곳 • 행복한책읽기 | 주소 • 서울시 종로구 명륜4길 5-2, 403호
전화 • 02-2277-9216,7 | 팩스 • 02-2277-8283 | E-mail • happysf@naver.com
인쇄 제본 • 동양인쇄주식회사 | 배본처 • 뱅크북(031-977-5953)
등록 • 2001년 2월 5일 제300-2014-27호 | ISBN 979-11-88502-01-1 03890
값 • 14,000원

* This book was published with a kind support of the Ministry of Culture of the Czech
  Republic.

압솔루트노 공장
Továrna na Absolutno

카렐 차페크 지음
김규진 옮김

"차페크는 전체주의 세계의 섬뜩한 미래를
예견한 소설들을 쓴 첫 유럽 작가다.
그의 문체는 매력적이고 심오하다." (밀란 쿤데라)

행복한책읽기

차례

| 일러두기 |

1. 작가의 부연 설명은 괄호 안에 묶었으며, 역자의 주석은 작은 괄호 안에 묶어 본문에 함께 넣었다.
2. 이 책의 한국어 번역은 체코 문화부가 주관하는 "체코문학 해외번역" 프로그램의 지원을 받아 이루어졌다.

1943년 새해 첫날 —메아스(MEAS)공장의 회장 본디 (G.H. Bondy)는 평상시와 같이 신문을 읽고 있었다. 그는 약간은 경멸스럽게 전쟁기사는 제쳐두고, 정부 내각의 위기에 대한 기사도 피해가며, 국가 경제난을 살펴보기 위해 모든 돛을 한껏 펼쳤다. (왜냐하면 인민일보는 오래전에 그 크기를 다섯 배로 늘여서 바다를 항해할 정도로 충분히 넓었다.) 그는 여기서 충분히 순항을 하고나서, 돛을 걷고 몽상에 몸을 맡겼다.

"석탄의 위기." 그는 자신에게 말했다. "지하광산의 고갈, 오스트라바 분지는 몇 년째 일이 없다. 이는 완전한 재난이야. 우리는 실레지아 상류지방의 석탄을 수입해야 한다. 자, 제발 우리의 생산가에 무엇을 더 보태야 할지 계산 좀 해보고 나서 경쟁에 대해 이야기를 해보세요! 우리는 곤경에 처해 있다. 만일 독일이 관세를 더 높인다면 우리는 회사 문을 닫아야 할 것이다. 외환은행은 내리막길을 갈 것이다. 오 맙소사, 상황이 얼마나 나쁜가! 상황이 얼마나 빠듯하고, 비참하고, 헛된가! 아, 빌어먹을 위기여!'

회장 본디는 잠시 멈칫했다. 뭔가 그를 안절부절 못하게 했다. 그는 내던진 신문의 마지막 페이지에서 그것을 찾을 때까지 신문을 뒤졌다. 그것은 LEZ라는 글자였다. 그것은 실제로 어떤 단어의 절반이었다. 왜냐하면 신문이 L자 앞에서 접혀 있었기 때문이다. 그것은 그에게 아주 특별하게 강요하는, 바로 그런 미온적인 타협이었다. "자, 좋아, 그것은 아마 ZELEZ일 거야." 본디는 모호하게 생각해보았다. "아니면 NELEZ. 아니면 NALEZ(찾음)." 질소산업의 배당금도 또한 내려갈 것이다. 무서운 경기침체. 상황은 너무 나빠서 어처구니없다. — 그러나 그건 난센스야, 누가 그런 것을 광고한단 말인가? 오히려 손해야. 그것은 틀림없이 손해야."

기분이 언짢아진 본디는 그 성가신 단어를 피하기 위

하여 신문을 펼쳤다. 그것은 체스판 같은 작은 광고란 속으로 사라졌다. 그는 다시 이 칼럼 저 칼럼으로부터 그것을 찾았다. 그러나 그것은 약을 올릴 정도로 교묘하게 숨어버렸다. 본디는 아래쪽부터 살피고 다시 오른 면까지 다시 시작하였다. 그 성가신 NALEZ라는 단어는 바로 거기에 있었다.

본디는 포기하지 않았다. 그는 다시 신문을 접었다. 이것 봐라, 눈에 띄지 않던 LEZ가 바로 가장자리에서 솟아올랐다. 그는 그곳을 손가락으로 누르고, 다시 빨리 신문을 펼쳤다. 그리고 발견했다. 본디는 조용히 저주를 하기 시작하였다. 그것은 아주 소박하고 매우 평범한 작은 광고였다.

〈찾음〉

모든 공장에
매우 수지가 맞고, 딱 어울리는 것,
개인적인 사정으로 즉각 판매함.
엔지니어 R. 마레크에 연락바람.
브르제브노프 거리 1651번지

"바로 이것이었단 말인가!" 본디는 생각에 잠겼다. "이따위 특허 받은 멜빵, 이따위 사기 치기나 미치광이 장난감 같은 것이라니, 내가 이것에 5분이나 소비했다니! 나 정말 미치겠네. 시시한 사건이야. 아무런 진전도 없고!"

본디 회장은 이제 이 시시한 사건의 고통으로부터 벗어나기 위하여 흔들의자에 몸을 맡겼다. 그래 맞아, 메아스(MEAS)는 10개의 공장을 가지고 있고, 3만 4천 명의 노동자를 갖고 있다. 메아스는 철강산업의 선도주자다. 메아스는 용광로분야에서 경쟁자가 없다. 메아스의 쇠파이프는 세계적으로 유명하다. 그러나 20년간의 업적이라면, 하나님 맙소사, 다른 곳에 더욱 더 큰 규모의 공장을 가질 수도 있으련만 ──

본디는 갑자기 자리를 잡았다. "엔지니어 마레크, 엔지니어 마레크! 잠깐, 이 자가 아마 그 붉은 머리털을 가진 자가 아닐까, 루돌프, 루데크 마레크, 그 공대출신 루다라고 불렀었지? 실제로 광고에 엔지니어 R. 마레크라고 있지 않는가. 루다, 너 이 자식 교활한 악마 같은 놈, 이게 가능할까? 불쌍한 녀석, 너 사업이 끝장난 모양이구나! '매우 수지 맞는 발명품'을 판다고? 하하, '개인적인 사정으로', 우린 그 개인적인 사정이란 것을 잘 알고 있지, 너 돈이 떨어졌다 이거지, 그렇지? 너 이상한 더러운 특허를 가지고 바보 같은 회사를 하나 잡아 보고 싶은 게지. 그래, 넌 언제나 세상을 뒤엎을 미친 생각을 가지곤 했었어. 아, 이 친구야, 우리들의 그 기발한 아이디어는 다 어디 있담! 우리들의 그 고결한 허풍쟁이 같은 젊은 시절이여!"

본디 회장은 다시 의자를 고쳐 앉았다. "아마 그가 마레크임에 틀림없을 거야." 그는 곰곰이 생각에 잠겼다. "그렇지만 마레크는 과학적인 두뇌를 가졌어. 조금은 떠벌이었지만, 그는 정말 천재적인 면이 있었어. 그는 아이디어가 풍부했어. 다른 한편으로는 그는 전혀 실용적인 친구가 아니었어. 사실 완전한 멍청이야. 그가 교수가 안 되었다는 게 정말 놀라운 일이군." 본디는 생각에 잠겼다. "지난 20년간 그를 본 적이 없지. 무슨 일을 하고 있었는지 하나님이나 알고 있겠지. 아마도 완전히 늙어버렸을 거야. 틀림없이 늙어버렸을 거야. 브르제브노프에서 살고 있다니, 불쌍한 녀석 같으니라고…… 발명품으로 살아가고 있다니! 말년이 안 좋군!"

본디는 몰락한 발명가의 곤궁을 상상했다. 그는 마치 영화에서처럼 주위에는 침울하고 종이로 뒤덮인 벽으로 둘러싸인, 무서울 정도로 무성하고 헝클어진 머리를 상상해봤다. 가구라고는 아무것도 없고, 구석에는 매트리스가 있고 책상 위에는 얼레로 만들어진 초라한 모델과 못들과 새까맣게 타버린 성냥이 있고, 더럽혀진 창문은 정원을 바라보고 있다. 이 말할 수 없는 가난 속으로 털가죽 점퍼 입은 방문객이 들이닥친다. "저는 당신의 발명품을 보러 오는 참입니다." 눈이 반쯤 먼 발명가는 옛 친구를 못 알아보고 털이 수북한 머리를 숙이며 겸손하게 인사를 하고 어디에 손님을 앉혀야 할지 살핀다. 그러고 나서 오 맙소사, 바싹 마르고 처량한 떨리는 손가락으로 그는 자신의 초라한 발명품, 뭔가 바보 같은 영구운동기계(永久運動機械)를 움직이도록 시도하고, 이건 분명히 작동해야 해, 만일, 만일 구입하기만 한다면 틀림없이 작동해야 할 거예요, 라고 떠듬거리며 중얼댄다. ── 털가죽 점퍼를 입은 방문객은 이 다락방을 자세히 살펴보고는 갑자기 가죽 지갑으로부터 천 코루나 지폐를, 그리고 또 천 코루나 지폐를 책상 위에 놓는다. ("이것으로 충분할 거야!" 본디는 스스로 놀란다.) 그리고 또 다시 세 번째로 일천 코루나를. ("한동안 일천 코루나면 살아가기에 충분할 테지." 본디는 뭔가 생각에 잠긴다.) "이것은…… 또 다음 일을 위해서. 마레크 씨, 아니오, 아니오, 당신은 아무런 부담을

질 필요 없어요. 뭐라고, 내가 누구라고요? 아무 상관없어요. 그저 당신의 친구라고 생각하시오."

본디는 이러한 그림에 무척 만족하고 감동을 받았다. "비서를 마레크한테 보내야지." 그는 자신에게 말했다. "지금 당장, 아니면 내일. 그럼 난 오늘 무엇을 한담? 오늘은 휴일이고, 난 공장에 가지 않을 거야. 나는 자유시간이야. ── 오, 이 사소한 일들! 하루 종일 별로 할 일도 없다! 오늘 내가 직접 가면 어떨까?──"

본디는 주저주저했다. 브르제브노프에 사는 이상한 친구의 궁핍을 보러 가는 것은 조금은 일종의 모험일 것이다. "좌우간 우리는 그런 친구였었지! 추억들도 나름대로 자신의 권리를 가지게 마련이야. 내가 직접 가야지!" 결단을 내리고 본디는 출발했다. 그의 자동차가 1651번지의 가장 가난한 집을 찾기 위하여 전 브르제브노프 지역을 돌아다닐 때 그는 지루함을 느꼈다. 경찰한테 물어봐야 했다. "마레크, 마레크." 경찰관은 기억 속에서 그를 찾아냈다. "그는 아마 믹소바거리 1651번지에서. 전구 공장을 하는 마레크 주식회사의 엔지니어 루돌프 마레크일 것입니다."

전구 공장이라!─본디 회장은 실망했다, 심지어 짜증

이 났다. 루다 마레크는 여기 다락방에 사는 게 아니야!
그는 공장장이고 '개인적인 사정으로' 발명품을 팔고 있
는 거야! 이 늙은이, 파산의 낌새가 나는 군, 그는 본디가
아니지. "마레크 씨가 어떻게 지내는지 모르십니까?" 그
는 벌써 자동차에 타면서 말이 나온 김에 경찰관에게 물
었다.

"오, 멋집니다!" 경찰관은 대답했다. "그분은 여기 멋
진 공장을 가지고 있습니다. 존경스러운 회사이지요." 시
골식 존경심을 가지고 덧붙였다. "부자 신사이지요." 한
번 더 명확하게 말했다. "배운 것도 많고요. 실험만 하지
요."

"믹소바 거리로!" 본디는 기사에게 명령했다.

"오른쪽으로 세 번째 거리입니다." 경찰관은 자동차
뒤에 대고 소리쳤다.

벌써 본디는 상당히 작은 공장에 딸린 익면의 집 초인
종을 눌렀다. "여기는 깨끗하고, 정원에는 작은 화단이 있
고, 벽에는 담쟁이가 있구먼. 흠." 본디는 속으로 말했다.
"이 지독한 마레크에게는 옛날부터 조금 인간적이고 개
혁적인 게 있었지." 그 순간 마레크, 루다 마레크가 직접
여기 계단으로 마중을 나온다. 그는 매우 여위었고 심각

해보였지만 어느 정도 기품이 있어 보였다. 루다가 옛날처럼 그렇게 젊지도 않고, 그 발명가처럼 지독하게 털이 무성하지도 않았고, 본디가 생각했던 것과는 완전히 다른 사람이었다는 게 본디에게는 이상했다. 오히려 알아보기도 어려웠다. 그러나 그가 실망을 완전히 느끼기도 전에 엔지니어 마레크는 손을 내밀며 조용히 말했다.

"자, 드디어 자네가 왔군, 본디! 난 자네를 기다리고 있었다네."

"난 자네를 기다리고 있었다네." 마레크는 되풀이 말하며 손님을 가죽 안락의자에 앉혔다.

본디는 이 초라한 발명가에 대한 자신의 환상을 결코 인정할 수가 없었을 것 같았다.

"자네도 알겠지만." 본디는 억지로 조금 기뻐하는 척하며 말했다. "이것 참 우연이군! 오늘 아침 난 갑자기 우리가 벌써 20년간 안 만났다는 생각이 들었어! 20년, 생각 좀 해봐, 루다!"

"흠." 마레크는 서둘러서 말했다. "자, 그래 자네가 내 발명품을 사고 싶다 이거지?"

"산다고?" 본디는 주저주저하며 말했다. "난 정말 모르겠는데…… 그건 생각조차 해보지 않았는데, 나는 그저 자네를 만나고 싶었어 그리고……"

"이봐, 그런 말 마!" 마레크는 그의 말을 멈추게 했다. "나는 자네가 올 거라는 걸 알고 있었어. 확실히 그런 물건을 가지러. 그런 발명품은 틀림없이 자네를 위한 것이네. 그것으로 많은 것을 만들 수 있어." 그는 손을 가로저으며 기침을 하고 침착하게 말했다. 자네에게 인계할 발명품은 왓트의 증기기관보다 더 많이 기술적으로 보상을 해줄 것을 의미하지. 간단히 그 본질을 설명한다면, 이론적으로 말해서 원자력의 완전한 이용에 관한 것이네……"

본디는 가만히 하품을 했다. "이것 봐, 지난 20년간 무엇을 하고 지냈는가?"

마레크는 약간 놀라서 쳐다보았다. "현대 과학은 물질, 즉 원자는 엄청난 수의 에너지 단위로 축적되었다는 것을 가르쳐주고 있지. 원자는 사실상 전기의 축적이지, 그건 가장 작은 전기 단위 일세 ──"

"그거 정말 흥미로운데." 본디 회장은 그의 말을 가로막았다. "자네도 알다시피 난 언제나 물리학에는 약하다네. 하지만, 자넨 아주 나빠 보이는 군, 마레크! 자네 어떻

게 하다가 이런 장난감에 도달하게 되었는가, —— 흠, 이런 공장에?'

"나 말인가? 완전히 우연이지. 나는 새로운 전구 필라멘트를 고안해냈지.——이건 아무것도 아니야, 난 이것을 아주 부수적으로 발견했지. 알다시피 난 벌써 20년간 물질의 연소를 연구하고 있네. 본디 자네가 말해보게나, 현대기술문명에서 가장 큰 문제가 뭐라고 생각하는지?'

"상거래." 회장은 말했다. "자네 결혼은 했지?'

"홀아비네." 마레크는 대답을 하고 혼란스러워 펄쩍 뛰어올랐다. "상거래가 아닐세, 이해하겠는가? 연소지! 물질 속에 있는 열에너지의 완전한 사용이지! 우리는 석탄으로부터 우리가 난방할 수 있는 것의 겨우 십만 분의 일만 난방할 수 있다는 것을 생각해 보게나! 무슨 말인지 알겠는가?'

"그래. 석탄은 매우 비싸지." 본디는 현명하게 대답했다. 마레크는 자리를 잡고 앉아서 흥분하여 말했다. "자네, 내 카뷰레터를 사러 오지 않았으면, 본디, 돌아가도 좋아."

"계속해 보게나." 회장은 아주 온순하게 말했다.

마레크는 손바닥으로 머리를 감쌌다. "20년간 나는 그것에만 매달려 연구했네." 그는 손바닥으로부터 머리를 빼내며 계속했다. "지금, 지금 누구든지 맨먼저 오는 사람한테 팔려고 했네! 이건 나의 어마어마한 꿈이지! 현재까지 있었던 가장 큰 발명품이네! 정말이네, 본디, 이건 정말 놀라운 물건이야."

"확실하지, 우리의 불행한 상황을 위해서." 본디는 동조했다.

"아니, 정말 놀라운 것이야. 자네가 원자 에너지를 하나도 남김없이 완전히 이용한다고 생각해봐!"

"아하." 회장은 말했다. "원자를 가열한다. 글쎄, 못할 거 없지. 루다, 자네 여기 멋진 것을, 작으나 멋진 장소를 가지고 있군. 자네 공장에 노동자가 몇 명인가?"

마레크는 그의 말을 듣지 않고 생각에 잠겨 말했다. "자네도 알다시피, 자네가 원하는 대로 부를 수 있어. 뭐 원자 에너지를 사용한다거나, 아니면 물질을 연소시킨다거나, 아니면 물질을 분열시키는 것, 무엇이든지 원하는 대로 부를 수 있어."

"나는 연소라는 용어가 좋아." 본디는 말했다. "그게 더 친밀하게 들리니까."

"하지만, 정확히 물질을 분열시키는 것이지. 알다시피,

전기를 내기 위하여 물질을 폭발시키지. 그리고 이 전기를 에너지로 연결시키지. 이해하겠어?"

"완전히 연결시킬 뿐이라!" 회장은 수긍했다.

"자, 이렇게 생각해봐, 두 마리 말이 온 힘을 다해 끈을 서로 반대편 양끝 쪽으로 당긴다고 생각해봐. 무엇이 일어날 것인지 알겠지?"

"아마 무슨 시합." 본디는 말했다.

"아니, 정지 상태. 말들은 당기지만 움직이지 못하지. 만일, 줄을 끊는다면—"

"—말들은 넘어지겠지." 본디는 열광적으로 소리쳤다.

"아니, 그들은 달리기 시작하지. 그들은 에너지를 방출하게 되지. 자, 잘 봐, 물질은 바로 그런 결합된 연결이지. 전자를 함께 결속하는 그 끈을 자르면, 그것들은……."

"……흩어지겠지."

"그렇지, 그러나 우리는 그것들을 잡아서 함께 얽매이게 하지. 이해하겠어? 아니면 이렇게 생각해 봐, 우리가 석탄으로 가열시킨다고 가정해봐. 그것으로 우리는 열을 조금 얻지, 그 외에도 재, 석탄가스와 그을음. 그래서 우리는 물질을 조금도 잃어버리지 않게 되지. 이해하겠어?"

"그래, 그런데 시가 한 대 안 피울 거야?"

"아니, 그러나 남겨진 물질은 아직도 많이 사용되지 않은 원자 에너지를 가지고 있지. 만일 우리가 모든 원자 에너지를 필요로 했다면, 우리는 또한 원자를 모두 이용해야 해. 간단히 말해, 물질은 모두 함께 사라질 거야."

"아, 이제 이해하겠네."

"그것은 마치 우리가 곡식을 대충 빻으면, 우리가 엷은 껍질을 빻고 나머지는 버리는 것과 같아, 마치 재를 버리듯이. 완전하게 빻으면 곡식 낱알로부터 아무것도 남지 않게 되지, 거의 아무것도. 알겠는가? 똑같이 완전히 연소시키면 물질로부터 아무것도 남지 않게 되지. 거의 아무것도. 완전히 빻아지고, 완전히 이용되지. 원래의 무로 돌아가게 되지. 알다시피, 물질이 전혀 존재하지 않으려면 엄청난 에너지를 필요로 해, 그 존재를 없애봐, 없어지도록 압력을 가해봐, 그렇게 함으로써 자넨 엄청난 에너지를 방출하게 돼. 바로 그거야, 본디."

"아, 그것 나쁘지 않은데."

"예컨대 플루거는 석탄 일 킬로그램이 23,000,000,000 칼로리를 포함하고 있다고 계산을 하지. 내 생각에는 그가 너무 침소봉대하는 것 같아."

"확실할 거야."

"난 이론적으로 7,000,000,000에 도달했지. 하지만 이는 일 킬로그램의 석탄을 완전히 연소시키면 적당한 크기의 공장을 수천 시간 가동시킬 수 있다는 것을 의미하지!"

"말도 안 되는 소리!" 본디는 소리치고 펄쩍 뛰어올랐다.

"나는 자네에게 정확한 시간을 말해줄 수는 없네. 나는 반 킬로그램의 석탄을 30 킬로그램의 압력을 가해서 벌써 6주 동안 태우고 있네. 이보게나, 그것은 아직도 진행 중이네. ……계속해서 ……계속해서 진행 중…….." 엔지니어는 속삭이고는 창백해졌다.

본디 회장은 당황한 가운데 마치 아이의 엉덩이 같은 부드럽고 둥근 자신의 턱수염을 쓰다듬었다. "내 말 좀 들어보게나, 마레크." 그는 주저주저하며 말하기 시작했다. "자넨 분명히 좀 지나치게 일을 한 것 같네.—"

마레크는 손을 내저었다. "아, 그건 아무것도 아닐세, 자네가 조금이나마 물리학에 대해 알고 있다면, 난 자네에게 연소가 일어나는 내 카뷰레터*를 설명하고 싶네만.

아시다시피 이건 높은 수준의 물리학의 한 장일세. 하지만 자네는 지하실에서 그것을 볼 수 있네. 나는 0.5킬로

그램의 석탄을 그 기계에 넣고 나서는 그것을 폐쇄시켰지, 그리고 증인들 앞에서 아무도 거기에 석탄을 더 넣지 못하게 공식적으로 봉하였다네. 가보게나, 가봐, 자 가보라고! 자넨 이를 잘 이해 못할 테지. 그러나 지하실로 가봐! 친구, 자 가보라고!"

"자네는 안 가고?" 본디는 놀라서 물었다.

"아니 나도 갈 거네. 이 봐 본디 거기서 너무 오래 머물지 말게나."

"왜?" 본디는 약간 의심스러워하면서 물었다.

"뭐, 그냥, 거기가 별로 건강에 안 좋을 거야. 문 바로 옆에 스위치가 있으니 전구를 켜. 지하실에서 나는 저 소리는 내 기계 소리가 아닐세. 그 기계는 아주 조용히, 지속적으로 냄새도 없이 작동하지……. 거기서 나는 웅웅하는 소리는 환풍기 소리일세. 자, 가봐. 난 여기서 기다

* 이는 엔지니어 마레크가 자신의 원자력 보일러에 붙인 이름이다. 물론 이는 매우 옳지 않다. 이는 엔지니어들이 라틴어 분야에서 무식한 까닭에 초래한 슬픈 결과의 하나이다. 좀 더 올바른 명칭은 콤부라토르(Komburátor), 원자력주전자(Atomkettle), 카보와트(Carbowatt), 분쇄기(Disgregátor), M. 본디무버 모터(Motor M Bondymover), 힐러(Hylergon), 분자 분열 다이너미(Molekularstoffzersetzungskraftrad, E.W.) 등 나중에 제안된 명칭이다. 물론 대개의 경우 나쁜 명칭이 채택되게 마련이다.

릴게. 그 다음 내게 말해주게나……."

본디 회장은 지하실로 내려간다. 그는 잠시 동안 그 미치광이(그는 의심할 바 없이 미치광이다)로부터 벗어나는 게 기뻤다. 그리고 그로부터 빨리 달아나는 게 조금은 두렵기도 했다. 아, 이것 봐라? 문은 은행의 방탄금고처럼 강화된 커다란 출입문을 가지고 있었다. 좋아, 불을 켜자. 스위치가 바로 문 옆에 있다.

마치 수도원의 지하실처럼 아치형의 시멘트로 된 깨끗한 지하실 한가운데는 거대한 구리로 된 실린더가 시멘트 받침대에 기대 있었다. 온 사방이 잠겨 있었고, 오직 천장에 봉인된 쇠창살이 있을 뿐이다. 기계의 내부는 어둡고 조용했다. 실린더가 부드럽고 규칙적인 운동으로 무거운 속도조절바퀴를 돌리는 피스톤을 밀어내곤 했다. 바로 그것이 전부였다. 다만 지하실 창문의 환풍기만 쉬지 않고 소리를 내며 돌아가고 있었다.

아마도 그것은 환풍기에서 나오는 통풍이거나, 아니면 다른 무엇인지, 본디는 이미 위로 이상한 미풍을 느끼고 머리카락이 곤두서는 이상한 느낌을 느꼈다. 지금은 마치 끝없는 공간에 의해서 떠내려가는 것 같았고, 날아오르는 것 같기도 해서 자신의 무게를 느끼지 못했다.

본디는 놀랍고 선명한 황홀경 속에서 무릎을 꿇었다. 그는 소리치고 노래를 하고 싶을 지경이었고, 끊임없고 헤아릴 수 없는 날개의 퍼덕임을 듣는 것 같았다. 갑자기 누군가가 그를 잡아서 지하실로부터 거칠게 끌어냈다. 그는 엔지니어 마레크였다. 그는 머리에 마치 다이버처럼 마스크나 헬멧을 쓰고 있었고, 계단 위로 본디를 끌어올렸다. 문 입구에서 그는 철모를 벗고 이마를 적신 땀을 씻어 내렸다.

"절호의 순간이었어." 그는 지독하게 걱정을 하며 숨을 몰아쉬었다.

본디 회장은 마치 꿈이라도 꾸는 느낌이었다. 마레크는 그를 어머니처럼 보살피며 안락의자에 앉히고 코냑을 가져왔다. "자, 어서 빨리 마셔." 그는 본디에게 떨리는 손으로 코냑을 한 잔 주며 중얼거렸다. "아시다시피, 자네 뭐 잘못되었는가?"

"정반대로." 본디는 불확실한 말로 말했다. "이봐, 그건 아주 아름다웠어! 나는 마치 날아오르거나 뭐 비슷한 것 같았어."

"맞아, 맞아." 마레크는 재빨리 말했다. "나도 바로 그렇게 생각했어. 마치 사람이 날아오르거나 뭐 공중부양하는 것같이, 그렇지 않아?"

"환상적으로 축복받는 느낌이었어." 본디는 말했다. "나는 그것이 행복감이라고 생각해. 마치 거기에는 뭔가, 뭔가 있는 것처럼——"

"——뭔가 성스러운?" 마레크는 주저하면서 물었다.

"아마도. 친구, 확실하지. 이 보게 루다, 나는 한 번도 교회에 다닌 적이 없네. 전혀 없어. 그러나 그 지하실에서 나는 마치 교회에 있는 것 같았어. 이봐, 내가 거기서 뭘 했지?"

"기어 다녔어." 마레크는 신랄하게 중얼거리고는 방안을 왔다 갔다 하기 시작했다.

본디는 당황하여 자신의 대머리를 쓰다듬었다. "그건 특별한 것이었어. 그러나 정말 내가 기어 다녔다고? 제발, 정말로 거기에 무엇이—— 도대체 무엇이 있기에 사람이 그렇게 이상하게 행동한단 말인가?"

"카뷰레터." 마레크는 입술을 물어뜯으며 중얼거렸다. 그의 얼굴은 더더욱 떨어지는 것처럼 창백해졌다.

"하지만 제기랄." 본디는 어리둥절했다. "어떻게 그게 가능해?"

엔지니어 마레크는 양 어깨를 추스르고, 머리를 숙이며 방안을 서성거렸다.

본디는 아이 같은 놀라움을 가지고 그를 살펴보았다.

마레크는 미쳤어, 그는 속으로 자신에게 말했다. 그러나 도대체 그 지하실에서 무엇이 인간에게 엄습한단 말인가? 그런 고통스러운 축복, 그런 거대한 확실성, 경탄, 압도적인 경건함 아니면 그 비슷한 것—본디는 일어서서 코냑 한 잔을 새로 따랐다.

"어이, 마레크." 그는 말했다. "이제 난 그것을 가졌어."

"무엇을 가졌단 말인가?" 마레크는 헐떡이며 말하다 잠시 멈췄다.

"지하실에 있는 것. 그 이상한 정신적인 상태." 그건 뭔가 중독 같은 것이지, 그렇지?"

"중독이 확실하지." 마레크는 화난 듯이 미소를 지었다.

"나는 즉각 그렇게 생각했지." 본디는 순간적으로 평정을 찾으며 선언했다. "자네의 그 기계는 뭔가를 산소 같은 것을 방출하지, 그렇지 않아? 아니면 뭐 독가스 같은 거? 만일 사람이 그것을 조금이라도 마시면…… 독살되거나 기분이 고양되는 거지, 그렇지 않아? 틀림없이, 이봐, 그건 독가스 외에 아무것도 아니야. 그것은 아마 거기, 자네의 그 카뷰레터 안에서 석탄의 연소에 의해서 내뿜는 거겠지. 석탄가스 아니면 천국가스, 아니면 유독가스 포스진과 비슷한 것이지. 그래서 자네가 거기에 그 카뷰레터를 가지고 있는 거지. 그래서 자네는 꼭 마스크를 쓰고 지하실로 가는 거지, 그렇지 않아? 자네는 거기에 저주받을 가스를 가지고 있어."

"만일 그것이 가스였을 뿐이라면." 마레크는 공포에 사로잡혀 주먹을 내리쳤다. "자네도 알다시피, 그래서 나는 그 카뷰레터를 팔아야 해! 나는 정말로 그것을 가져오지 않을 거야, 가져오지 않을 거야, 가져오지 않을 거야." 그는 거의 울듯이 소리쳤다. "나는 내 카뷰레터가 그런 것을 할지 상상도 못했네! 그런—무서운—해악을! 그것이 처음부터 나를 그렇게 몰고 간 것을 상상해봐! 그 기계 옆에 가는 사람들은 다 그렇게 느끼는 거야. 자넨 아직 아무것도 몰라, 본디. 하지만 우리 수위가 그것을 가져왔네."

"불쌍한 사람이군." 본디 회장은 동정심을 가지고 놀라움을 나타냈다. "그는 그것 때문에 죽었는가?"

"아니, 그는 변신을 했다네." 마레크는 절망적으로 소리쳤다. "자네에게 말해줄게, 본디. 나의 발명품, 나의 카뷰레터는 치명적인 결함을 가지고 있네. 자네가 그 모든 것을 사든지, 아니면 내 선물이라고 생각하고 가져가게. 본디, 그 기계가 악마를 토해내더라도 자네 틀림없이 가져갈 테지. 본디, 그게 자네에게 수천억 이익을 남기더라도 마찬가지네. 이보게나. 수천억을 벌게나, 이건 정말 놀라운 물건이야, 하지만 나는 이제 그것을 가지고 아무것도 원하지 않아. 본디, 자네 나처럼 그런 민감한 의식을 가지고 있는 게 아니지? 그것이 수십억, 수천억을 가져다줄 걸세. 그러나 그건 자네에게 어마어마한 해악을 준다는 것을 명심하게. 자 결단을 내리게!"

"잠깐만 기다려주게." 본디는 자신을 방어했다. "그것이 독가스를 만든다면 공무원들이 금지 시킬 것이고 그것으로 끝장이지. 자네 우리의 곤란한 상황을 알고 있지. 지금은 미국에서……"

"아무런 독가스도 없어." 마레크는 소리쳤다. "그건 뭔가 천배나 더 나쁘다네. 자네에게 말할게 잘 들어봐. 본디, 이것은 인간의 이성 위에 있다네. 그러나 거기에는 아무런 속임수는 없다네. 그래서 이 내 카뷰레터는 정말로 물질을 연소한다네. 완전히 연소를 해서 먼지 하나 안 남는다네. 또는 차라리 그것은 그것을 부수고, 분열시키고, 전기로 변형시키고, 소모하고, 빨아버리지. 난 어떻게 불러야할 지 모르겠네. 간단히 말해 완전히 사용해버린다네. 자네는 그 원자가 얼마나 큰 에너지를 가지고 있는지 잘 모를 거야. 카뷰레터에 50킬로그램의 석탄으로 자네는 배로 전 세계를 항해할 수 있고, 전 프라하를 밝힐 수 있고, 또는 자네가 원하는 것을. 개암열매 하나만한 크기의 석탄으로 전 가족의 난방과 요리를 할 수 있어.

마침내 석탄이 필요 없게 되지, 조약돌 하나나 집 앞에서 얻을 수 있는 먼지 한 움큼으로 난방을 할 수 있어. 작은 물질 하나가 그 자체로 거대한 보일러보다 더 큰 에너지를 가지고 있어. 추출하기만 하면 돼! 그 물질을 완전히 연소시키기만 하면 돼! 본디, 난 할 줄 알아. 내 카뷰레터는 할 줄 알지. 알겠지, 본디. 지난 20년간 노력한 가치가 있다는 것을."

"이것 봐, 루다." 본디는 천천히 말했다. "그건 정말 놀라운 것이네. 하지만 어쨌든 난 자네를 믿네. 맹세코 난 자네를 믿어. 자네도 알겠지만, 내가 자네의 카뷰레터 앞에 서면, 난 여기에 뭔가 거대한 게 있다는 것을, 바로 인간을 압도하는 뭔가를 느낀다네. 난 어떻게 할 도리가 없어. 난 자네를 믿네. 저기 저 아래 층에 자네는 뭔가 비밀스러운 것을 가지고 있어. 뭔가 온 세상을 뒤엎을 것 같은 것을."

"아하, 본디." 마레크는 불안해하며 속삭였다. "거기에
바로 장애가 있어. 잠깐, 자네에게 다 말해줄게. 혹 스피
노자 읽어봤는가?"

"아니."

"나도 읽지 않았네. 하지만 지금 알다시피, 이제 나는
그러한 것들을 읽기 시작하고 있네. 난 그걸 이해하지 못
하겠어, 우리 같은 기술자들에게는 그건 정말 어려운 문
제야, 하지만 뭔가가 거기 있어. 혹 신을 믿는가?"

"내가? 글쎄." 본디는 생각에 잠겼다. "난 맹세코 모르
겠는데. 아마도 신은 존재해, 그러나 다른 위성에 있겠지.
우리 지구에는 없어. 대체 어디에! 우리의 시대에는 그런
것은 어울리지 않아. 이봐, 갑자기 왜 그런 생각을?"

"나는 믿지 않네." 마레크는 냉정하게 말했다. "나는
믿고 싶지 않아, 나는 언제나 무신론자였어. 나는 물질과
진보를 믿어, 다른 것은 안 믿어. 나는 과학자야, 본디. 과
학은 신을 허용하지 않아."

"사업의 관점에서 볼 때." 본디는 선언했다. "그건 완
전히 기만이야. 만일 천국의 이름으로 존재하기를 믿는다
면, 믿게 놔둬. 우리는 상호 배척하지 않아."

"하지만 과학의 관점에서는, 본다." 엔지니어는 단호하게 소리쳤다. "그건 절대적으로 참을 수 없어. 신이든지 과학이든지. 나는 신이 존재하지 않는다고 주장하지는 않아. 나는 오직 신이 존재하지 말아야 한다고 주장할 뿐이야, 아니면 적어도 나타나지 말아야 된다고 주장할 뿐이네. 나는 과학이 한 걸음 한 걸음 그것을 몰아내거나 아니면 그 출현을 방해한다고 믿고 있네. 나는 그것이 과학의 가장 큰 사명이라고 믿네."

"아마도." 회장은 조용히 말했다. "자, 계속해보게."

"자, 이제 생각해보게나, 본디. 아니면 잠깐 기다려보게. 내가 이렇게 말하지. 자네 범신론이 무엇인지 아는가? 그것은 존재하는 모든 것에는 하나의 신, 또는 자네 좋을 대로 절대자가 나타나지. 인간에게, 돌에게도, 풀에게도, 물에게도 모든 것에. 자네 스피노자가 무엇을 가르치는지 아는가? 물질은 오직 표현이거나 성스러운 실체의 한 쪽이지, 반면에 다른 쪽은 정신이지. 자네 페흐너가 무엇을 가르치는지 아는가?"

"몰라." 본디 회장은 인정했다.

"페흐너는 모든 것이, 일반적으로 모든 것이 활기차고, 신이 이 세상 모든 물질을 활기차게 한다고 가르치지. 자네 라이프치히 아는가? 라이프치히는 물질은 정신적인 원자들로, 그 성질이 신적인 실체인 모마드(Momad)로 이루어졌다고 가르치지. 이것을 어떻게 생각하는가?"

"나는 모르겠어." 본디는 말했다. "나는 그것을 이해하지 못하겠네."

"나도 몰라, 이것은 무척 헷갈리지. 하지만 모든 물질에는 신이 있는 데, 그 속에 갇혀 있다고 생각해봐. 그리고 그 물질을 완전히 부수면, 그 신은 마치 상자로부터 날아갈 거네. 그 신은 갑자기 자유로워지지. 그는 물질로부터 발생하지, 마치 석탄가스가 발생하는 것처럼.

자네가 원자 하나를 연소시키면 갑자기 지하실에는 압솔루트노가 가득해지지. 그것이 얼마나 빨리 퍼지는지 그저 끔찍할 따름이지."

"잠깐만." 본디는 그의 말을 가로챘다. "다시 한 번 말해봐. 하지만 천천히."

"그러면 다음과 같이 생각해보게." 마레크는 계속했다. "모든 물질에는 갇혀 있는 상태의 압솔루트노가 포함돼 있고, 우리는 그것을 갇혀 있는, 불활성 에너지라고 부를 수 있지. 간단히 말해, 신은 어디에나 존재하고, 그래서 그는 모든 물질에 그리고 모든 물질의 원자에 존재한다고 상상해보게. 자 이제 자네가 물질의 한 조각을 안전하게, 전혀 잔류물을 남기지 않고 파괴한다고 생각해보게, 그러나 모든 물질은 실제로 압솔루트노를 포함한 물질이기 때문에 자네는 물질만 파괴시키고 파괴될 수 없는 나머지, 즉 순수하고, 자유롭게 활동하는 압솔루트노가 남는다고 생각해보게. 화학적으로 해결할 수 없는 비 물질의 잔류물이 남게 되지. 스펙트럼의 선을 보여주지 않고, 원자의 무게도, 화학적인 관련성도, 보일—마리오트의 법칙도(Mariottova zákona, 일정온도에서 기체의 압력과 그 부피는 서로 반비례한다는 법칙으로 1662년 아일랜드의 R.보일이 실험을 통하여 발견하였다. 또 1676년 E.마리오트도 독자적으로 발견하였기 때문에, 유럽에서는 보일-마리오트의 법칙이라고 한다:역주) 아무것도, 아무것도 물질의 고유성의 어떤 것도 보여주지 않지. 남는 것이라고는 순수한 신이지. 거대한 에너지를 일으키는 화학적 무(無). 그것은 비물질이기 때문에 그것은 물질의 법칙에 속박되지 않지. 그래서 그것은 자연과 기적에 순전히 반한다는 것을 나타내지.

　이 모든 것은 신이 물질에 내재하고 있다는 것을 가정하고 있지. 자 이제, 자네도 신이 그 속에 내재한다는 것을 상상할 수 있겠는가?"

"할 수 있네." 본디는 대답했다. "그 다음은?"

"좋아." 마레크는 말하고 일어섰다. "자, 그래서 이게
바로 진실이네."

본디 회장은 골똘히 생각에 잠겨 자신의 시가를 한 모금 빨았다. "이 친구, 그런데 그걸 어떻게 알았는가?"

"내 자신에게 나타난 효과로." 엔지니어 마레크는 다시 방을 서성이며 말했다. "나의 완전한 카뷰레터는 물질을 완전히 분해함으로써 부산물 즉 깨끗하고, 제한을 받지 않은 압솔루트노, 화학적으로 순수한 형태인 신을 생산하게 되었다네. 말하자면 한쪽 끝에서는 기계적인 에너지를 분출하고 다른 쪽 끝에서는 신성의 본질을 분출하는 셈이지. 자네가 마치 완전히 물을 수소와 산소로 분해한다면, 오직 어마어마하게 더 큰 규모로 말일세."

"흠." 본디는 말했다. "그 다음엔!"

"내 생각인데." 마레크는 신중하게 계속했다. "어떤 위대한 인물들이 자신으로부터 어떤 물질과 신성한 본질을 분리할 수 있다면, 자네도 알다시피 자신의 물질로부터 압솔루트노를 방출하거나 추출할 수 있지. 이처럼 그리스도, 기적을 행하는 자들, 고행 수도자들, 무당들, 선지자들은 그 어떤 심리적 힘으로 이것을 행할 수 있지. 내 카뷰레터는 이것을 순수한 기계적인 과정으로 행하지. 이는 말하자면 일종의 압솔루트노 공장(Továrna na Absolutno)이지."

"실체." 본디는 말했다. "실체에 매달리게."

"여기 실체가 있네. 나는 처음에 나의 완전한 카뷰레터를 이론적으로만 조립했네. 그러고 나서 작은 모델을 만들었는데 제대로 작동을 하지 않았어. 네 번째 모델이 되어서야 진정 작동하기 시작하였지. 그것은 너무 컸지만, 아주 잘 돌아갔어. 벌써 적은 규모지만 이것과 더불어 일을 시작하자, 난 특별한 정신적 효과를 느꼈어. 그 이상한 들뜬 기분과 황홀감 같은 것을. 나는 이것이 그저 발명품에 대한 기쁨이거나 아마도 과로 때문이라고 생각했어. 그때 난 처음으로 예언을 시작했고 기적을 행하기 시작하였네."

"뭐라고?" 본디는 소리쳤다.

"예언을 하고 기적을 행한다고." 마레크는 우울하게 말했다. "나는 잠시 동안 놀라운 깨달음 같은 것을 느꼈어. 예컨대 나는 미래에 무엇이 일어날 것을 분명히 알고 있었지. 나는 자네의 방문도 미리 예견했어. 그리고 언젠가 한번은 나는 선반에서 손톱을 잘라냈어. 나는 상처 난 손가락을 바라보았어, 그 순간 새 손톱이 자라났어. 나는 조심스럽게 그것을 기원했지만 그건 특별하고 그리고 놀라웠어. 아니면 내가 공중에서 걸어간 것을 한번 상상해 봐. 자네도 알겠지만, 그것은 공중부양이라고 하는 거야. 나는 한 번도 그런 부조리한 것을 믿은 적이 없었어. 내가 얼마나 공포에 사로잡혔는지 상상해봐."

"나는 그것을 믿어." 본디는 심각하게 말했다. "그건 정말 고통스러울 거네."

"지독하게 고통스럽지. 내 생각에 그건 뭔가 신경으로부터 온 것이네. 뭐 자기암시 같은 것 말일세. 그 동안 나는 지하실에 그 거대한 카뷰레터를 장치했어. 그리고 시동을 걸었지. 자네에게 말해 주었듯이 그건 벌써 밤낮으로 6주째 돌아가고 있다네. 거기에서 난 처음으로 그 사업의 중요성을 인식했네."

하루 동안에 지하실은 폭발할 정도로 압솔루트노로 가득차고 집 전체에 퍼졌다네. 자네도 알다시피 순수한 압솔루트노는 모든 물체로 침투하고 단단한 물체는 조금 천천히 침투한다네. 공기 속에서는 빛처럼 그렇게 빨리 퍼진다네. 내가 거기 들어갔을 때, 친구 그것은 마치 경련처럼 나를 덮쳤다네. 나는 큰 소리로 외쳤네. 그리고 나는 어디서 그렇게 도망갈 힘이 생겨났는지 모르겠네. 내가 위로 올라왔을 때 나는 이 모든 사업을 생각해보았네. 내 첫 생각은 그것은 뭔가 신선하게 흥분시키고, 자극적이고 완전한 연소에 의해서 발생하는 가스라는 것이네. 그래서 나는 그 통풍기를 바깥으로부터 고정시켰다네. 설비공들 중 둘은 그 동안에 깨우침을 느끼고 환영을 보았다네. 세 번째는 알코올 중독자였는데, 아마도 조금은 면역성이 있었네. 그것은 가스일 뿐이라는 것을 믿는 한 그것으로 여러 번 실험을 해봤지, 압솔루트노에서 모든 빛이 훨씬 더 밝게 타버린다는 것이 흥미로웠네. 만일 그것을 유리전구에 가둔다면, 난 그것을 백열등으로 바꿀 수 있네. 하지만 그것은 어떤 용기 속에 아무리 단단하게 봉인하더라도 빠져나온다네. 그래서 나는 그것이 아마 울트라-엑스레이라고 생각했네. 그러나 아무런 전기적 흔적이 없고 감광유

리그릇에도 아무런 반응이 나타나지 않았다네. 그러고 나서 삼일 째 되는 날 아내와 함께 지하실에 살던 수위는 요양소로 보내졌다네."

"왜?" 본디는 물었다.

"그는 변신을 했다네. 그는 영감을 받았지. 그는 종교적인 설교를 시작했고 기적을 행했다네. 그의 부인도 예언을 했다네. 우리 수위는 아주 믿음직한 사람이었고, 일원론자였으며 자유로운 사상가였고, 특별히 정직한 사람이었지. 갑자기 그가 사람들에게 손을 얹음으로써 치유하기 시작하였다는 것을 상상해보게나. 그는 즉각 신고 당했지. 내 친구인 지역 담당 의사가 엄청나게 놀랐지. 더 이상 상황이 악화되기 전에 나는 우리 수위를 요양소로 보내도록 했다네. 그는 좋아졌다고 하네. 건강해졌고, 기적을 행하는 힘을 잃었다네. 나는 그를 회복기 환자들이 가는 시골로 보낼 거네. 그 다음 나 자신도 기적을 행하기 시작하고 미래를 보기 시작했다네. 그 외에도 나는 거대한 이끼가 우거지고 이상한 짐승들이 있는 습지 원시림에 대한 환상을 보았다네. 그건 아마도 내가 카뷰레터에 가장 오래된 실레지아 상류지방의 석탄을 태웠기 때문일 것 같아. 거기에는 아마 석탄기 시대의 신이 있을 거야."

본디 회장은 떨었다. "마레크, 이건 무섭네!"

"그렇다네." 마레크는 슬프게 말했다. "나는 이게 가스가 아니고 압솔루트노란 것을 이해하기 시작했어. 나는 이 무서운 현상에 고통 받았네. 나는 사람들의 생각을 읽기 시작하였고, 나로부터 빛이 나왔어. 나는 기도에 빠지지 않고, 사람들에게 신을 믿으라는 설교를 하지 않기 위하여 절망적으로 투쟁했다네. 나는 카뷰레터에 모래를 채워 넣으려고 했네. 그러나 그러는 와중에 나는 공중부양을 하게 됐네. 기계는 멈추지를 않네. 나는 이제 집에서 자지 않네. 심지어 공장에서 노동자들 사이에 심각한 깨달음의 경우가 있었다네. 본디, 나는 어떻게 해야 할지 모르겠네. 그래, 나는 압솔루트노가 지하실에서 나가지 않게 하기 위하여 가능한 모든 물질을 분리하려고 해봤네. 재, 모래, 철벽, 아무것도 보호할 수 없네. 나는 그 지하실에 실증주의자들인 크레이치 교수, 스펜서, 해클의 업적으로 가장자리를 대려고 노력했네. 압솔루트노는 그러한 것들도 뚫고 나아갔다는 것을 상상해보게! 신문도, 기도서도, 성 보이테흐 전기도, 애국적인 노래도, 대학 강의도, Q.M. 비스코칠의 책도, 정치선전 팸플릿도, 상원보고서도, 압솔루트노의 침투를 막을 수는 없네. 나는 그저 절망적이네. 그것은 밀폐할 수도 없고 빨아올릴 수도 없네. 그건 속박에서 풀려난 해악이네."

"글쎄, 왜?" 본디는 말했다. "정말 그것이 그렇게 나쁜 것인가? 만일 그것이 모두 사실이라면…… 그건 정말 불행이지?"

"본디, 내 카뷰레터는 멋진 물건이네. 그것은 세상을 기술적으로 사회적으로 뒤엎을 것이네. 그것은 믿을 수 없을 정도로 생산물을 싸게 할 거네. 그것은 가난과 굶주림을 벗어나게 할 거네. 그것은 우리 지구를 빙하로부터 보호할 거네. 다른 한편으로는 그것은 부산물로 신을 세상으로 배출시키네. 본디 나는 자네에게 간청하네. 그것을 저평가하지 말게나. 우리는 실질적인 신을 다루는 데 익숙하지 않네. 그 신의 존재가 무엇을 야기할지 우리는 모르네.—예컨대, 문화적으로, 도덕적으로 등등. 이보게나, 여기 이것은 인류의 문명이 달린 문제야!'"

"잠깐." 본디 회장은 생각에 잠긴 듯 말했다. "그것은 아마도 뭔가 황홀한 것이네. 그것에 대해 성직자들에게 물어봤는가?"

"어떤 성직자들?"

"아무 성직자들이나. 자네도 알다시피 이 경우 종파는

그리 중요하지 않아. 아마도 그들은 그것을 어떻게든 멈추게 하겠지."

"미신이야." 마레크는 폭발했다. "그런 주임사제들 같은 놈들 이야기는 그만 두게나! 그들이 나로 하여금 지하실에 기적을 일으키는 성지를 만들게 할 테니! 나로 하여금 그들의 견해와 함께하라고!"

"좋아." 본디는 선언했다. "그러면 내 자신이 그들을 부르지. 알 수 없는 일이야……. 그래, 그건 아무 해도 끼칠 수 없을 거네. 결국, 나는 신에 거역할 아무 이유도 없어. 다만 그가 사업을 망치지는 말아야지. 자네는 그 신과 친밀하게 협상을 해봤는가?"

"아니." 엔지니어 마레크는 항의했다.

"그건 실수야." G. H. 본디는 메마르게 말했다. "아마도 그와 계약을 맺었더라면 좋았을 텐데. 아주 정확한 계약을. 이와 같은 자구로. 즉 '우리는 신중하고 중단 없이 상호협정에 준한 규모로 당신이 생산하는 것을 보장할 것입니다. 이에 대한 답례로 당신은 그 생산 장소로부터 주위 아주 멀리까지 모든 성스러운 현시를 삼가할 것을 맹세하기로 합니다.' 그가 이를 고려할 거라고 생각하는지?"

"나는 모르겠네." 마레크는 불안하게 대답했다. "그는 물질에 의존하지 않고 계속해서 존재하는 데 대한 구체적인 즐거움을 찾은 것 같네. 아마도…… 자신의 이익을 위해서…… 그는 기꺼이 듣고 싶어 하겠지. 하지만 내게 그렇게 하도록 요구하지 말게."

"좋아." 회장은 동의했다. "내 변호사를 보내지. 그는 아주 재치가 있고 능력이 있는 친구지. 그리고 세 번째로 —흠, 난 그에게 교회 같은 것을 제의할까 하는데. 좌우간 공장 지하실과 그 주위는 그를 위해서 좀, 으흠, 좀 품위가 떨어질 것 같아서. 우리는 그의 취향을 시험하고 싶어서. 자네 시도해봤는가?"

"아니, 나는 차라리 지하실에 물을 가득 채웠으면 하네."

"천천히, 마레크. 내가 차라리 그 발명품을 구입할게. 자네 물론 이해하겠지……. 내가 또 두 사람의 기술자를 보낼 것이네……. 그것을 반드시 확인해야 하지. 아마도 그것은 정말 독가스이겠지. 만일 그것이 신 자신이라 하더라도 카뷰레터가 실제로 작동한다면 문제없겠지."

마레크는 벌떡 일어섰다. "자네 정말 카뷰레터를 MEAS공장에 설치할 용기가 있단 말인가?"

"나는 용기가 있어." 본디 회장은 일어서며 말했다. "카뷰레터를 도매로 생산하게. 열차와 배를 위한 카뷰레터, 중앙난방을 위한, 가정과 사무실을 위한, 공장과 학교를 위한 카뷰레터. 십년 내로 온 세상이 난방을 카뷰레터로 하게 될 것이네. 난 자네에게 총 수입의 3프로를 줌세. 첫해에는 그저 몇 백만일 것이네. 그동안 자네는 이사를 나가야지. 그래야 우리 일꾼들을 보낼 테니. 나는 내일 아침 주교를 데려올 것이네. 루다, 조심해서 그분을 피하게나. 나는 자네가 여기 있는 것을 보고 싶지 않네. 자네는 좀 엉뚱한 데가 있어. 나는 무엇보다도 압솔루트노의 감정을 상하게 하고 싶지 않네."

"본디." 마레크는 공포에 사로잡혀 속삭였다. "마지막으로 자네에게 경고하건데, 자네는 신을 세상으로 내보내고 있다네."

"그래서." G. H. 본디는 위엄을 가지고 말했다. "그는 내게 사적으로 빚을 지고 있지. 그리고 그는 나에 반하여 비열한 짓은 하지는 않을 것이네."

　새해 첫날이 지나고 14일 쯤 되는 날 엔지니어 마레크는 본디 회장 사무실에 앉아있었다.

　"어디까지 진행되고 있는가?" 본디는 서류철로부터 머리를 들며 바로 물었다.

　"나는 다 끝냈네." 엔지니어 마레크는 대답했다, "나는 자네의 엔지니어들에게 자세한 카뷰레터의 설계도를 주었네. 그 대머리, 그의 이름이 뭐더라……."

　"크로플로스."

　"맞아, 엔지니어 크로플로스는 나의 원자 모토를 단순화시켰어. 자네도 알다시피 전기에너지를 원동기로 전환시켰지. 이봐, 그 크로플로스 대단한 젊은이야. 그리고 뭐 새로운 뉴스 있는가?"

본디 회장은 뭔가 기록하느라 잠시 침묵했다. 잠시 후
그는 말했다. "건설 중이네. 7천명의 벽돌공. 카뷰레터 공
장."

"어디에?"

"비쇼챠니에. 주식자본이 상승했지. 5억이나. 신문들
이 우리의 새로운 발명품에 대해 쓰고 있어. 이것 좀 봐."
그는 체코신문과 외국신문 뭉치를 몽땅 마레크 무릎 위에
올려놓고는 서류철에 몰두하기 시작하였다.

"벌써 나는 14일 동안이나, 어." 마레크는 의기소침하
여 말했다.

"뭐라고?"

"나는 벌서 14일 동안이나 브르제브노프에 있는 내 공
장에 가질 않았어. 난, 난 거기에 갈 용기가 없어. 거기 뭔
가 잘 되어가고 있는가?"

"으흠."

"그리고 내 카뷰레터는?" 마레크는 자신의 불안을 극
복하며 물었다.

"잘 돌아가네."

"그리고…… 두 번째는…… 어때?"

본디 회장은 한숨을 쉬며 펜을 내려놓았다. "자네도 알다시피 우리는 믹사거리를 차단해야 했어."

"왜?"

"사람들이 거기로 기도하러 다니곤 했어. 군중들이 무리지어서. 경찰이 그들을 해산하려고 했고, 그 와중에 일곱 명이 죽었네. 그들은 양떼처럼 두들겨 맞도록 자신들을 맡겼다네."

"추정할 수 있고 말고. 추정할 수 있고 말고." 마레크가 절망적으로 중얼거렸다.

"우리는 거리를 가시철조망으로 차단을 했네." 계속해서 본디가 말했다. "우리는 주변 주택들로부터 사람들을 다 이주시켜야 했네. 알다시피, 아주 심각한 종교적 현상이었지. 지금 거기에는 보건부와 교육부 위원회가 자리하고 있다네."

"내 생각인데." 마레크는 안도의 숨을 몰아쉬었다. "당국이 내 카뷰레터를 금지시킬 것이네."

"아, 아닐세." G. H. 본디는 말했다. "성직자를 대표하는 당원들은 자네의 카뷰레터에 대해서 무시무시하게 분개하는 반면에, 진보정당 당원들은 그것을 자기들의 날개 아래에 두고자 한다네. 실제로는 아무도 어떻게 될지 모른다네. 이 보게나 자네 신문을 안 읽는다는 게 드러나는 구먼. 그건 성직자 세력들에 대한 전혀 쓸데없는 공격으로 변질되었네. 그리고 교회가 우연하게도 어느 정도 권리를 가지고 있게 됐네. 그 저주받은 주교는 추기경인 총주교에게 그것을 알렸다네."

"어느 주교?"

"그 린다라는 주교, 다른 면에서 무척 센스가 있는 사람이지. 자네도 알다시피, 나는 그를 전문가로서 그 기적을 낳는 압솔루트노를 살펴보도록 거기에 데려갔다네. 그는 거기서 3일 동안 내내 조사를 했고, 그는 계속 지하실에 있었네. 그리고—"

"—그는 변신을 했는가?" 마레크는 불쑥 말했다.

"전혀! 그는 아마도 신에 대해서 너무 오랜 가르침을 받았을 거야. 아니면 자네보다 더욱 교활한 무신론자이거나. 나는 모르겠어. 하지만 삼일 후 그는 내게 와서 말했지. 가톨릭의 견지에서 볼 때 물질에서 신을 찾는다는 것은 있을 수 없고, 교회는 전적으로 그것을 부정하고, 범신론적 가정을 이단이라고 금지한다고 했어. 한마디로 이건 합법적이지도 않고, 교회에 의해서 지지를 받은 정당한 신이 아니고, 그래서 자신이 성직자로서 이것은 가짜고,

이교이고 이단이라고 선언해야 한댔어. 그 성직자는 매우 합리적으로 말했어."

"그래서 그는 거기서 아무런 초자연적인 현상을 못 느꼈는지?"

"그는 거기서 모든 것을 견뎌냈어. 깨달음, 기적 행하기, 황홀, 모든 것. 그는 거기서 일어나는 이 모든 것들을 부정하지는 않아."

"잠깐, 그럼 그가 그것을 어떻게 설명하던가?"

"그렇게 하지 않아. 그는 말하길, 교회는 설명하지 않고 명령하거나 금지한대. 간단히 말해서 교회는 단호하게 교회가 어떤 다른 새로운 실험되지 않은 신과 타협하지 않는데. 그래서 나는 그를 이해했어. ──자네도 알다시피 나는 그 교회를 샀어. 빌라 호라에 있는 게 무슨 교회지?"

"왜?"

"그것은 브르제브노프에서 가장 가까워. 이 보게나 나는 3만을 지불했네. 나는 지하실에서 서류와 구두로 압솔루트노에게 거기로 이사 가도록 제의했다네. 그것은 매우 아름다운 바로크 양식의 교회이고, 그 외에도 나는 무엇보다도 그것을 필요한대로 수리를 할 수 있게 허락을 받았다네.

그리고 거기에는 이상한 것이 있었지. 교회에서 두세 발자국 되는, 457번지에서 그저께 한 배관공이 멋진 황홀감을 느낀 경우가 있었지. 그러나 교회에서는 아무것도, 아무것도, 아무것도 기적적인 것은 없었다네! 바로 보코비체에서 한 사건이, 코시르제에서는 두 사건이 있었지. 페트르진 무선전신국에서는 바로 종교적인 전염병이 발생했네. 거기에 근무하는 모든 무선 통신사들은 갑자기 전 세계로 황홀경의 특전, 뭔가 새로운 복음을 전파했지. 즉 신이 몸값을 지불하기 위하여 다시 세상으로 내려온다고. 이게 어떤 스캔들인지 상상해보게나! 이제 진보주의 신문들은 우체국을 맹비난하고 있고, 성직자를 대표하는 정치세력들이 마각을 드러내고 있다고 소리치네. 그리고 비슷한 어리석음. 지금까지 누구도 이것이 카뷰레터와 관련이 있다고 의심하지는 않네, 마레크." 본디는 속삭이며 덧붙였다. "자네한테 뭔가 말해주겠네. 하지만 이것은 비밀이네. 일주일 전에 그것이 우리 국방부 장관을 공격했다네."

"누구를?" 마레크는 소리쳤다.

"조용히, 국방부 장관을. 그는 갑자기 데이비체에 있는 빌라에서 교화를 당했다네. 그래서 아침에 그는 프라하

수비대를 소집했고, 그들에게 세계평화를 이야기했네. 그리고 군인들에게 순교를 요구했다네. 그는 물론 사임을 해야 했네. 신문에서는 그가 갑자기 병이 났다고 썼네. 친구, 일이 그렇게 됐네."

"벌써 데이비체에도." 엔지니어는 신음소리를 냈다. "하지만 벌써 그렇게 퍼지다니 무섭네! 본디."

"엄청나게." 본디 회장은 말했다. "여기서 한 사람이 감염된 믹사거리에서 판크라츠로 피아노를 옮겼고, 24시간 내로 그 집 전체가 감염 되었다네—"

회장은 말을 끝내지 못했다. 하인이 들어와서 린다 주교의 방문을 알렸다. 마레크가 갑자기 일어서서 나가려고 했다. 하지만 본디는 그를 앉히고 말했다. "그냥 앉아서 침묵을 지키게. 그 주교는 멋진 신사라네."

그 순간 주교가 안으로 들어왔다. 그는 키가 작고 유쾌한 신사로 금테안경을 쓰고, 말쑥한 아이엉덩이 모습에, 사제의 스타일의 희극적인 주둥이를 가지고 있었다. 본디는 그에게 마레크를 브르제브노프 지하실의 불행한 주인이라고 소개했다. 주교는 유쾌하게 손을 비볐다. 그러는 동안 화가 난 마레크는 만나서 뭔가 반갑다는 기쁨에 대해 중얼거리는 것 같았으나, 속으로는 심술궂게 '지옥에

나 가라, 이 사기꾼아.' 와 같은 표현을 하였다. 주교는 입을 오므리고 본디를 향해 얼굴을 돌렸다.

"회장님." 그는 변죽을 울리지 않고 재빠르게 시작했다. "저는 아주 미묘한 문제로 당신을 만나러 왔습니다. 매우 미묘한 문제입니다." 그는 유쾌하게 반복했다.

"우리는 회장님의, 에헴, 종교회의에서 회장님의 문제를 다루었습니다. 총주교 예하께서는 이 유감스러운 문제를 가능한 덜 공개되는 방향으로 해결하기를 원하십니다. 이해하시겠지요, 기적에 대한 유쾌하지 못한 이 사건을. 실례합니다. 저는 이분, 이 재산 소유자 분의 감정을 상하게 하고 싶지는 않습니다만."

"괜찮아요. 계속 말해보시죠." 마레크는 거칠게 인정했다.

"자 그럼, 간단히 말해, 이 모든 스캔들. 총주교 예하께서는, 이성과 신앙의 관점에서 볼 때, 이는 무 신앙적이고 신성모독적인 자연법칙의 왜곡보다 더 이상 모욕적일 수 없다고 선언했습니다……."

"잠깐 실례합니다." 마레크는 완전히 분개하여 소리쳤다. "제발 자연법칙은 우리에게 맡겨 주시지 않을래요? 우리 또한 당신들의 신조를 방해하지 않겠습니다."

"사장님이 잘못하시는 것입니다, 사장님." 주교는 유쾌하게 소리쳤다. "잘못하시는 것입니다. 신조 없는 과학은 의혹의 덩어리입니다. 더더욱 나쁜 것은 사장님의 압솔루트노가 교회의 법칙을 반하고 있습니다. 그것은 거룩한 성찬식의 교리에 대해 거역하고 있습니다. 그것은 교회전통을 고려하지 않고 있습니다. 간단히 말해 그것은 삼위일체 교리에 위배됩니다. 그것은 사도들의 계승에 대해 관심이 없습니다. 그것은 심지어 교회의 귀신 쫓기에도 굴복하지 않습니다, 등등. 간단히 말해 그것은 우리가 엄격히 거절해야 하는 방식대로 행동하고 있습니다."

"자 자." 본디 회장은 달래는 듯이 불쑥 말했다. "지금까지 그것은 충분히…… 품위 있게 행동하고 있습니다."

주교는 경고라도 하듯이 손가락을 들어올렸다. "지금까지는요. 하지만 앞으로 어떻게 행동할지는 모르겠습니다. 이것 보십시오. 회장님." 그는 갑자기 친밀하게 말했다. "물의가 일어나지 않아야 당신한테 덕이 될 것입니다. 우리들한테도. 회장님은 실질적인 사업가로서 그것을 빨리 해결하기를 원하겠지요. 우리도 마찬가집니다. 주 하나님의 대표자들로서 그리고 종들로서, 우리는 그 어떤 새로운 신이나, 새로운 종교를 허락할 수 없습니다."

"감사합니다." 본디는 안도의 숨을 내쉬었다. "저는 우리가 합의에 이른다는 것을 알고 있었습니다."

"아주 좋아요." 주교는 그의 안경 속에서 행복스러운 두 눈을 반짝이며 소리쳤다. "합의를 본다, 그것이면 족해요! 존경할 만한 종교회의가 교회에 이익이 되는 관점에서 당신의 그 뭐더라 압솔루트노를 임시로 교회의 후원하에 둘 것입니다. 종교회의는 그것을 가톨릭의 교리와 조화를 이루도록 노력하였습니다. 그 종교회의는 브르제브노프 1651번지의 지역을 기적의 성지와 순례지로 선포할 것입니다."

"오!" 마레크는 폭발하고 자리에서 일어섰다.

"허락하십시오." 주교는 전제적으로 말했다. "기적의 성지와 순례지는 물론 조건이 따릅니다. 첫 조건은 앞에서 말했듯이 압솔루트노의 생산은 가능한 적은 수로 제한되어야 합니다. 그리고 그것은 거기에서 아주 연약하고, 독성이 적어야 하고, 많이 약화된 압솔루트노여야 하고, 그 현상은 프랑스의 루우드에서처럼 쉽게 억제될 수 있어야하고, 불규칙하게만 나타나야 합니다. 그렇지 않으면 우리는 책임을 질 수 없습니다."

"좋습니다." 본디는 동의했다. "그리고 또?"

"계속해서." 주교는 말했다. "말레 스바토노비체에서 채취한 석탄으로만 생산해야 합니다. 회장님도 아시다시피, 그것은 성모마리아 기적의 성지이기 때문에, 그곳의 특별한 석탄의 도움으로 우리는 브르제브노프 1651번지를 성모마리아 숭배의 신전으로 만들 것입니다."

"물론이지요." 본디는 승낙했다. "또 다른 것은?"

"세 번째로 회장님은 압솔루트노를 어디 다른 곳이나 다른 때에 생산하지 않는다고 맹세를 해야 할 것입니다."

"뭐라고요?" 본디 회장은 소리쳤다. "우리의 카뷰레터 는——"

"——결코 다시는 작동되지 않을 것입니다. 성스러운 교회의 재산이고 그 교회의 관리 하에 있는 브르제브노프에 있는 것 하나는 제외하고."

"말도 안 돼요." G. H. 본디는 항의했다. "카뷰레터는 작동될 것입니다. 3주 내로 열 개로 늘어날 것입니다. 첫 6개월 동안 일천이백 개. 일 년 이내로 일만 개. 우리는 벌써 거기까지 계획을 세웠습니다."

"그리고 저는 회장님께 말씀드리겠습니다." 주교는 조용히 그리고 달콤하게 말했다. "일 년이 되면 어떤 카뷰레터도 작동되지 않을 것입니다."

"왜요?"

"왜냐하면 신자든지 불신자든지 인간은 실질적이고 활동적인 신을 필요로 하지 않기 때문입니다. 할 수 없습니다. 여러분, 그것은 불가능합니다."

"제가 주교님께 한 말씀 올리겠습니다." 마레크는 열정적으로 끼어들었다. "카뷰레터는 생산될 것입니다. 지금, 지금 제가 그것들을 옹호할 것입니다. 바로 주교님이 그것들을 원치 않기 때문에 저는 그것을 원합니다. 당신과 상관없이. 존경하는 주교님, 모든 미신에도 불구하고, 전 로마에도 불구하고! 제가 제일 먼저 선언합니다." 여기서 엔지니어 마레크는 한숨을 몰아쉬고, 귀에 거슬리는 열정을 가지고 소리를 질렀다. "완전한 카뷰레터여, 영원하라!"

"두고 봅시다." 린다 주교는 한숨을 내쉬며 말했다. "신사 여러분들은 존경받을 만한 종교회의가 옳다는 것을 증거하게 될 것입니다. 일 년 내로 여러분들은 스스로 압솔루트노 생산을 중단시킬 것입니다. 그러나 그 손실들은, 그동안 가져올 손실들이란! 신사 여러분들, 하나님 맙소사. 교회가 신을 이 세상으로 가져온다고 상상하지 마시기 바랍니다. 교회는 오직 신을 평가하고 조정할 뿐입니다. 그리고 당신들 두 불신자들은 홍수처럼 신을 해방시켜줄 것입니다. 베드로의 배가 이 새로운 홍수로부터 살아남을 것입니다. 노아의 방주처럼 그것은 압솔루트노의 범람을 항해해 나갈 것입니다." 주교는 힘찬 목소리로 외쳤다. "대가는 치르게 될 것입니다!'

제6장 메아스 강철공장

 "임원 여러분" 본디 회장은 2월 20일 개최된 메아스 강철(MEAS: Metallum A. Sp.)공장 임원회의에서 말하기 시작하였다. "어제 비쇼차니에 있는 새 복합공장 건물 하나의 운영을 포기하였다는 것을 보고합니다. 가장 가까운 시기에 카뷰레터의 대량생산이 시작됩니다. 처음에는 하루 18대, 4월에는 하루 약 65대, 6월 말에는 하루 200대. 우리는 석탄 운반을 위해 15km 철도레일을 깔았습니다. 12개의 증기보일러가 조립되었습니다. 우리는 새로운 노동자 구역 건설에 한발 다가섰습니다."

 "12개의 증기보일러요?" 반대편 수장인 후프카 박사가 무심코 물었다.

"예, 현재까지 12개입니다." 본디 회장은 인정했다.

"그것은 특별한데요." 후프카 박사는 언급했다.

"여러분, 12개의 보일러가 무엇이 특별하다는 것입니까?" 본디는 말했다. "그처럼 거대한 복합공장을 위해서
—"

"물론입니다." 여러 목소리가 울려 퍼졌다.

후프카 박사는 비아냥거리는 웃음을 지어보였다. "그리고 왜 15km 레일을?"

"석탄과 원료의 운반을 위해서지요. 최대한으로 실어서 하루 여덟 열차의 석탄 소비를 예상합니다. 저는 왜 후프카 박사가 석탄의 운반을 반대하는지 모르겠습니다."

"제가 반대하는 것은." 후프카 박사는 소리치고 자리에서 벌떡 일어났다. "이 모든 것들이 매우 의심스럽습니다. 예, 그렇습니다. 임원 여러분, 그것은 특별히 의심스럽습니다. 본디 회장님은 카뷰레터 공장을 건설하도록 우리들에게 압력을 가하고 있습니다. 카뷰레터는, 그가 명확하게 주장했듯이, 석탄 한 버킷으로 천 마리의 말이 끄는 힘을 발휘할 수 있습니다. 그리고 지금은 우리들에게 12개의 증기 보일러에 대해서 그리고 우리 보일러를 위해 여덟 열차의 석탄에 대해 말하고 있습니다. 임원 여러분,

왜 여기 석탄 한 버킷이 우리 공장 가동을 위해서 충분하지 않은지 제발 말씀 좀 해주시겠습니까? 우리는 원자력 모터를 가질 수 있는데 왜 증기보일러를 만듭니까? 임원 여러분, 이 모든 카뷰레터는 단순히 공허한 속임수가 아닙니까? 그래서 저는 본디 회장님이 왜 카뷰레터 가동을 위해서 새로운 공장을 증설하지 않는지 알 수 없습니다. 저는 그 점을 이해하지 못하겠습니다, 그리고 아무도 이해하지 못합니다. 왜 본디 회장님은 우리의 원래 공장들에 카뷰레터를 설치하기 위하여 자신의 그 카뷰레터를 충분히 신뢰하지 않은 것입니까? 임원 여러분, 우리 공장의 생산품을 우리 스스로 사용하고 싶지 않거나 사용할 수 없다는 것은 우리 카뷰레터를 위해서 아주 나쁜 광고가 될 것입니다! 여러분, 죄송하지만 본디 회장님께 그의 동기가 어떠한지 한번 물어보시기 바랍니다. 저는 제 나름대로 견해가 준비되어 있습니다. 그만 끝내겠습니다. 임원 여러분!'

그래서 후프카 박사는 승리감에 넘쳐 코를 풀고는 결연하게 자리에 앉았다.

회사 임원들은 의기소침하여 침묵을 지켰다. 후프카 박사의 질책은 너무나 분명했다. 본디 회장은 자신의 보고서로부터 두 눈을 떼지 않았고 그의 얼굴에는 아무런 움직임도 일어나지 않았다.

"으흠." 나이 많은 로젠탈은 관대하게 반응을 보였다. "그분은, 회장님은 우리들에게 그것을 설명할 것입니다. 예, 그렇습니다. 그것은 반드시 뭔가 설명이 있어야 합니다, 임원 여러분. 제 생각에는 음, 예, 가장 좋은 의도로. 후브카 박사님은 분명히 음, 흠흠, 예예, 우리에게 충고하는 입장에서."

본디 회장은 드디어 두 눈을 들어올렸다. "임원 여러분." 그는 조용히 말하기 시작했다. "저는 여러분들께 카뷰레터에 대해서 우리 엔지니어들의 멋진 아이디어라고 제의했습니다. 사실은 바로 언급된 것과 똑 같습니다. 카뷰레터는 사기가 아닙니다. 우리는 시험 삼아 10대를 제작했습니다. 모두 잘 작동합니다. 여기에 증서가 있습니다. 카뷰레터 1호기는 사자바에서 펌프의 움직임을 보여주고 있으며, 벌써 14일간 아무런 결점 없이 작동하고 있습니다. 제 2호기는 블타바 상류에서 멋지게 작동하고 있습니다. 제 3호기는 브르노 기술대학 실험실에 있습니다. 제 4호기는 운반 도중 손상을 입었습니다. 제 5호기는 흐라데츠 크랄로베를 밝히고 있습니다. 그것은 10킬로 모델입니다. 5킬로 모델인 제 6호기는 슬라니의 물레방아입니다. 제 7호기는 신시가지 가정집 한 블록 전체의 중앙난방을 위해 설치되었습니다. 그 블록의 주인은 현 공장주 마하트입니다. 잠깐 실례할까요, 마하트 씨!'

그 이름의 노신사는 꿈속에서처럼 잠에서 깨어났다. "뭐라고요?"

"당신의 중앙난방이 어떻게 작동되고 있는지 묻고 있습니다."

"무엇이라고요? 어떤 난방?"

"당신의 그 새 블록에 있는." 본디 회장은 온순하게 말했다.

"어떤 블록 말입니까?"

"당신의 그 새로운 주택블록에."

"저, 저, 저." 로젠탈 씨가 말했다. "작년에 당신이 건축한 것 말입니다."

"제가요?" 마하트는 어리둥절했다. "당신이 맞습니다. 제가 건축했습니다. 하지만 저는 아시다시피 그 주택들을 이제 다 기부했습니다. 아시다시피 다 나누어주었습니다."

본디 회장은 그를 주의 깊게 바라보았다. "마하트 씨,

누구에게?"

마하트는 얼굴이 조금 붉어졌다. "저, 가난한 사람들에게요, 아시다시피. 저는 거기에 가난한 사람들을 이주시켰어요. 저는——저는 그래서 확실한 신념을 가지게 되었어요. 그리고 간단히 말해 가난한 사람들에게, 이해하시겠어요?"

본디는 마치 심문하는 재판관처럼 그로부터 두 눈을 떼지 않았다. "마하트 씨, 왜요?"

"저는——저는 뭔가를 해야 했어요." 마하트는 혼란에 빠졌다. "일이 그렇게 되었습니다. ——우리들은 성스러워야하지요, 아시겠어요?"

회장은 신경질적으로 책상을 내리쳤다. "그리고 당신의 가족은요?"

마하트는 아름답게 미소 짓기 시작하였다. "오, 우리 모두 그 문제에 대해 하나같이 동의했습니다. 이 가난한 사람들이 모두 매우 성스러워요. 그들 중에는 환자들이 있어요, ——우리 딸이 그들을 돌본답니다, 아시다시피. 우리들은 얼마나 많이 변했는지요!"

G. H. 본디는 두 눈을 아래로 내렸다. 마하트의 딸, 금발의 엘렌, 칠천 억을 가진 엘렌이 환자들을 돌본다고! 엘

렌, 절반은 본디 부인이 되기로 약속한 엘렌이! 본디는 두 입술을 깨물고 속으로 말했다. "이건 정말 잘 되었다!"

"마하트 씨." 갑갑한 목소리로 시작했다. "나는 당신 집에서 그 새 카뷰레터가 어떻게 가열하는지 알고 싶을 뿐입니다."

"오, 아주 좋습니다. 모든 가정이 굉장히 따뜻합니다! 마치 거기에 무한한 사랑으로 가열하듯이 그렇게! 아시다시피." 마하트는 두 눈을 훔치며 열광적으로 말했다. "누구든지 거기에 들어오면 즉각 다른 사람으로 변합니다. 거기는 마치 천국 같습니다. 우리 모두는 마치 천상에 사는 것 같습니다. 아, 우리들한테로 오십시오!"

"임원 여러분들, 아시겠지요?" 본디 회장은 힘으로써 압도하면서 말했다. "카뷰레터는 제가 여러분들께 약속한대로 아주 잘 작동하고 있습니다. 실례지만 또 질문 있습니까?"

"우리는 단지 알고 싶을 뿐입니다." 후프카 박사는 호전적으로 말했다. "그러면 왜 카뷰레터 추진 공장을 준비하지 않습니까? 다른 사람들은 원자 에너지를 사용하는데, 왜 우리는 비싼 석탄을 사용해야 합니까? 본디 회장님, 우리들에게 그 이유를 설명할 의향이 있습니까?"

"의향이 없습니다." 본디는 선언했다. "우리는 석탄을 사용할 것입니다. 잘 알려진 이유 때문에 우리의 생산을 위해서는 카뷰레터 추진은 맞지 않습니다. 이것으로 충분합니다. 임원 여러분! 저에 대한 신뢰의 문제를 위해서라도 모든 것들을 고려해주십시오."

"여러분들이 성찬식에 참여한 사람이 얼마나 아름다운지 아시기만 한다면." 마하트는 말했다. "임원 여러분, 저는 여러분들에게 솔직하게 충고하는 바입니다. 여러분들이 가지고 있는 것을 모두 나누어 주십시오! 가난뱅이가 되고, 성스러운 사람이 되십시오. 재화의 신 맘몬을 버리십시오. 그리고 유일신을 숭배하십시오!"

"자아──." 로젠탈은 그를 위로했다. "마하트 씨, 당신은 무척 친절하고 좋은 분입니다. 예, 예, 매우 착합니다. 하지만 본디 씨, 아시겠지만, 저는 믿고 있습니다. 아시다시피, 제게 우리 집 중앙난방을 위해서 그 카뷰레터 하나를 보내주십시오! 임원 여러분, 저는 그것을 시험해보겠습니다. 아시겠어요? 무슨 말씀인지요! 자, 본디 씨!"

"우리는 신 앞에서 모두 형제들입니다." 빛을 발하는 마하트는 계속했다. "임원 여러분, 공장을 가난한 자들에게 인도합시다! 저는 MEAS를 포코르네스르치의 종교적 지역사회를 위해 개조하기를 건의하는 바입니다. 우리가 신의 나무가 자라는 중심지가 될 것입니다, 아시겠습니까? 지상의 하나님 왕국."

"그 말에 찬성합니다." 후프카 박사는 소리쳤다.

"조용히." 본디 회장은 창백한 얼굴과 불타는 눈초리로 소리치고는 사나이다운 매우 육중한 모습으로 일어섰다. "임원 여러분, 여러분들에게 카뷰레터 공장에 대한 욕구가 없다면, 제 간접비로 그것을 채택할 것입니다. 저는 여러분들과 진열창을 위해서 한 푼까지 책임지겠습니다. 그래서 제 자신의 사무실에 카뷰레터를 가득 채울 것입니다. 안녕히 가십시오."

후프카 박사는 펄쩍 뛰어올랐다. "하지만 여러분, 저는 항의합니다! 우리들은 항의합니다! 우리는 카뷰레터 생산권을 판매하지 않을 것입니다! 임원 여러분, 그처럼 탁월한 공장의 물건! 우리는 우리가 그렇게 이익이 남는 물건을 포기하도록 어느 누구로부터도 우리를 헷갈리게 놔두지 않을 것입니다! 자, 이만 허용하십시오, 임원 여러분——" 본디는 벨을 울렸다. "친애하는 동료 여러분." 본디는 우울하게 말했다. "당분간 그것을 맡기십시오. 제가 보기에는 우리 친구 마하트는 조금, 으흠, 조금 몸 상태가 안 좋은 것 같습니다. 카뷰레터에 관한 한, 여러분 저는 50% 배당금을 보증합니다. 이제 토론을 끝내기를 제의합니다."

후프카 박사는 한마디 더 주장했다. "여러분, 제가 말했듯이 실험하기 위하여 임원 이사회의 모든 이사는 카뷰레터 하나씩 받기를 제의합니다!"

본디 회장은 모든 남자들의 얼굴을 쳐다보았다. 그의 얼굴은 움찔거렸다. 뭔가 말을 하고 싶어했다. 그러나 어깨만 들먹이며 이빨 사이로 내뱉었다.

"좋아요."

"런던에서 우리 주식은 얼마입니까?"

"어제 MEAS주식은 1,470. 그저께는 720."

"좋아요."

"엔지니어 마레크는 70명 학술협회 명예회원으로 추대되었습니다. 틀림없이 노벨상을 수상할 것입니다."

"아주 좋아요."

"독일로부터 주문 쇄도. 5천 대 이상의 카뷰레터."

"아하."

"일본으로부터 9백 대 주문."

"잠깐, 그럴 리가!'

"체코에서는 무시해도 될 정도의 관심. 새 주문 3대."

"흠. 기다려야 합니다. 아시다시피 이 형편없는 상황을!"

"러시아 정부는 즉각 200대를 주문했습니다."

"좋아요, 모두 합쳐서?"

"13,000대 주문."

"좋아요. 우리 공장 건설은 얼마나 걸리나요?"

"원자력 자동차 공장은 지붕을 얹는 중입니다. 원자력 항공기 분야는 일주일 내로 생산을 개시할 것입니다. 원자력 기관차를 위해서는 기초 공사 중입니다. 선박엔진 공장의 한 부서는 벌써 생산을 시작했습니다."

"잠깐. atomobil, atomotor, atomotiva란 명칭들을 소개하십시오. 이해하시겠어요? 클로플로스는 원자력 대포를 가지고 무엇을 하고 있습니까?"

"벌써 플젠에서 모델을 주조하고 있습니다. 우리의 원자력 사이클 삼륜차는 브뤼셀 경주트랙에서 3만 킬로미터를 달렸습니다. 한 시간에 2백70을 돌파했습니다. 우리는 벌써 지난 이틀 동안 5백 그램 원자력 엔진 7만 개를 주문받았습니다."

"조금 전, 원자력 자동차 총 13,000대라고 말했습니다."

"고정된 원자력 용광로 13,000개. 중앙난방기 8,000대. 거의 일만 개의 원자력 자동차. 원자력 항공기 620대. 우리나라 항공기 A7은 프라하에서 오스트레일리아 멜버른까지 중단 없이 비행을 완수했습니다. 기내 모든 사람들이 건강했습니다. 여기에 보고서가 있습니다."

본디 회장은 벌떡 일어섰다. "하지만 친구, 그것 정말 멋지군!"

"산업장비부에서는 5,000대 주문. 소형추진 엔진부에서는 22,000대 주문. 원자력 펌프 150대. 원자력 압착기 3대. 원자력 용광로 20대, 원자력 무선전신국 75개. 주로 러시아로 원자력 기관차 10,000대. 우리는 48개의 수도에 사무실을 개설했습니다. 미국의 Steel-Trust. 베를린의 AEG, 이탈리아 피아트(Fiat), 만네스만, 크로이소트 그리고 스웨덴의 제철소들이 우리들에게 회사합병을 제의하고 있습니다. 크루프 그룹은 우리 주식을, 돈을 얼마든지 투자하겠답니다."

"새로운 사안은?"

"지원자가 삼십오 배나 초과했습니다. 신문들은 200프로 수퍼배당을 예상하고 있습니다."

이사 한 분이 침울하게 동조했다. "그자는 정통유대교

도가 되었습니다. 그는 탈무드 신비주의와 유대교 신비주의를 신봉합니다. 그는 천만을 시오니즘에 헌금했습니다. 그는 얼마 전에 후프카 박사와 크게 논쟁을 벌였습니다. 아시다시피 후프카도 체코 형제애교단에 가입했습니다."

"벌써 후프카도!"

"제 생각인데 그 마하트가 우리의 이사회에 그를 끌어들인 것 같습니다. 회장님은 지난 마지막 회의에 참석하지 않았습니다. 모두들 밤새도록 종교에 대해 논쟁을 했는데, 무서웠습니다. 후프카는 우리의 공장들을 노동자들에게 넘겨주어야 한다고 제의했습니다. 다행히도 그들은 그것에 대해 투표로 결정하는 것을 잊고 있었습니다. 모두들 제정신이 아닌 것 같았습니다."

본디 회장은 손톱을 물어뜯었다. "이사 여러분들, 이제 저는 그들을 어떻게 다루어야 합니까?"

"흠, 아무것도. 지금은 신경이 과민한 때입니다. 벌써 신문들에도 여기저기 기사가 새어나갔습니다. 그러나 카뷰레터 자체에 대한 기사를 쓸 공간은 없었습니다. 온통 무서울 정도로 많은 종교적인 열병에 대한 기사들. 그건 정신적인 전염병이거나 비슷한 것이었습니다. 저는 며칠 전 후프카 박사를 봤어요. 그는 산업은행 앞에서 대중들에게 마음속의 빛을 밝히고 하나님에 이르는 길을 모색하라는 설교를 하고 있었습니다. 그건 지독히 혼란스러운 연설이었어요. 마침내 기적을 행했습니다. 포르스트도 거기에 있었습니다. 로젠탈은 완전히 미쳤습니다. 밀러, 호몰라와 콜라토르는 자발적인 가난에 대한 발의를 가지고 참석했습니다. 우리는 더 이상 이사회를 소집할 수 없었습니다. 이건 정신병원입니다, 회장님. 회장님은 이 전반적인 사업을 잘 장악해야 합니다."

"이사님, 이것은 끔찍하군요." 본디는 숨을 몰아쉬었었다.

"예, 설탕은행 사건 들어봤습니까? 거기서 모든 사무직원들이 일격에 사로잡혔답니다. 그들은 금고를 열어 찾아 온 사람들에게 모든 돈을 나누어주었답니다. 마지막으로 그들은 본관에서 외국에 갈 은행수표들을 불살라버렸습니다. 종교적인 볼셰비키주의라고 말하고 싶군요."

"설탕은행에. 설탕은행은 우리의 카뷰레터를 가지고 있지 않아요?'

"가지고 있습니다. 중앙난방을 위해서. 설탕은행은 그 것을 제일 먼저 설치했습니다. 현재 경찰이 그 은행을 폐쇄했습니다. 아시다시피, 총무이사와 은행장이 사로잡혔습니다."

"이사님, 저는 카뷰레터를 은행에 제공하는 것을 금합니다."

"왜요?"

"금한다니까요. 그것으로 충분해요! 석탄을 때도록 하세요!"

"조금 늦었습니다. 모든 은행들이 벌서 우리의 난방장치를 설치했습니다. 우리는 지금 의회와 모든 장관 부서에도 그것을 준비하고 있습니다. 프라하 전체를 밝힐 슈트바니체에 설치된 중앙난방 카뷰레터도 완료됐습니다. 그것은 50킬로 괴물, 거대한 모터입니다. 내일 모래 6시에 대통령, 시장, 시의회, MEAS 대표들이 참석하는 기념식이 거행될 것입니다. 특히 회장님은 꼭 오셔야 합니다."

"그런 일은 없을 것이오." 본디 회장은 공포에 사로잡혀 소리쳤다. "아니, 아니, 하나님이 날 보호하실 거요! 난 가지 않을 거요."

"꼭 가셔야 합니다, 회장님. 우리는 거기에 로젠탈이나 후프카를 보낼 수는 없어요. 왜냐하면 그들은 완전히 미쳤습니다. 그들은 무서운 연설을 할 것입니다. 이것은 회사의 명예가 걸린 문제입니다. 시장은 우리 과업의 명예에 대해 연설을 준비했습니다. 외국나라 대표단들과 언론인들도 참석하십니다. 장엄한 축제가 될 것입니다. 거리에 불이 밝혀지는 순간, 군악대가 거리에서 경의를 표하고 팡파르를 울리고, 종소리가 울리고, 여러 합창단이 노래를 부르고, 불꽃놀이가 진행되고, 백한 발의 축포를 쏘고, 성을 환하게 밝힐 것입니다. 저는 더 이상은 알지 못합니다. 회장님, 회장님은 반드시 참석하셔야합니다."

G. H. 본디 회장은 고통스러운 표정으로 일어섰다. "하나님, 오 하나님, 당신이 하실 수 있다면." 그는 속삭였다. "이 잔을 ──치워 주십시오──."

"오실 거지요?" 냉혹한 이사는 되풀이했다.

"하나님, 하나님, 왜 저를 버리시나이까."

"오실 거지요?" 냉혹한 이사는 되풀이했다.

"하나님, 하나님, 왜 저를 버리시나이까?"

제8장 준설선박 위에서

슈테호비체에는 준설선박 ME28호가 꼼짝도 하지 않고
저녁노을 속에 서있다. 파테르노스테르 삽이 블타바 강
바닥으로부터 차가운 모래를 퍼 올리는 것을 그만두었다.
저녁은 훈훈하고, 바람 한 점 없고, 방금 자른 풀냄새와
숲 향기가 난다. 북서쪽에는 아직도 달콤한 오렌지 빛이
사라지지 않고 있다. 여기 저기 하늘이 반사된 가운데에
반짝이는 천상의 물결이 일어났다. 그 물결은 계속 반짝
거렸고, 빛났고, 속삭였고, 반짝이는 표면 위로 번져나갔
다.

슈테호비체로부터 보트 한 대가 준설선박으로 다가왔
다. 그것은 빠른 물결을 거슬러서 천천히 나아갔다. 그것

은 밝은 강 위에 물방개처럼 검정색을 띄었다.

"누군가가 우리들에게로 오고 있어요." 준설선박 맨 뒤에 앉아 있는 뱃사공 쿠젠다는 조용히 언급했다.

"두 명입니다." 잠시 후 정비사 브리흐가 말했다.

"난 벌써 누군지 알지." 쿠젠다가 말했다.

"슈테호비체 출신 연인들이지요." 브리흐가 말했다.

"난 그들에게 커피를 끓여줘야겠어." 쿠젠다는 결정을 하고 아래로 내려갔다.

"자, 자 젊은이들!" 브리흐는 보트를 향해 소리쳤다. "왼쪽으로! 왼쪽으로! 아가씨, 손을 이리 줘요. 자, 그렇지. 위로 올라와요!"

"저와 페우포시에요" 소녀가 부두에서 선언했다. "우리들은, 우리들은──원했어요.──"

"안녕하세요." 그들 뒤로 올라온 젊은 노동자가 말했다.

"쿠젠다 씨는 어디 있어요?"

"쿠젠다 씨는 커피를 준비하러 갔어요." 정비사가 말했다. "자 여기 앉으세요, 이것 보세요, 누군가가 이리로 항해해 오고 있어요. 제빵사가 아닌가요?"

"예, 저예요." 목소리가 대답했다. "안녕하세요, 브리흐 씨, 저는 우편배달부와 사냥꾼과 함께 왔어요."

"자, 위로 올라오세요, 형제들이여." 브리흐는 말했다. "쿠젠다 씨가 커피를 가져올 때까지 시작합시다. 누가 또 옵니까?"

"접니다." 누군가가 준설선박 옆에서 소리쳤다. "여기 후데츠가 여러분의 말씀을 듣고 싶습니다."

"후데츠 씨, 환영합니다." 정비사가 말했다. "위로 오십시오. 여기 사다리가 있습니다. 잠깐 기다려요, 후데츠 씨, 손을 내밀게요, 여기에 처음 오시는 가 봐요."

"브리흐 씨." 강변에서 세 사람이 불렀다. "우리에게 보트 좀 보내주실 거죠? 우리도 여러분들께 가고 싶어요."

"가서 보트를 가져가세요, 밑에 있는 당신이." 브리흐는 말했다. "모든 사람이 하나님의 말씀을 듣게 될 거예요. 형제자매 여러분, 자 앉기만 하세요. 우리가 카뷰레터로 난방을 한 이래 여기는 더럽지 않아요. 쿠젠다 형제가 여러분들께 커피를 가져 오면 그때 시작할 것입니다. 젊은이들, 여러분들을 환영합니다. 위로 올라오십시오." 그러고 나서 브리흐는 옥외로 나왔다. 거기서부터 사다리가 준설선박 내부로 뻗어 있다. "여보세요, 쿠젠다, 부두에

열 명이 있습니다."

"좋아요." 깊은 내부에서 간신히 목소리가 들려왔다. "이제 가져갑니다."

"자, 여러분들 앉으시죠." 브리흐가 열성적으로 말했다. "후데츠 씨, 우리는 여기 커피뿐입니다. 괜찮겠지요?"

"천만에." 후데츠가 대답했다. "저는 그저 여러분들을, 아니 여러분들의 집회를 보고 싶을 뿐입니다."

"우리의 예배를." 브리흐는 부드럽게 언급했다. "여기, 아시다시피, 우리 모두는 형제들입니다. 후데츠 씨 당신은 알아야 합니다. 저는 알코올 중독자였고, 쿠젠다는 정치가였습니다. 하나님의 은총이 우리에게 임했습니다. 이 형제자매들이." 그는 말하고 주위를 가리켰다. "똑같은 영혼의 선물을 위해서 기도하러 저녁에 이곳에 오곤 합니다. 제빵사가 천식이 있었는데, 쿠젠다가 그를 치유했습니다. 자, 제빵사님, 어땠는지 말씀 좀 해보시죠."

"쿠젠다가 제 머리에 손을 얹었습니다." 제빵사는 조용히 그러나 열광적으로 말했다. "그리고 갑자기 제 가슴이 아주 따뜻해지기 시작했습니다. 아시다시피 제 내부에서 뭔가 일어났습니다. 저는 마치 하늘로 날아오르는 것같이 숨을 몰아쉬기 시작하였습니다."

"잠깐 기다려요, 제빵사." 브리흐가 정정했다. "쿠젠다는 손을 놓지 않습니다. 그는 자신이 기적을 행했는지 알지 못합니다. 그는 그저 당신을 위해서 손을 이렇게 했을 뿐입니다. 그리고 당신은 숨을 쉴 수 있다고 말했습니다. 바로 그것입니다."

"그때 우리도 거기에 있었어요." 슈테호비체에서 온 소녀가 이야기했다. "그때 제빵사 머리 위에 후광이 나타났어요. 그리고 쿠젠다 씨는 저의 폐병에 주문을 걸어 낫게 했습니다, 그렇지 페파(페파는 페우포시의 애칭:역주)."

슈테호비체에서 온 젊은이가 말했다. "그것은 정말 진짜에요. 후데츠님. 하지만 제게 일어난 일은 더 이상해요. 저는 착하지 않아요, 후데츠님. 저는 벌써 절도죄와 다른 죄로 교도소에 갔다 온 적이 있어요. 여기 브리흐 씨가 말씀드릴 거예요."

"하지만, 별 말씀을." 브리흐는 손을 내저었다. "당신에게 필요한 것은 그저 은총이었어요. 하지만, 후데츠 씨, 여기 이 장소에서는 정말 이상한 일이 일어나고 있어요. 그러나 아마 당신 자신도 느낄 거예요. 쿠젠다 형제가 말할 수 있을 거예요, 왜냐하면 그는 이전에 벌써 회합에 다녔거든요. 보십시오, 여기 그가 오고 있습니다."

모두들 통로를 향해 시선을 돌렸다, 그는 갑판에서 기관실로 오고 있었다.

통로를 통해서 경직되고 당황한 미소를 띤, 수염이 텁수룩한 얼굴이 나타났다. 그는 뒤에서 떠밀렸으나 아무것도 일어나지 않은 듯한 표정을 짓고 있었다. 쿠젠다의 모습은 허리까지 보였다. 그는 양손에 주석 쟁반을 들고 있고 거기에는 잔들과 통조림이 놓여 있었다. 그는 불안하게 미소를 짓고 계속 공중으로 부양하고 있었다. 그의 발이 갑판 높이 수준에서 보였다. 쿠젠다는 자신의 쟁반을 든 채 더욱 높이 부상하고 있었다. 그는 통로에서 자신의 아래로 발을 더듬으며 50cm 높이에서야 비로소 멈추어 섰다. 그는 자유롭게 공중에 매달려 있었고, 분명히 발로 땅에 닿으려고 필사적으로 힘을 썼다.

후데츠는 마치 꿈을 꾸는 것 같았다. "무슨 일입니까? 쿠젠다 씨?" 그는 공포에 사로 잡혀 소리쳤다.

"아무것도, 아무것도 아니오." 쿠젠다는 변명을 하고 공중으로부터 두 발을 내려딛으려고 했다. 후데츠는 그의 어린 시절 침대 위에 걸려 있는 예수승천 그림을 상기했다. 그 그림에는 예수와 그의 제자들이 똑같이 공중에 떠서 발을 굴리는 장면이 있었다. 다만 좀 덜 긴장한 모습으로. 갑자기 쿠젠다는 앞으로 나아갔다가 저녁 공기를 타고 갑판 위를 떠다니기 시작하였고, 마치 온화한 바람이 그를 실어가듯이, 잠시 그는 발을 올렸다가 앞으로 나아가고자 했다. 틀림없이 자신의 잔들을 걱정하면서. "자, 커피 잔을 받으세요." 그는 즉각 말했다. 정비사 브리흐는 두 손을 들어 잔들이 있는 쟁반을 받았다. 그때에 쿠젠다는 발을 아래로 내리고 두 팔로 가슴 위에 십자를 그리고, 움직이지 않고 공중에 떠 있는 채 머리를 한 쪽으로 굽히며 말했다. "여러분들을 환영합니다. 제가 날아다니는 것을 두려워하지 마십시오. 이는 오직 징조입니다. 아가씨, 자 꽃이 있는 잔을 받으십시오."

정비사 브리흐는 잔과 통조림을 나누어줬다. 어느 누구도 감히 말을 입 밖에 내지 못했다. 여기에 한 번도 와보지 못한 사람들은 호기심 어린 눈으로 쿠젠다의 공중부양을 바라보았다. 나이 많은 방문객들이 천천히 커피를 마시며 한 모금 한 모금 사이에 기도를 하는 것 같았다.

"벌써 다 마셨습니까?" 잠시 후 쿠젠다는 말하고 창백하고 넋을 잃은 두 눈을 넓게 떴다. "자, 그럼 이제 시작하겠습니다."라고 말하고서 그는 헛기침을 하고나서, 잠시 생각에 잠겼다가 시작했다. "아버지의 이름으로! 형제와 자매여, 우리는 은총의 징표가 우리에게 나타난 이 준설선박에 예배를 드리기 위해 모였습니다. 우리는 심령론자들이 하듯이 불신자들과 유대인들을 쫓아낼 필요가 없습니다.

후데츠 씨는 불신자로서 왔고 사냥꾼님은 재미를 보러 왔습니다. 두 분 다 환영하는 바입니다. 하지만 저는 은총을 통해서 두 분을 알게 되었다는 것을 아시기 바랍니다. 그리고 사냥꾼, 당신은 너무 많이 마셔서 가난한 자들을 숲 속에서 몰아냈고, 필요 없는 데도 그들을 저주했어요. 이제 더 이상 그렇게 하지 마세요. 그리고 후데츠 씨, 당신은 더 영리한 도적이었소. 제가 무슨 말을 하는지 잘 알겠지요. 당신은 성깔이 대단했지요. 신앙이 당신을 교화시키고 구원할 것입니다."

갑판에는 깊은 침묵이 지배하고 있었다. 후데츠는 확고부동하게 밑을 바라보고 있었다. 사냥꾼은 흐느끼고 훌쩍이며, 손을 떨면서 주머니를 더듬었다.

"사냥꾼, 나는 알고 있어요." 쿠젠다는 위에서 부드럽게 말했다. "당신이 담배를 피우고 싶다는 것을. 피우십시오. 집에 있는 것처럼 편안하게 지내세요."

84

"물고기들이에요." 아가씨가 속삭이고 블타바 강 위를 가리켰다.

"이것 봐요, 페파. 잉어들이 설교를 들으러 오고 있어요."

"그건 잉어가 아닙니다." 용서받은 쿠젠다가 말했다. "그것은 농어가 아니면 황어입니다. 그리고 후데츠 씨, 지은 죄에 대해서 너무 괴로워하지 마십시오. 저를 보십시오. 저도 한때 정치 외에는 아무것도 관여하지 않았습니다. 당신에게 말하건대 그것 또한 죄였습니다. 그리고 사냥꾼, 울지 마세요, 그것이 그렇게 악한 줄 생각지도 못했습니다. 누군가 한번 은혜를 알게 되면 사람의 마음을 볼 수 있습니다. 브리흐, 당신은 모든 사람의 영혼을 볼 수 있지요?"

"볼 수 있습니다." 브리흐는 말했다. "여기 우편배달부는, 만일 당신이 그의 어린 딸을 도와줄 수 있다면 얼마나 좋을까하고 생각하고 있습니다. 그녀는 림프절결핵을 앓고 있지요, 그렇지 않아요, 우편배달부님? 만일 당신이 그녀를 이리로 데려오면 쿠젠다 씨가 그녀를 도와줄 겁니다."

"사람들은 그것을 미신이라고 부르지요." 쿠젠다는 말

했다. "형제들이여, 누군가가 이전에 제게 기적과 신에 대해서 말했을 때, 저는 그의 말을 비웃었습니다. 저는 그런 인간이었습니다. 우리가 연료를 쓰지 않고 이 새로운 기계로 이곳 준설선박에 도달했을 때부터는 모든 나쁜 일들이 일어나지 않기 시작했습니다. 자, 후데츠 씨 그것이 바로 여기서 일어난 첫 번째 기적입니다. 즉 그 카뷰레터가 마치 이성이 있는 듯이 모든 것을 스스로 합니다. 그리고 이 준설선박은 어디로 항해해야 하는지 스스로 항해하고 있습니다. 보십시오, 얼마나 견고하게 정박해 있는지. 보십시오, 후데츠 씨. 닻을 내리지도 않았습니다. 그것은 닻 없이도 멈추어 있고, 바닥을 치워야 할 곳에 다시 항해를 합니다. 그리고 스스로 멈추고 스스로 출발합니다. 우리들, 브리흐 씨와 저는 아무것도 손을 쓸 데가 없습니다. 이것이 기적이 아니라고 어느 누가 감히 제게 말할까요. 우리가 이 모든 것을 보았을 때, 당신도 아시다시피, 브리흐, 모든 것이 우리에게 분명할 때까지 우리는 다시 생각을 하곤 했지요, 그렇지 않아요. 이것은 신성한 준설선박이요, 강철로 된 교회요. 우리는 여기에서 성작자일 뿐이오. 옛날에 신이 우물이나 고대 그리스에서 참나무에 나타났고, 그리고 여자들 속에 나타났었는데, 왜 이 준설선박에 나타나지 않겠어요? 왜 신이 기계를 피하겠어요? 기계는 때때로 수녀보다 더 정결하고, 여기서 브리흐는 모든 것을 마치 찬장 속처럼 깨끗하게 유지하고 있습니다. 여담이지만, 신은 가톨릭 신자들이 생각하는 것처럼 그렇게 영원한 것이 아닙니다. 그는 지름이 약 600m이고 가장자리는 연약합니다. 그는 여기 준설선박에서 가장 강력합니다.

그는 여기서 기적을 행하지만, 그러나 강변에서는 믿음에 대해 영감을 불러일으키고 개종을 시킬 뿐입니다. 그리고 슈테호비체에서 바람이 잘 불 때면 성스러운 향기를 느낍니다. 체코 조정 팀 블레스크와 CVK에서 노 젓는 선수들이 여기서 노를 저을 때, 은총이 우리들 모두에게 내렸습니다. 그는 그런 힘을 가지고 있습니다. 그리고 신이 우리를 위해 뭔가 하고 싶은 것은, 그가 여기 내부에 함께 있다는 것을 느끼는 것입니다." 쿠젠다는 설교를 하고 강조하듯이 자신의 가슴을 향해 손짓을 했다. "저는 그가 정치, 금전, 이성, 자만과 오만을 참을 수 없다는 것을 알고 있습니다. 저는 그가 사람들과 동물들을 무척 좋아한다는 것을 알고 있습니다. 그리고 당신들이 이리로 와서 선한 일을 하는 것이 그를 무척 기쁘게 한다는 것을 저는 알고 있습니다. 형제들이여, 그는 철두철미한 민주주의자입니다. 우리가 모두를 위해 커피를 사지 않는다면 우리들, 즉 브리흐와 나에게는 동전 한 푼이라도 너무 뜨거워질 것입니다.

최근 어떤 일요일에 수백 명의 사람들이 여기에 있었습니다. 그들은 강둑 양쪽에 앉았습니다. 이것 보십시오. 커피는 모두가 마시기에 충분할 정도로 스스로 불어났답니다. 얼마나 신기한 커피입니까! 형제들이여, 이런 것들은 그저 일련의 현상입니다. 가장 큰 기적은 그분이 우리의 감정에 끼치는 영향입니다. 그것은 너무나 아름다워서 사람을 떨게 할 정도입니다. 때때로 당신은 사랑과 행복 때문에 죽고 싶다고 느낄 것입니다. 그리고 당신은 저 아래 물과 함께 있는 유일한 사람인 것처럼, 모든 동물들과 함께 있는 것처럼, 바로 그 진흙과 돌과 함께 있는 것처럼, 또는 당신은 그 거대한 포옹 속에 안겨있는 것처럼 느낄 것입니다. 아니, 당신이 어떤 기분인지 아무도 말로는 표현할 수 없을 것입니다. 당신의 주위에는 모두 노래하고, 소리가 울려 퍼지고, 당신은 모든 소리 없는 언어를, 물과 바람을 이해하고, 모든 것의 심연을 들여다 볼 수 있고, 마치 어떤 것이 그 자체와 당신과 연관이 있고, 인쇄된 것을 읽는 것보다 단번에 모든 것을 더 잘 이해합니다. 때때로 그것은 당신에게 발작처럼 와서 당신의 입에는 거품이 일고, 하지만 다른 때에는 그것이 천천히 진행되어 당신의 그 마지막 실핏줄에 스며듭니다. 형제자매 여러분, 아무것도 두려워 마십시오, 지금 두 명의 경찰이 우리를 해산시키려 배를 저어오고 있습니다. 왜냐하면 우리는 불법으로 회합을 가지고 있기 때문입니다. 다만 조용히 하고 준설선박의 신을 믿으십시오."

벌써 날씨는 어두워졌다. 그러나 준설선박 갑판 온 사방과 거기에 참석한 모든 사람들의 얼굴들은 부드러운 빛으로 광채를 발하고 있었다. 준설선박 아래에는 노 젓는 소리가 들려오고 보트 한 대가 멈추어 섰다. "안녕하세요?" 남자의 소리가 들려왔다. "거기 쿠젠다 씨가 있습니까?"

"여기에 있습니다." 쿠젠다는 아기천사의 목소리로 말했다. "위로 올라오기만 하세요. 경찰관 형제들이여. 저는 슈테호비체 여관 주인이 나에 대해 여러분께 알려준 것을 알고 있어요."

두 경찰관이 갑판 위로 올라왔다. "당신들 중 누가 쿠젠다입니까?" 순찰경관이 물었다.

"접니다." 쿠젠다는 공중 위로 부양하면서 말했다. "실례지만 경관님, 이리 위로 올라오십시오."

두 경찰은 우아하게 위로 상승하더니 공중으로 쿠젠다 씨한테로 올라갔다. 그들의 발은 절망적으로 무언가 기댈 것을 찾느라 발버둥쳤고, 그들의 손은 부드러운 공기를 잡으려 했다. 그들의 급하고 답답한 숨소리가 들려왔다.

"경관님들, 두려워하지 마십시오." 뱃사공 쿠젠다는 경건하게 말했다. "저와 함께 기도합시다. '이 배에 인간의 모습으로 나타나신 하나님 아버지——'"

"이 배에 인간의 모습으로 나타나신 하나님 아버지——" 순찰경관들은 목 메인 소리로 되풀이했다.

"이 배에 인간의 모습으로 나타나신 하나님 아버지." 후데츠는 무릎을 꿇고 큰소리로 기도하기 시작하였다. 그리고 갑판 위에는 합창 소리가 이어졌다.

프라하 인민일보 기자 겸 편집인 찌릴 케발은 이번에
는 검은색 정장을 하고 저녁 6시가 지나자, 새로운 프라하
중앙카뷰레터 전기발전소 개막식에 대해서 보도하기 위
해 급히 슈트바니체로 향했다. 그는 페트로프 전 지역을
가득 메운 호기심 많은 군중들과 부딪치며 앞으로 나아가
서, 이중삼중 경찰 저지선을 뚫고, 깃발이 펄럭이는 작은
시멘트 건물에 도달했다. 건물내부로부터 물론 시간에 맞
게 준비를 다 하지 못해서 급히 따라잡으려고 서두르는
조립공들의 욕설이 들려왔다. 중앙전기발전소 전체가 공
중화장실보다 더 크지 않다. 나이 많은 편집인 츄반차라
즈 벤코바는 마치 명상에 잠긴 왜가리처럼 여기서 생각에

잠긴 듯이 왔다갔다 하고 있었다.

츄반차라는 상냥하게 젊은 기자에게 말했다. "자 이리 앉게나, 동료 기자 양반. 오늘 뭔가 사건이 터질 것 같구먼. 난 아직 그 어떤 어리석은 사건이 일어나지 않도록 할 화려한 쇼를 보지 못했네. 그리고 젊은이, 벌써 40년이나 지났어."

"선생님." 케발은 언급했다. "이건 놀라워요, 그렇지 않아요? 이 작은 집이 프라하 전체를 밝히고 전차와 기차들을 60km로 달리게 하고, 수천 개의 공장들에 동력을 제공하고 그리고 또……"

츄반차라는 회의적으로 머리를 가로저었다. "두고 봅시다, 동료 기자 양반. 두고 봅시다. 아무 것도 우리들, 창단멤버들을 놀라게 하지는 못할 거요. 하지만──" 여기서 츄반차라는 목소리를 낮추었다. "동료 기자 양반, 여기 예비 카뷰레터가 없다는 것을 염두에 두십시오. 만일 이것이 고장이 나거나, 아니면, 이렇게 생각해보세요. 공중분해가 일어난다면, 그 다음은, 그 다음은, ──무슨 말인지 이해하겠지요?"

케발은 자신이 이런 생각을 못한 것이 짜증이 났다. "그건 불가능합니다, 선생님." 그는 여기서 동의하지 않았다. "제게는 믿을 만한 정보가 있습니다. 이 발전소는 그냥 시범용으로 건설되었습니다. 진짜 중앙발전소는 다른 곳에 있습니다. 다른 곳에요."

그는 손가락으로 땅 속을 가리키며 조용히 말했다. "저는 장소를 말할 수 없습니다. 선생님, 계속해서 프라하 거리를 수리하는 것을 눈치 채지 못했습니까?"

"벌써 40년간 하고 있지요." 츄반차라는 서글프게 말했다.

"예, 알고 있군요." 찌릴 케발은 승리감에 젖어 자랑스럽게 말했다. "이해하시겠지요, 군사적인 이유를. 거대한 지하통로의 체계. 저장고와 화약고 그리고 등등. 저는 아주 정확한 정보를 가지고 있습니다. 프라하 주위에 지하 16개의 카뷰레터 요새가 있습니다. 지상에는 아무런 흔적도 없고, 오직 축구장이나 광천수 마시는 데나 애국적인 기념비만 있지요, 하하. 이해하시겠어요? 그래서 그렇게 많은 기념비를 세우고 있답니다."

"젊은이." 츄반차라는 말했다. "오늘날의 세대는 전쟁에 대해서 무엇을 알고 있을까요? 우리는 그것에 대해 이야기할 수도 있지만. 아, 벌써 시장님이 왔네요."

"새 국방장관. 아시겠지요, 제가 말씀드렸었지요. 기술대학교 총장, MEAS 회장,. 랍비 회장."

"프랑스 대사, 건설부 장관. 자, 동료 기자양반, 안으로 들어가는 게 좋겠구먼. 총 주교, 이탈리아 대사, 상원 의장, 소콜 회장. 동료 기자 양반, 보시다시피 누군가가 오지 않았네요."

그 순간 찌릴 케발은 어떤 부인에게 자신의 자리를 양보했다. 그래서 그는 선임기자들로부터 떨어졌고 초대받은 사람들의 물결이 끝없이 쏟아져 들어오는 입구로부터도 멀어졌다. 여기서 애국가가 울려 퍼졌고, 경호원들에게 내리는 명령이 크게 들려왔고, 실크 모자를 쓰고 제복을 입은 고관 수행원들을 동반한 대통령이 붉은 카펫을 따라 작은 콘크리트 건물로 들어왔다. 케발은 발끝으로 서서 어리둥절하여 존경심을 표하느라 혼돈에 빠졌다. 이제 그는, '나는 저기에 접근 수 없다'고 속으로 말했다. '츄반차라가 옳다' 그는 계속 반추했다. '언제나 어리석은 것이 일어나기 마련이다. 저렇게 영광스러운 행사에 저렇게 작은 오막살이를 세우다니!' 자, 체코슬로바키아 국영통신이 연설문들을 보도할 것이다. 그리고 벌써 생각에 잠기겠지. '깊은 감명, 위대한 전진, 대통령에 대한 즉흥적인 박수──'

건물 내부로부터 갑자기 조용히 하라는 소리가 들렸고, 누군가가 축하연설을 하기 시작하였다. 케발은 하품을 하고, 두 손을 주머니에 넣고 작은 건물을 돌아다니기 시작하였다. 어둠이 내리기 시작하였다. 경호원들은 하얀 제복을 입고 고무경찰봉을 들고 있었다. 사람들이 강둑을 가득 메웠다. 축하연설은 늘 그렇듯이 너무 길었다. 좌우간 누가 연설을 하고 있는 거지?

여기서 케발은 시멘트로 된 중앙무대 벽 약 2m 높이에서 작은 창을 발견했다. 그는 주위를 살펴보고 뛰어올라 쇠창살을 잡고 자신의 영리한 머리를 창문까지 들어올렸다. 아하, 대 프라하 시장님이 말하고 있구먼. 홍당무처럼 빨개가지고. 그 옆에는 MEAS의 G. H. 본디 회장이 회사 대표로 서있으면서 입술을 물어뜯고 있었다. 대통령은 손을 기계의 스위치 위에 올려놓고 신호가 오면 누르려고 준비하고 있었고, 잠시 후 프라하 전체에 축제의 불빛이 빛날 것이고 음악이 울리고 불꽃놀이가 시작될 것이다.

내무부 장관은 시장의 연설이 끝나면 조심스럽게 말을 해야 하기 때문에 초초하게 몸을 비틀고 있었다. 어떤 젊은 두 장교가 턱수염을 당기고, 대사들이 온 정성을 다해 연설을 듣는 듯한 표정을 짓고 있으나, 한 마디도 이해를 하지 못한다. 두 노동조합 대표들이 눈썹 하나 까딱하지 않고 있다. 간단히 말해 성공적인 행사라고 케발은 속으로 말하고 아래로 뛰어내렸다. 그러고 나서 그는 슈트바니체 전체를 다섯 번이나 돌아다니고 중앙전기발전소로 돌아와서 다시 작은 창문을 향해 뛰어 올랐다. 시장님은 아직도 연설을 계속하고 있었다. 케발이 귀를 바짝 기울이자 소리가 들려왔다. "—— 여기서 빌라호라 전쟁의 재앙이 도래했습니다." 그는 다시 벽에서 뛰어내려 자리를 잡고 앉아서 담배를 피워 물었다. 벌써 매우 어두워졌다. 나무들 꼭대기에서는 작은 별들이 반짝이기 시작하였다. '그것 참 이상하네. 대통령이 스위치를 누를 때까지 작은 별들의 반짝거림이 기다리지 않은 것이.' 케발은 속으로 말했다. 그렇지 않았다면 프라하는 어둠 속에 있었을 것이다. 블타바 강은 물속에 반영되는 램프 없이 어둡게 흘러갔다. 모든 것이 순식간에 불빛을 비추리라는 기대를 가지고 떨고 있었다. 케발은 시가를 다 피우고 다시 중앙전기발전소로 돌아와서 작은 창문턱으로 뛰어올랐다. 시장님은 아직도 연설을 하고 있었고, 그의 얼굴은 보라색에서 검은 색으로 바뀌고 있었다. 대통령은 스위치를 잡고 서 있었고, 참석한 사람들은 조용히 옆 사람들과 이야기하고 있었고, 오직 외국대사들만 꼼짝도 하지 않고 듣고 있었다. 맨 뒤에서 츄반차라는 머리를 끄덕이며 졸고 있었다.

시장은 육체적 피로 때문에 연설을 끝냈다. 내무부 장관이 연설을 시작했다. 그는 자신의 연설을 가능한 짧게 하려고 문장들을 잘라내는 것이 보였다. 대통령은 벌써 왼손으로 스위치를 잡고 있었다. 외교단의 원로인 나이 많은 빌링턴은 서있는 상태에서 죽었고, 그는 죽음 속에서 주의 깊은 청중의 표현을 간직하고 있었다. 그때 장관은 마치 도끼로 자르듯이 자신의 연설을 끝냈다.

스트렐레츠키 섬으로부터 불을 뿜는 로켓이 날아올랐고, 흐라트차니, 페트르진과 심지어 레트나 공원에까지 전구들의 화환이 빛났다. 멀리서 몇 개의 밴드들이 서로 경쟁을 하고 있었고, 채색을 한 날개가 둘 달린 비행기가 슈트바니체 위로 원을 그리고, 비셰흐라트로부터 랜턴들로 장식된 거대한 V16이 공중으로 솟아올랐다. 군중들이 모자를 들어올리고, 경비경찰들이 헬멧에 손을 올리고 동상처럼 움직이지 않았다. 카를린 근방으로부터 모니터에 대한 응답으로 이제 요새로부터 두 포대가 울려 퍼졌다. 케발은 카뷰레터 위 내부에서의 행사가 끝나는 것을 보기 위하여 쇠창살에 다시 얼굴을 밀착시켰다.

그 순간 그는 잠시 소리를 지르고, 두 눈을 굴리고, 작은 창으로 달라붙었다. 그러고 나서 그는 "오 하나님."이라고 소리치고 쇠창살로부터 떨어져서 땅으로 뛰어내렸다. 그가 채 땅에 닿기도 전에 거기로부터 도망가던 어떤 사람이 그에게 부딪혔다. 케발은 그자의 코트를 잡아챘다. 그 남자는 주위를 둘러보았다. 그는 바로 G. H. 본디 회장이었다. 그는 죽은 사람처럼 창백해졌다.

"회장님, 무슨 일이세요?" 케발은 종알댔다. "저기서 사람들이 뭘 하고 있습니까?"

"날 좀 가게 내버려두십시오." 본디는 숨을 몰아쉬었었다. "하나님 맙소사, 날 좀 가게 내버려두십시오! 여기서 달아나십시오."

"하지만 저기 저 사람들에게 무슨 일이 일어났습니까?"

"날 좀 내버려두라니까." 본디는 소리를 지르고 케발을 물리치고 나무들 사이로 사라졌다.

케발은 온몸을 떨면서 나무 둥치에 기댔다. 콘크리트 건물 내부로부터 야만스러운 노래 같은 소리가 들려왔다.

체코슬로바키아 국영통신은 며칠 후 이와 같은 애매모

호한 성명서를 발표했다. "외국에서도 인용한 어떤 국내 신문사의 뉴스와는 반대로 카뷰레터 중앙발전소의 경사스러운 개소식 동안에는 아무런 불명예스러운 사건들이 발생하지 않았다는 것을 가장 믿음직한 소식통으로부터 전합니다. 이와 관련하여 대도시 프라하 시장은 자신의 시장 직을 그만두고 치료차 떠났습니다. 외교단의 원로이신 빌링톤은 뉴스와는 반대로 건강하고 원기 왕성합니다. 모든 참석자들은 이제까지 그러한 강력한 감흥은 경험해 보지 못했다는 것은 주지의 사실입니다. 땅바닥에 무릎을 꿇고 신에게 경배하는 것은 모든 시민의 권리이고 기적을 행하는 것은 민주주의 국가에서는 어떤 관료들에게도 알력이 되지 않습니다. 대통령과 오직 충분하지 못한 환기와 지나친 신경과민에 의해서 발생한 불행한 사건을 관련시키는 것은 어떤 경우도 옳지 않습니다."

이러한 사건이 일어나고 며칠 후 G. H. 본디는 입에 시가를 물은 채, 생각에 잠겨서 프라하 거리를 따라 방황하고 있었다. 누군가 그를 만나면 그가 보도를 바라보고 있다고 생각할지도 모른다, 그러나 본디는 미래를 바라보고 있었다. '마레크 말이 맞았어.' 그는 속으로 말했다. '그런다 주교의 말은 더더욱 옳았어. 간단히 말해, 저주받을 결과 없이 신을 이 세상으로 데려 온다는 것은 불가능해. 사람들은 자기가 원하는 것을 할 수 있어. 그러나 그것은 은행을 뒤흔들고, 그리고 하나님 맙소사. 산업들에는 어떤 영향을 끼칠지 뻔하지. 오늘 산업은행에서 종교파업이 일어났다. 우리는 거기에 카뷰레터를 설치했고, 그리고 나서 이틀 후에 은행원들은 가난한 자들을 위해 은행 재산을 성스러운 기금으로 기부한다고 선언했다. 그것은 프라이스가 은행장으로 있었을 때는 있을 수 없는 일이었다. 아니 그런 일은 절대로 일어날 수 없었을 것이다.'

본디는 우울하게 시가를 한 모금 빨아들였다. '자, 그래서 어떻게 해야지?' 그는 속으로 말했다. '우리는 이것을 모두 파탄내야 한단 말인가? 오늘까지 주문이 이천삼백만이나 된다. 이건 멈출 수 없어. 세상이 끝장나거나 뭐 비슷한 것을 목격할 거야. 2년 내로 모든 것이 몽땅 함께 추락할 거야. 벌써 이 세상에 수천 개의 카뷰레터가 작동되고 있다, 매일 밤낮으로 압솔루트노를 쏟아내고 있다. 그 압솔루트노는 사악할 정도로 영리해. 그것은 또 다시 미칠 정도로 뭔가에 열중하려고 한다. 그래, 아무 것도 하지 않고, 지난 1천 년 간 아무것도 할 필요가 없었어. 지금에 와서야 우리는 그것들을 족쇄로부터 풀어주었다. 예컨대 산업은행에서 무엇이 일어나는지 봐 봐. 스스로 은행 통장을 관리하고, 구좌를 관리하고, 통신을 처리해. 이사회에 서류로 명령을 수행해. 그것은 고객들에게 효과적인 사랑으로 가득한 열렬한 서간문을 보낸다. 그래서 이제 산업은행의 주식은 휴지가 되었고, 그 종이 일 킬로그램으로 냄새나는 치즈 한 조각을 살 수 있을 뿐이다. 그것이 바로 신이 은행 업무를 간섭하면 일어날 수 있는 일이다.

우피치에 있는 방적공장 오베르랜더는 우리에게 절망적인 전보를 퍼붓고 있다. 그들은 한 달 전에 보일러대신 카뷰레터를 설치했다. 좋아, 기계는 잘 작동하고 있다. all right(모든 게 좋아). 그러나 갑자기 다축(多軸) 방적기들과 베틀들이 스스로 작동하기 시작했다. 실이 끊어지면 스스로 이어지고, 기계는 계속 돌아가고 있다. 노동자들은 주머니에 손을 넣고 바라보기만 한다. 6시에 일은 끝나야 한다. 방적공과 직조공들은 집으로 간다. 그러나 베틀들은 밤새도록, 하루 종일, 삼주일 내내 자동으로 돌아가고, 옷감을 짜고, 또 짜고 쉴 새 없이 계속 짠다. 회사는 전보를 친다. 제기랄, 우리 상품을 제발 좀 가져가시고, 원료를 보내주세요. 기계를 멈추세요! 지금 그것은 순전히 장기적인 감염에 의해서 북스바움 형제의 공장을, 모라브체 주식회사를 장악하였다. 거기에는 벌써 원료가 떨어졌다. 그들은 극심한 공포 속에서 걸레를, 짚을, 흙을, 손에 잡히는 모든 것을 방적기 속으로 집어던진다. 그런데, 그것으로부터 수천 킬로미터의 수건을, 옥양목을, 크레톤 사라사 그리고 모든 가능한 것을 짠다. 무서운 반란이 일어난다. 직물가격이 폭락하고, 영국은 관세를 올린다. 이웃 나라들은 보이콧을 하겠다고 위협한다. 공장들은 울부짖는다. '제발 적어도 완성품들은 가져가십시오! 어디든지 가져가십시오. 우리에게 사람들을, 차량을, 열차를 좀 보내주시고, 기계를 멈추십시오!' 그동안 그들은 배상금 소송을 걸고 있다. 저주받을 인생! 이러한 소식들은 카뷰레터가 설치된 곳이면 모든 곳에서 들려왔다. 압솔루트노는 일을 찾고 있다.

압솔루트노는 맹렬하게 삶에 매달린다. 그것은 이전에 세계를 창조했다. 지금은 공장에 온힘을 쏟고 있다. 그것은 벌써 리베레츠를, 브르노 목화산업들을, 스무 개의 설탕공장을, 제재소들을, 플젠 맥주산업을 장악하고, 슈코다 무기 공장을 위협하고 있고, 야블로네츠와 야히모프의 탄광에서 작업을 하고 있다. 여러 곳에서 노동자들을 해고하고 있고, 다른 곳에서는 공장을 폐쇄하고 공포에 사로잡혀 기계들이 공장에 갇힌 채 자동으로 작동하고 있다. 미칠 정도로 과도한 생산이다. 압솔루트노가 없는 공장은 생산을 중단한다. 이는 파산이다.

'그리고 나는.' 본디는 속으로 말했다. '나는 애국자다. 나는 내 조국이 망하도록 내버려두지 않을 거야. 결국 우리는 여기 우리 고유의 공장들을 가지고 있다. 좋아, 오늘부터 체코로부터의 주문은 취소할 것이다. 지나간 일은 어떻게 할 수 없다. 하지만 이 순간부터 체코에서는 한 대의 카뷰레터도 설치하지 않을 것이다. 우리는 독일과 프랑스에 카뷰레터들로 넘쳐나게 할 것이고, 그리고 나서는 압솔루트노로 영국을 폭격할 것이다. 영국은 보수적이다. 그들은 우리 카뷰레터를 금지시켰다. 우리는 그것들을 영국에 마치 폭탄처럼 항공기에서 투하할 것이다. 우리는 전 산업과 금융의 세계를 신으로 감염시킬 것이다. 그러나 우리나라는 문화적이고 신에 의해 감염되지 않은 순수한 노동의 섬으로 남겨 둘 것이다. 말하자면, 이건 애국적인 의무감이다. 그 외에도 우리의 공장을 위한 것이다.' G. H. 본디는 이러한 전망을 하면서 황홀경에 젖었다. 우리나라에서는 압솔루트노에 대항할 마스크를 만들 때까지 적어도 시간을 벌 수 있다. 제기랄, 나 자신 신에 대해 방어할 수단을 강구하기 위해 삼백만을 준비할 수 있어. 우선 이백만으로 시작할 수 있어.

모든 체코인들은 마스크를 쓰고 다니고, 그동안 다른 사람들은, 하하, 신에게 빠져버릴 것이다. 적어도 그들의 공장들은 부서질 것이다. 본디는 빛나는 두 눈으로 이 세상을 바라볼 것이다. 여기 한 젊은 여인이 걸어간다. 아름답고 유연하게 걸어간다. 앞에서 보면 어떤 모습일까? 본디는 걸음을 재촉하여 그녀를 따라잡고는 갑자기 존경스러운 아치를 그리며 그녀를 피했다. 그러나 다시 조심스럽게 마음을 고쳐먹고 너무나 빨리 발을 돌려서 하마터면 그녀에게 부딪힐 뻔했다.

"당신, 엘렌이군요." 그는 급히 말했다. "저는 전혀 상상도 못했어요."

"저는 당신이 제게로 오는 것을 보았습니다." 아가씨는 눈을 내리뜬 채 말하고 발걸음을 멈췄다.

"당신은 제가 올 거라고 알고 있었다고요?" 본디는 진땀을 흘리며 말했다. "저도 바로 당신을 생각하고 있던 중이었어요."

"저는 당신의 그 동물적인 욕망을 느끼고 있었습니다." 엘렌은 조용히 말했다.

"나의 무엇을?"

"당신의 동물적인 욕망을. 당신은 저를 알아보지 못했습니다. 당신은 다만 마치 저를 살 수 있다는 듯이 두 눈으로 저를 찬미하고 있었습니다."

G. H. 본디는 인상을 찌푸렸다. "엘렌, 왜 당신은 제

기분을 망치려고 합니까?"

엘렌은 머리를 내저었다. "모두들 그렇게 해요. 모두들, 모두들 다 똑같아요. 아주 드물게 순수한 눈초리를 만나요."

본디는 휘파람을 불기 위해 입을 오므렸다. 아하, 바로 그것이었구나. 늙은 마하트의 종교적인 공동체!

"예." 엘렌은 그의 생각에 대답을 했다. "당신은 우리 공동체에 와야 해요."

"오, 물론!" 본디는 소리쳤다. 그리고는 생각에 잠겼다. '저렇게 아름다운 아가씨가 안 됐군.'

"왜 안 됐어요?" 엘렌은 부드럽게 말했다.

"이것 봐요, 엘렌." 본디는 항의했다. "당신은 사람의 마음을 읽고 있군요. 그건 공평하지 못해요. 만일 사람들이 서로 생각을 읽는다면 그들은 진정한 관계를 가질 수 없어요. 제가 생각하는 것을 안다는 것은 점잖지 못한 일이에요."

"그럼 저는 무엇을 해야 하나요?" 엘렌은 말했다. "신을 아는 모든 사람들은 그런 재능을 가지고 있어요. 당신의 모든 생각은 동시에 제게도 생각이 나요. 저는 그것을 읽지 않아요. 저는 그것을 스스로 가지고 있어요. 만일 모든 사람이 각자의 숨겨진 사악함을 판단할 수 있을 때, 사람은 얼마나 순수한지를 당신이 알기만 한다면 얼마나 좋을까!'

"흠." 본디는 뭔가 생각지 못한 것이 있을까봐 몸을 떨며 중얼거렸다.

"틀림없어요." 엘렌은 확신을 시켰다. "그것은 하나님의 도움과 풍부한 사랑의 도움으로 저를 치료했어요. 만일 당신 눈의 공막이 떨어져버린다면 저는 무척 행복할 거예요."

"그럴 리는 절대 없을 거예요." G. H. 본디는 경악했다. "하지만, 실례지만 당신은 사람들한테서 보는 것을 다 이해합니까?"

"예, 완전히."

"자, 그럼 들어보십시오, 엘렌." 본디는 말했다.

"저는 당신에게 모든 것을 이야기해 줄 수 있습니다. 왜냐하면 당신은 저한테 있는 모든 것을 읽을 수 있을 테니까요. 저는 저의 생각을 읽는 그 여성을 아내로 맞이할 수는 결코 없습니다. 그녀는 취향에 따라 정성껏 성스러운 여인이 될 것입니다. 그녀는 가난한 자들에게 한량없이 자비로울 것이고, 저는 그것을 감당할 것입니다. 그건 멋진 선전이 될 테니까요. 엘렌, 저는 당신에 대한 사랑으로 선행도 이겨낼 것입니다. 저는 모든 것을 이겨낼 것입니다. 엘렌, 저는 제 방식대로 당신을 사랑해왔습니다. 엘렌, 저는 그것을 말할 수 있습니다. 왜냐하면 당신 자신 그것을 읽을 수 있으니까요. 엘렌, 숨겨진 생각 없이는 상거래도, 사회도 불가능합니다. 그리고 무엇보다도 숨겨진 생각 없이는 결혼도 불가능합니다. 엘렌, 그것은 상상조차 할 수 없어요. 비록 당신이 가장 성스러운 남자를 찾을지라도, 만일 당신이 그의 생각을 모두 읽을 수 있다면 그와 결혼하지 마십시오. 자그마한 오해는 인간관계에 유일한, 떨어질 수 없는 끈입니다. 성스러운 엘렌, 결혼하지 마십시오."

"왜 안돼요?" 성스러운 엘렌은 달콤한 목소리로 말했다. "우리의 신은 자연에 거스르지 않아요. 단지 자연을 신성화하게 할 뿐입니다. 신은 우리에게 감정의 억제를 강요하지 않습니다. 그는 우리에게 삶과 번식을 명합니다. 그는 우리들이 ──하기를 원합니다."

"그만." 본디는 그녀의 말문을 막았다. "당신의 신은 그것을 이해하지 못합니다. 만일 당신의 신이 우리의 오해를 빼앗아버린다면 그것은 젠장! 자연에 거역하는 것입니다. 엘렌, 그건 불가능합니다. 전혀 불가능해요. 만일 신이 합리적이라면 그는 그것을 깨달을 것입니다. 그는 한편으로는 전혀 경험이 없거나, 아니면 완전히 형사법상 파괴적입니다. 엘렌, 그것 참 유감입니다. 저는 종교에 대해 아무것도 반대하지 않습니다. 하지만 그 신은 자신이 무엇을 원하는지 모르고 있습니다.

성스러운 엘렌 자신의 천리안을 가지고 광야로 가십시오. 당신은 우리 인간들에게는 어울리지 않습니다. 잘 가요, 엘렌., 차라리 영원히 안녕히."

제11장 **첫 충돌**

어떻게 해서 그런 일이 일어났는지 지금까지 확실치 않다. 하지만 엔지니어 R. 마레크의 작은 공장(브르제브 노프, 믹소바 거리 1651)이 형사들에 의해서 점령당하고, 경찰 저지선에 의해서 둘러싸였을 때, 바로 그 시기에 신 원을 알 수 없는 범죄자들이 시범적으로 설치한 마레크의 카뷰레터를 훔쳐갔다. 철저한 수색에도 불구하고 도적맞 은 기계의 흔적조차도 발견되지 않았다. 그러고 나서 얼 마 후, 회전목마의 주인 얀 빈데르는 자신의 회전목마와 오케스트라를 위해서 하슈탈 광장에 있는 낡은 철물 가게 주인한테서 디젤 엔진 하나를 샀다. 그 가게주인은 그에 게 커다란 플라이휠이 달린 구리 실린더를 사도록 권하고는 그것은 매우 싼 엔진이라고 말했다. 그러고는 거기에 석탄을 조금 넣기만 하면 몇 달 내내 기계가 돌아갈 것이라고 말했다. 얀 빈데르는 이상한 것에 사로잡혀서, 그 구리 실린더를 맹목적으로 믿고 삼백에 그것을 샀다. 그는 직접 스스로 그것을 차에 실어서 즐리호프 근방에서 작동을 하지 않고 멈춰 서있는 자신의 회전목마 있는 데로 가져왔다.

얀 빈데르는 코트를 벗고, 차에서 구리 실린더를 내려서 조용히 휘파람을 불며 일을 시작하였다. 이전에 사용하던 플라이휠 대신 그는 축에다 바퀴를 고정시키고, 바퀴에 벨트를 설치하고 그 벨트를 다른 축에다 연결시켰다. 축의 한쪽 끝에는 오케스트라를 작동하게 하고 다른한쪽 끝에는 회전목마를 돌리게 하였다. 그리고 나서 그는 이음새에 기름을 칠하고, 그것들을 바퀴에 끼우고 나서, 넓은 바지 주머니에 손을 넣은 채, 휘파람을 불기 위해 입을 오므리고 생각에 잠겨 어떻게 될지를 기다렸다. 바퀴는 세 번 돌고는 멈춰 섰다가, 진동을 하고 나서는 흔들거리다가 조용히 그리고 부드럽게 다시 돌아가기 시작하였다. 그때 오케스트라의 작은 모든 드럼과 호루라기들이 소리를 내기 시작하였고, 회전목마는 잠에서 깨어나듯이 몸체를 떨고 나서는 모든 이음새들이 삐걱거리는 소리를 내고, 미끄러지듯 술술 돌아가기 시작했다. 은빛 술들이 번쩍거리고, 화려한 마구와 붉은 굴레를 가진 백마가 웅장한 사륜마차를 곧 출발시키려고 하고, 사나운 눈초리를 한 사슴이 주위로 떠올라 뛰어갈 자세를 취하였다. 우아한 목을 가진 백조가 희고 파란 하늘색 보트 주위로 원을 그리기 시작하며 번쩍거렸고, 음악을 울리며 회전목마는 자신의 음악에 넋을 빼앗긴 오케스트라에 그려진, 윙크를 하지 않은 삼미신(三美神: 라파엘로의 그림으로, 고대 그리스 신화에 나오는 정숙·청순·사랑을 상징하고 있는 세 여신이다:역주) 앞에서, 천국의 아름다움을 회전시켰다.

얀 빈데르는 계속해서 입술을 오므린 채 두 손을 주머니에 넣고서 뭔가 새롭고 사랑스러운 것에 의해 도취되어 마치 꿈이라도 꾸듯이 자신의 회전목마를 바라보았다. 그는 이제는 벌써 혼자가 아니다. 눈물에 젖은 더러운 아이가 이리로 자신의 유모를 끌어당기며, 두 눈을 크게 뜨고서, 입을 넓게 벌리고 놀라서 경직된 채 회전목마 앞에 섰다. 어린 유모도 두 눈을 크게 뜨고 넋을 잃고 서 있었다. 숭고하고, 축제같이 영광스러운 모습의 회전목마는 이상

하리만치 찬란한 빛을 발하며 돌기 시작하였고, 지금은 열정적인 빠른 속도로 빙글 돌아가고, 인도의 강한 향료를 실은 범선처럼 흔들거리고, 지금 마치 황금구름같이 하늘 높이 떠올랐다. 그것은 마치 땅으로부터 솟아오르는 것 같고, 불타는 것 같고, 노래하는 것 같았다. 아니, 오케스트라가 노래하고 있다. 지금은 하프의 음색이 배인 은빛 비가 내리는 듯한 즐거운 여성의 목소리가 환호하고 있고, 지금은 원시림이나 오르간이 윙윙거리고 있고, 하지만 깊은 원시림으로부터 새들이 플루트를 불어대고 그대들의 어깨 위에 날아 앉는다.

황금나팔이 승리의 도래를 알리거나 아니면 아마도 불같은 뻘건 군도를 번쩍이는 전 군대의 도래를 알리고 있다. 그리고 누가 그 영광스러운 찬송가를 부를까? 수천 명이 작은 나뭇가지를 흔들고, 하늘 문이 열리고 북소리 울리는 가운데, 바로 하나님의 찬가가 아래로 내려오고 있다.

얀 빈데르가 한 손을 높이 쳐들자, 그 순간 회전목마는 멈추고 그는 팔 하나를 어린이를 향해 뻗는다. 어린이는 마치 열린 천국의 문으로 들어오듯이 회전목마에 뛰어 오르고, 유모는 마치 꿈이라도 꾸듯이 아이 뒤를 따라 와서 그를 백조모양의 보트에 앉힌다.

"오늘은 공짜." 빈데르는 쉰 목소리로 외친다. 오케스
트라가 울려 퍼지고, 회전목마는 마치 하늘로 날아오르듯
이 돌아가기 시작한다. 얀 빈데르는 뒷걸음질친다. '이것
이 어떻게 된 것이지? 좌우간 회전목마는 이제 돌아가지
않고, 하지만 온 땅이 빙글빙글 돌아가네.' 즐리호프 교회
가 거대한 원을 그리고, 포돌지구 요양원과 비셰흐라드가
블타바 건너편으로 옮겨가고 있다. 그렇다, 온 땅이 회전
목마 주위로 돌아가고 있고, 점점 더 빨리 원을 그리며 터
빈처럼 소용돌이친다. 회전목마만이 한가운데 꼼짝 않고
서있다. 배처럼 부드럽게 출렁이고, 그 갑판 위에는 하얀
말들이, 사슴들과 백조들이 지나다니고, 그리고 어린 아
이가 유모의 손을 잡은 채 동물들을 쓰다듬는다. 아하, 그
래 땅이 맹렬히 돌아가고, 오직 회전목마만이 고요하고
사랑스러운 휴식의 섬이다. 그리고 얀 빈데르는 배가 아
파서 비틀거리며, 회전하는 땅에 의해서 완전히 지쳐 넘
어질 듯 회전목마를 향해 가면서, 막대기 하나를 잡고 자
기의 평화스러운 갑판 위로 뛰어 올랐다.

이제 그는 땅이 폭풍이 이는 바다처럼 어떻게 요동치
는지를 보았다. 자 보십시오, 공포에 사로잡힌 사람들이

자기 집으로부터 뛰쳐나와 손을 흔들면서, 마치 거대한 회오리바람에 의해 실려온 듯이 휘청거리며 넘어진다. 빈데르는 막대기를 꽉 잡고 그들에게 몸을 기울며 소리쳤다. "이리로, 여러분들, 이리로!" 사람들은 번쩍거리는 회전목마를 보고는 회전하는 땅 위로 올라가 그를 향해 조용히 비틀거리며 나아갔다. 빈데르는 막대기를 잡은 채자유로운 한 손을 그들에게 내밀고, 물결치는 땅으로부터 그들을 끌어올렸다. 이제, 어린이들, 할머니들, 나이 많은 사람들 모두 회전목마 갑판 위에 올라섰다. 그들은 엄청난 놀라움을 겪고 나서 숨을 몰아쉬며 세상이 그들 발아래에서 빙글빙글 돌아가는 것을 보고는 공포에 사로잡혔다. 빈데르는 이제 모두를 위로 끌어올렸지만 아직도 거기에는 한 마리의 검정 강아지가 공포에 사로잡혀 비명을 지르며 위로 올라오고 싶어했다. 하지만 땅은 강아지를 더욱더 빨리 회전목마 주위로 몰아가고 있었다. 빈데르는 여기서 쪼그리고 앉아 손을 아래로 뻗쳐 강아지 꼬리를 잡아 자신에게로 당겼다.

이제 오케스트라는 감사의 기도를 연주하기 시작하였다. 그것은 마치 선원들의 거친 목소리와 어린이들의 기도소리가 뒤섞여 난파당했다가 살아남은 자들의 합창 같았다. 자유로운 폭풍우 위로 멜로디(B단조)의 무지개가 아치를 그리고 하늘이 피치카토 바이올린의 행복한 광채 속에서 그 문을 열었다.

빈데르의 회전목마 위에서 난파당했다가 살아남은 자들은 모자를 벗고 침묵한 채 서 있고, 여자들은 입을 꽉 다물고 조용히 기도하고 있고, 경험했던 공포를 벌써 잊어버린 아이들은 용감하게 단단한 사슴의 주둥이를 만지고 유연한 백조의 목을 쓰다듬었다. 백마들은 인내성 있게 안장을 채우도록 자신들의 자그마한 사지들을 허락하였다. 말 한 마리는 힝힝 거리고, 발굽을 긁어댔다. 땅은 이제 주위로 천천히 돌아가고 있었고, 팔 없는 스포츠 셔츠를 입은 키가 큰 얀 빈데르는 세련되지 않은 연설을 시작하였다.

"자, 여러분, 우리는 이제 소용돌이와 혼돈을 지나 여기에 안착했습니다. 여기는 폭풍우 치는 한가운데 하나님의 평화가 찾아왔습니다. 여기 우리는 우리 집의 침대에서처럼 하나님과 함께 있습니다. 이제 우리는 세상의 풍파로부터 벗어나 하나님의 품에서 피난처를 찾았습니다. 아멘." 이렇게 얀 빈데르는 설교를 하고 회전목마에 있는 사람들은 마치 교회에서처럼 그의 말에 귀를 기울였다.

드디어 땅은 돌아가는 것을 멈추고, 오케스트라는 조용히 경건하게 연주를 하고 사람들은 회전목마에서 뛰어내렸다. 얀 빈데르는 오늘은 공짜라고 한 번 더 강조하며, 개종되고 희망에 가득 찬 사람들을 내려 보냈다. 그리고 네시가 될 무렵 아이들을 데리고 온 어머니들, 즐리호프와 스미호프의 은퇴자들이 모여들었고, 오케스트라가 다시 울려 퍼지기 시작하자, 땅은 다시 돌아가기 시작하고, 또다시 얀 빈데르는 모든 사람들을 회전목마 간판 위로 안전하게 올려 보내고, 적당한 연설로 그들을 안심시켰다. 여섯시 무렵 일터로부터 노동자들이, 여덟시 경 연인들이, 그리고 또 열시 경 술집과 영화관으로부터 파티 족들이 모여들고, 모두들 점차적으로 빙글빙글 도는 땅으로부터 정신을 차리고, 축복받은 회전목마의 품에서 편안함을 느끼고 얀 빈데르의 적절한 말씀으로 미래의 인생에 대한 확신을 받았다.

그러한 신성한 일을 일주일 간 하고나서 빈데르의 회전목마는 즐리호프를 떠나 블타바 강을 따라서 후를레와 즈브라슬라프를 거쳐서 슈테호비체까지 갔다. 슈테호비체에서 조금 음울한 사건이 터지기 시작할 때까지 4일간 엄청난 종교적인 성공을 거두었다.

얀 빈데르는 바로 자신의 설교를 끝내고 자신의 제자들을 내 보냈다. 그때 어둠 속으로부터 조용히 검은 일단들이 다가왔다. 그 우두머리로는 키가 크고 수염이 텁수룩한 사나이가 빈데르에게 바로 다가왔다.

"자." 그는 자신의 흥분을 가라앉히려고 하면서 말했다. "즉각 짐을 싸시지요. 그렇지 않으면······."

빈데르의 추종자들이 이 말을 듣고 자신들의 교주에게로 향했다. 빈데르는 자기 뒤에 있는 제자들을 인식하고는 단호하게 말했다. "비가 그치면."

"진정하시지요, 선생님." 흥분한 다른 한 남자가 말했다. "지금 쿠젠다 씨가 말씀을 드리고 있습니다."

"가만 두시게 후데츠 씨." 수염이 텁수룩한 자가 말했다. "내가 그자를 스스로 해치우겠네. 두 번째로 말하는 건데, 짐을 당장 싸십시오. 그렇지 않으면 하나님의 이름으로 당신을 박살낼 것입니다."

"그렇다면 당신도." 얀 빈데르가 말했다. "집으로 꺼지시오. 그렇지 않으면 하나님의 이름으로 당신의 이빨을 부서버리겠소."

"하나님 맙소사!" 수리공 브리흐가 일단으로부터 앞으로 나아오며 소리쳤다. "어디 한번 해보시지요!"

"형제님." 쿠젠다는 부드럽게 말했다. "빈데르, 먼저
조용히 시작합시다. 당신들은 여기서 부끄러운 마술을 부
리고 있습니다. 우리들은 우리의 성스러운 준설선 가까이
에서 하는 그런 것을 참을 수 없습니다."

"사기나 치는 준설선 말이오." 빈데르는 단호하게 말
했다.

"뭐라고 말했습니까?" 쿠젠다는 기분이 나빠서 소리쳤
다.

"사기나 치는 준설선."

그 다음 일어난 일은 매우 풀기가 어려운 사건의 연속
이었다. 처음에는 쿠젠다 진영으로부터 빵집 주인이 한
대를 때렸으나, 빈데르는 그의 머리를 때려 눕혔다. 사냥
꾼이 총 개머리판으로 빈데르의 가슴을 쳤다, 그러나 곧
그는 총을 잃어버렸다. 슈테호비체로부터 온 빈데르 진영
의 한 젊은이가 그 총으로 브리흐의 앞 이빨을 부러뜨리
고, 후데츠의 중절모를 박살냈다. 쿠젠다 진영의 우편배
달부가 빈데르의 젊은이를 목을 졸랐다. 빈데르는 그를
도우러 뛰어오르자, 슈테호비체의 아가씨가 뒤에서 빈데
르에게 올라타서는 체코 사자문신이 있는 그의 팔을 깨물
었다. 빈데르 진영의 누군가가 칼을 빼들었고, 쿠젠다의

일당들은 뒤로 물러서는 것 같았다. 그러나 그의 일당 중 몇몇이 회전목마를 향해 돌진해서는 사슴의 뿔 하나와 아름다운 백조의 목을 부수었다. 회전목마는 긴 숨을 내쉬고는 앞으로 넘어지면서 위 덮개가 싸움질하는 일단의 패들한테로 떨어졌다. 쿠젠다는 막대기에 맞아 의식을 잃었다. 모든 사건은 어둠 속에서 조용히 일어났다. 사람들이 몰려왔을 때, 쿠젠다는 의식을 잃고 넘어져 있었고 브리흐는 이빨을 뱉어내고 있었고, 수테호비체에서 온 아가씨는 발작적으로 울고 있었다. 다른 사람들은 모두 도망을 쳤다.

제12장 **부교수 블라호우스 박사**

갓 50살인 카렐대학교 비교종교학 부교수인 젊은 학자 블라호우스 박사는 4절판 종이 앞에 앉아서 손을 비비고 있었다. 그는 피상적으로 "최근의 종교적 현상들"이라고 제목을 잡았다. 그리고 나서 그는 자신의 논문을 이렇게 시작하였다. "종교라는 개념에 대한 논쟁은 벌써 키케로 시대부터 유래한다." 그리고 나서 그는 생각에 잠겼다. '이 논문을.' 그는 속으로 말했다. '나는 『시대』란 잡지에 보낼 것이다. 동료 여러분들, 이것이 어떤 선동을 불러일으킬지 두고 보자! 바로 지금 종교적 열병이 일어나고 있어 나는 행운이다! 그것은 매우 시사적인 소문이 될 것이다. 신문들이 기사를 쓰겠지. "우리의 젊은 학자 블라호우스 박사는 바로 지금 매우 날카로운 논문을 발표했습니다." 등등. 그리고 나면 나는 석좌교수직을 받겠지. 그러면 레그너는 분노하겠지.'

그때 젊은 학자는 뼈마디 소리가 유쾌하게 들릴 때까지 주름진 두 손을 비벼대고 나서, 계속 써나갔다. 저녁 무렵 하숙집 여주인이 저녁으로 무엇을 먹을 건지 물었을 때 그는 벌써 교회 신부들에 대해서 15쪽을 쓰고 있었다. 11시30분에는 (115쪽에서) 그는 자신의 전임자들과는 딱 한 단어가 다른 종교 개념에 대한 자기 자신의 정의에 도달했다.

그리고 나서 곧 그는 정확한 종교학의 방법론에 대해 간결하게 다루었다.(반대자들에 대한 몇 개의 날카로운 공격과 더불어) 그것으로 그의 논문의 서론은 끝을 맺었다.

밤 12시 조금 지나서 우리의 부교수는 이렇게 썼다. "바로 최근에 정확한 종교연구의 필요성을 제기한 다양한 종교적이고 광신적인 종교집단의 현상들이 나타났다. 비록 그 주된 목적은 오래 전에 소멸된 민족들의 종교적인 관습들을 연구하는 것이지만, 그럼에도 불구하고 생생한 현실은 현대(블라호우스 박사는 이 단어에 밑줄을 그었다)의 학자에게 여러 가지 데이터를 제공해준다. 데이터 무타티스 무탄디스(mutatis mutandis)가 추측일 뿐인 오래 전에 사라진 광신적인 종교집단에 희망의 빛을 비춘다.

그 후에 그는 신문과 증거에 입각하여 쿠젠다주의에 대해 썼고, 거기서 그는 맹목적인 숭배 요소와 심지어 토템숭배사상(슈테호비체의 토템신앙으로서의 준설선)을 찾았다. 빈데르 파들의 경우 그는 춤추는 데르비시(극도의 금욕 생활을 서약하는 이슬람교 집단의 일원. 예배 때 빠른 춤을 춤:역주)와 고대의 진탕 마시고 노는 광신적 숭배사상과의 관계에 대해 언급했다. 그는 또 발전소 준공 개막식에서 본 현상들을 다루었고, 그것들을 교묘하게 파시교도들의 불 숭배와의 연관성을 보여주었다. 그는 마하트의 종교 공동체에서는 금욕주의자와 고행수도자들의 특징을 제시했다. 그는 매우 적절하게 고대 아프리카 내륙의 흑인들의 기적행하기와 비교한 여러 신통력과 기적의 치료의 경우를 언급했다. 그는 광범위하게 심리적인 감염과 군중암시를 다루었고, 채찍질 고행단, 십자군, 천년 왕국설, 말레시아의 맹렬한 살상 욕을 수반하는 정신착란에 관한 역사적인 언급들을 소개했다.

그는 악화된 히스테리에 나타난 병적인 경우와 미신적이고 지적으로 저능한 군중들의 집단적인 정신병 탓으로 돌리면서 두 가지의 심리적인 관점으로부터 최근의 종교적인 운동을 명확하게 규명했다.

그 두 경우에서 그는 광신적 숭배의 원시적인 형태의 활발한 발생을, 그리고 애니미즘(정령신앙)-범신론과 샤머니즘에 대한 경향을, 재침례교도를 상기시키는 종교적 공산주의, 그리고 미신적이고, 마술적이고, 마법적이고 주술적인 가장 거친 충동을 위하여 일반적으로 이성적인 행동의 약화를 입증하였다.

인간의 맹신을 이용하는 데 열심인 개개인들한테서 이것이 어느 정도까지가 돌팔이 수법이고 사기인지 우리가 결정할 일은 아니다."

블라호우스 박사는 계속 썼다. "과학적인 탐구가, 의혹이 제기된 오늘날의 요술의 기적이 오직 옛날부터 있어온 유명한 사기와 암시의 장치라는 것을 틀림없이 보여줄 것이다. 이와 관련하여 우리는 나날이 우리의 경찰과 심리분석가들의 주의 집중을 불러일으키는 새로운 종교적 집단의 종파와 집단을 추천하고자한다. 정확한 종교학문은 모든 종교적 현상들이 인간의 환상 속에 무의식적으로

존재하는 근본적으로 야만적인 조상을 닮는다는 복귀돌
연변이와 가장 오래된 숭배 요소들이 뒤섞인 예시들이라
는 것을 확립하는 데 만족할 것이다. 문명의 도금 아래서,
유럽 사람들 가운데 이러한 종교적 신념의 선사시대의 요
소들을 부활시키기 위해서는 몇몇의 광신도들, 사기꾼들,
악명 높은 협잡꾼들로 충분하다.——"

블라호우스 박사는 책상으로부터 일어섰다. 그는 방금
346쪽의 소논문을 끝내는 참이었으나 아직 피로를 느끼
지 못했다. '나는 효과적인 결말을 내야 한다.' 그는 자신
에게 말했다. "진보와 과학에 대한 몇몇 생각들, 종교적인
몽매주의에 대한 정부의 의심스러운 호의, 반동에 대처할
전선 확립의 필요성에 대하여 등등."

열정의 날개를 단 젊은 학자는 창가로 가서 조용한 밤
을 향해 몸을 굽혔다. 때는 새벽 네 시 반이었다. 블라호
우스 박사는 어두운 거리를 살펴보았고, 조금 추워서 몸
을 떨었다. 온 사방은 쥐죽은 듯하고, 사람이 사는 창문에
는 불빛 하나도 없었다. 부교수는 하늘을 바라보았다. 벌
써 조금은 어슴푸레해졌다. 그러나 영원한 장엄함 속에
별들은 반짝이고 있었다. '나는 얼마나 오랫동안 하늘을
바라보지 않았던가' 라는 생각이 갑자기 학자한테 떠올랐

다. '하나님 맙소사, 벌써 삼십년이 넘었구나!'

그때 그는 마치 누군가 청결하고 싸늘한 손으로 그의 머리를 감싸는 것같이 이마에 달콤한 차가움을 느꼈다, '그래 난 혼자다.' 노인은 한숨을 쉬었었다. '난 줄곧 혼자야! 내 머리를 조금 어루만져줘. 아, 벌써 삼십년 간 아무도 내 이마를 손바닥으로 쓰다듬지 않았구나!'

블라호우스 박사는 얼어붙은 듯이 창가에 서 있었다. 여기에 뭔가 있어. 갑자기 그는 달콤하고 강압적인 황홀감을 느꼈다. '오, 하나님, 좌우간 저는 언제나 혼자가 아닙니다! 어떤 사람의 팔이 저를 잡고 있어요. 누군가가 제 옆에 있어요. 그가 다만 머무를 수만 있다면!'

얼마 후 하숙집 여주인이 부교수의 방에 들어갔을 때, 그가 창가에 서서 두 팔을 높이 쳐들고 머리를 뒤로 젖히고 최고조의 희열에 잠긴 모습을 목격했다. 그러나 이제 그는 몸을 떨고 마치 꿈속에서처럼 두 눈을 뜨고서 책상으로 되돌아갔다. "그러나 다른 한편으로는, 이제 신은 원시적인 숭배형태 외에는 달리 어떻게 자신을 나타낼 수 없다는 것은——." 그는 이전에 무엇을 썼는지에 전혀 상관없이 재빨리 써내려갔다. "——전혀 의심할 바가 못 된다. 새로운 시대에 신앙의 몰락으로 우리와 구시대의 종교적 삶과의 관계는 파괴되었다. 신은 옛날에 야만스럽게 했듯이 우리들을 자신에게로 데려가기 위해서는 애초부터 다시 시작하여야 한다. 그는 가장 먼저 우상과 맹목이 되어야 하고, 어떤 무리, 씨족과 부족의 우상이 되어야 한다. 그는 자연에 생기를 불어넣어야 하고, 마법사를 통해 일을 해야 한다. 이러한 종교 발전은 선사시대의 형태로 시작하여 보다 더 높은 단계를 지향하면서 우리들 눈앞에서 되풀이 되어야 한다. 오늘날 종교 물결은 여러 방향으로 나누어지고 각자 상대방의 희생을 바탕으로 지배하려고 발버둥친다. 우리는 그 열의와 완고함에서 십자군전쟁을 능가하고 그 규모에서 지난 세계대전을 능가하는 종교 투쟁을 기대할 수 있다. 신이 부재한 우리의 세상에 하나님의 왕국은 커다란 희생과 독단적인 교리의 혼란 없이 이루어질 수 없다. 그럼에도 불구하고 저는 여러분들에게 감히 말합니다. 압솔루트노에게 전 존재를 맡기십시오. 신을 믿으십시오. 그는 어떤 형태로든지 당신에게 설명할 것입니다. 그는 우리의 지상에서, 그리고 어쩌면 우리의 제도가 있는 다른 위성에서도 영원한 하나님의 왕국, 압솔루트노 차르제국을 건설할 거라는 것을 깨달으시기 바랍니다. 한 번 더 당신에게 말할 기회가 왔습니다. 하나님

앞에 겸손하십시오!"

부교수 블라호우스 박사의 이 논문은 실제로 출판되었다. 전부는 아니지만. 편집부가 그의 논문의 일부분을 출판했다. '새로운 종파들과 이 젊은 학자의 이 논문은 틀림없이 그 시대 분위기의 특징을 반영하고 있다' 라는 조심스러운 주를 달아서 결론 부분만 공표했다.

블라호우스의 논문은 아무런 파문도 일으키지 않았다. 왜냐하면 그것은 다른 사건들에 의해 빛을 잃었기 때문이다. 오직 철학부 부교수인 젊은 학자인 레그네르 박사만이 커다란 관심을 가지고 블라호우스 논문을 읽고는 여러 곳에서 이렇게 선언했다.

"블라호우스는 불가능합니다. 전혀 불가능합니다. 도대체 어떻게 신을 믿는 자가 종교에 대해서 전문적으로 감히 말할 수 있단 말인가요?"

제13장 연대기 작가의 사과말씀

이제 압솔루트노 연대기 작가가 자신의 고통스러운 상황에 대해 여러분들의 주의를 기울여 달라는 것에 대해 용서하기 바랍니다. 무엇보다도 그는 이 불행한 숫자, 13장이 자신의 서술의 명확성과 완결에 치명적인 영향을 끼치리라는 것을 인식하면서 이 장을 쓰고 있습니다. 이 불행한 장에는 여러 가지가 뒤섞여 있습니다. 여러분은 다음을 믿어도 좋습니다. 즉 저자는 마치 아무렇지도 않다는 듯이 "제14장"이라고 제목을 붙이고자 했습니다. 그러나 주의 깊은 독자는 제13장에 의해서 속임을 당했다고 느낄 것입니다. 그리고 그는 정당하게도 그의 전 논문에 대해 대가를 지불받았습니다. 그 외에도 만일 여러분이 숫자 13을 두려워한다면 이 장을 지나치기 바랍니다. 그렇다고 해서 여러분들은 압솔루트노 공장의 모호한 문제에 대해 사실 많은 빛을 잃지는 않을 것입니다.

연대기 작가의 다른 망설임이 더욱 더 나쁩니다. 그는 공장의 기원과 번영에 대해서 할 수 있는 한 여러분에게 정연하게 설명할 것입니다. 그는 마하트 씨 건물의 카뷰레터 보일러, 지브노 산업은행, 우피체 방적공장, 쿠젠다의 준설선 그리고 빈데르의 회전목마에서 일어난 여러 결과에 대해 여러분들의 주의를 집중시킬 것입니다. 그는 자유롭게 증발하는 압솔루트노에 의한, 비록 명확한 계획은 없지만 분명히 놀라울 정도로 퍼지기 시작한 장기적인 감염의 결과인 블라호우스의 비극적인 경험을 묘사했습니다.

그러나 여러분들은 전반적인 문제가 시작할 때부터, 다양한 모양의 수천의 카뷰레터가 생산되었다는 것을 염두에 두어야 합니다. 이러한 가장 값싼 모터에 의해서 움직이는 열차, 항공기, 자동차 그리고 선박들이, 이전에는 자신들 뒤에 먼지, 연기와 냄새를 남기곤 했듯이, 자신들의 경로로부터 전 압솔루트노의 구름을 던져버렸습니다.

전 세계에서 수천 개의 공장들이 벌써 낡은 보일러들

을 파기하고 카뷰레터를 설치하였고, 수백 개의 정부 부처와 사무실, 수백 개의 은행과 증권거래소와 백화점, 무역회사와 대형식당, 학교와 극장과 노동자들의 공동주택, 수천 개의 신문사와 협회, 카바레와 가정집이 MEAS 상표의 최신식 중앙난방 카뷰레터로 난방을 하고 있다는 것을 상기하십시오. 스틴네스 공장들은 모든 지사들과 함께 MEAS그룹에 합병했고, 나날이 300,000개의 카뷰레터를 전 세계로 내보내는 미국 포드회사는 대량생산에 도달하는 데 전력을 기울이고 있다는 것을 상기하십시오.

예, 제발 이 모든 것을 염두에 두십시오. 그리고 지금까지 우수한 카뷰레터가 여러분들 가까이에서 어떠한 영향을 끼쳤는지 상기해보십시오. 이러한 영향을 수백 번 곱해보십시오. 그러면 즉각 연대기 작가의 상황을 이해하실 것입니다. 그는 여러분과 함께 새로 탄생한 카뷰레터와 여행하기를 얼마나 좋아하는가요. 건초, 빵과 설탕을 위엄이 있고 넓은 등을 가진 말이 끄는 마차에 싣고, 또 덜거덩 거리는 마차에 새로운 구리 실린더를 실어서 공장으로 가져갑니다. 그는 양손을 뒤로 한 채, 그것을 설치하는 동안 도와주고, 조립공들한테 충고하고, 그리고 그것이 돌아갈 때까지 기다리는 것을 얼마나 좋아하는가요.

'그것'이 그들에게 효과를 나타내기 시작할 때, 압솔루트노가 그들의 코로, 귀로 또는 다른 신체 부위로 들어가서 그들의 고집스러운 성격을 용해시키고, 그들의 호의를 압도하고, 그들의 도덕적 상처를 치유할 때, 그는 얼마나 사람들의 얼굴을 들여다보기를 좋아하는가요.

어떻게 압솔루트노가 자신의 쟁기로 그들을 깊숙이 뒤집고, 불타게 하고, 분쇄하고, 새로 태어나게 하는 것을 보십시오. 어떻게 압솔루트노가 그들 앞에 경이로운 세상을 드러내고, 그럼에도 불구하고 자연스러운 기적들의, 황홀감의, 영감의, 계몽과 믿음의 세상을 인간적으로 제시하는지를 보십시오. 왜냐하면, 연대기 작가가 여러분들에게 자신은 역사를 쓸 수 없다고 고백하는 것을 여러분들은 알아야 합니다.

반면에 수천 개의 사소하나 활력 넘치는 개인의 사건들을 '역사적 사실', '사회적 현상', '대중 운동', '발전', '문화의 물결', 또는 일반적으로 '역사적 진실'이라고 불리는 어떤 압축되고, 자유로운 형태의 물질로 바꾸기 위해서, 역사가는 자신의 역사에 대한 지식, 구전설화, 외교문서, 요약, 종합, 통계, 다른 역사기술의 고안들의 압박과 분쇄기를 사용하고, 연대기 작가는 개개인의 독립적인 경우들만을 보고 그들에게서 심지어 즐거움을 발견합니다.

자, 지금 그는 1950년 대 이전에 전 세계를 휩쓴 '종교적 물결'을 실용적으로, 진보적으로, 이데올로기적으로 그리고 종합적으로, 기술하고 설명한다는 것을 생각해보십시다. 그가 이러한 거대한 과업을 인식하면, 그는 그 당시의 '종교적 현상들'을 수집하기 시작합니다. 그리고 자, 이러한 학구적인 과정에서 예컨대, 그는 줄무늬 셔츠를 입고서 자신의 원자 회전목마를 가지고 방방곳곳을 방랑하는 은퇴한 만능 예술가 얀 빈데르를 발견하게 됩니다.

물론 역사적 종합은 연대기 작가로 하여금 줄무늬 셔츠를, 회전목마를, 심지어 얀 빈데르를 무시하게 하고, '역사적 핵심'을, 또는 '과학적인 결과'처럼, 오직 "이러한 종교적 현상은 애초부터 가장 다양한 계층에게 영향을 끼친다."는 선언을 유지하도록 합니다. 자 여기서 연대기 작가는 자신은 얀 빈데르를 버릴 수 없고, 그의 회전목마에 매혹되고, 그 줄무늬 셔츠가 그 어떤 '종합적인 특징'보다 그에게 더 흥미를 불러일으킨 다는 것을 고백해야합니다. 이는 분명히 완벽한 과학적인 무능, 공허한 도락, 매우 편협한 역사적 견해, 또는 무엇이든지 당신이 원하는 것을 보여주고 있습니다. 하지만, 연대기 작가가 자신의 개인적인 취향을 자제한다면, 그는 얀 빈데르와 함께 저 부뎨요비체까지, 그 다음 클라토비까지, 플젠까지, 즐루티체까지 그리고 또 다른 곳까지 계속 여행을 할 수도 있습니다. 오직 그가 슈테호비체에 남아서 그들 뒤로 손을 흔들며 "잘 있어요, 악마 같은 친구 빈데르. 안녕히 회전목마, 이제 우리 더 이상 보지 못할 것입니다." 라고 소리치는 게 유감입니다.

저런, 좌우간 나는 블타바 강 위의 준설선에서 쿠젠다와 브리흐를 떠나 왔을 때와 똑같았습니다. 나는 그들과 함께 더 많은 저녁 시간들을 보내고 싶었습니다. 왜냐하면 나는 블타바 강을 좋아하고, 일반적으로 흘러가는 강물을, 특히 물가의 저녁 시간을 좋아했고, 그리고 쿠젠다 씨와 브리흐 씨를 엄청 좋아했습니다. 후데즈 씨, 제빵사, 우편배달부, 사냥꾼, 슈테호비체의 연인들의 경우도 나는 그들 모두, 여러분들 각자처럼 살아 있는 인간으로서 가까운 지기가 될 수 있었다고 믿었습니다. 하지만 나는 계속 서둘러 가야 하기 때문에, 내게는 여러분들과 헤어지기 위해 모자를 벗어 흔들 시간적 여유도 거의 없습니다. 쿠젠다 씨 안녕히 계십시오. 브리흐 씨 즐거운 밤을 보내십시오. 그 준설선에서의 그 유익한 저녁에 대해 감사를 드립니다. 블라호우스 박사님 당신과 작별을 해야 합니다. 당신과 함께 여러 해를 보내고 당신의 전 인생에 대해서 기술하고 싶었습니다. 왜냐하면 당신 나름대로 대학교 교수의 삶이 흥미롭고 풍요롭지 않았습니까? 적어도 하숙집 여주인께 안부를 전해주십시오.

거기에 있는 모든 것은 가치가 있습니다.

그래서 나는 모든 새로운 카뷰레터와 동행하고 싶습니다. 나는 새롭고 새로운 사람들과 사귀고 싶습니다. 당신도 그렇겠지요. 그건 언제나 그럴 가치가 있습니다. 작은 구멍을 통해서 그들의 인생을 들여다 보는 것은, 그들의 마음을 읽는 것은, 개인의 믿음과 구원의 근원을 감시한다는 것은, 새로운 인간의 성스러움의 경이 속에 머무른다는 것은 내게 뭔가 특별한 것입니다! 당신이 거지라고, 당수라고, 은행장이라고, 기관사라고, 웨이터라고, 랍비라고, 시장이라고, 경제신문 편집장이라고, 캬바레 코미디언이라고, 일반적으로 인간의 가능한 모든 직업이라고 상상하십시오. 구두쇠라고, 호색한이라고, 식충이라고, 회의주의자라고, 위선자라고, 출세주의자라고, 가능한 모든 인간의 기질이라고 상상해보십시오., 자, 이 얼마나 다양하고, 끝없이 비슷하고, 특별하고 놀라운 경우들과 천상의 은혜(또는 압솔루트노에 의한 중독)의 현상을 만날 수 있을까, 그리고 그들 중 서로 서로에 대해 연구하면 얼마나 흥미로울까! 거기에는 평범한 신자로부터 열광자까지, 참회자로부터 기적을 행하는 자까지, 개종자로부터 열렬한 사도들까지 얼마나 많은 믿음의 단계가 있을까! 이 모든 것을 수용할 수 있다면! 모두에게 손을 내밀 수 있다면!

그러나 그건 소용없습니다. 그러한 과업은 결코 실행될 수 없습니다. 전 역사적 자료를 과학적으로 정제하는 영광을 포기한 연대기 작가가, 이야기하도록 허락되지 않은 여러 경우로부터 슬픔을 가지고 외면하는 것입니다.

나는 가능한 성스러운 엘렌과 함께 더 오래 머물고 싶습니다! 나는 신뢰를 배반하면서까지 슈핀들뮈홀에서 신경불안을 치유하고 있는 R. 마레크를 저버리고 싶지 않습니다! 나는 산업전략가 본디 씨의 두뇌를 해부하고 싶습니다! 모두 소용없습니다. 벌써 압솔루트노가 전 세계에 넘쳐나고 대규모적 현상이 되었습니다. 연대기 작가는 후회스럽게 회고해봅니다. 그는 필요불가결하게 뒤따른 사회적이고 정치적 사건들의 묘사를 요약하는 것을 감수해야 합니다.

자, 그럼 이제 새로운 사실들의 범위로 들어가 봅시다.

제14장 풍요로운 대지

다음과 같은 현상이 자주 연대기 작가에게(그리고 틀림없이 여러분들 중에 많은 사람들에게도) 일어나곤 했다. 즉 무슨 이유에서이든지 그가 밤하늘과 별들을 쳐다보았을 때 그는 이루 말할 수 없는 놀라움 속에 그들의 수많은 숫자와 상상할 수 없는 거리와 크기를 인식했고, 저 모든 점들은 각각 거대한 불꽃의 세계이거나 모두 다 생명이 있는 행성계이고, 저런 점들은 말하자면 수십억 개나 되고, 또는 여러분들이 높은 산(타트리 같은 산)으로부터 멀리 지평선을 바라본다면, 자신의 아래로 초원, 숲들, 산들을, 그리고 자신의 코 아래에 울창한 숲과 풀을 볼 것이다. 그 모든 것들은 너무나 많고, 뒤얽히고, 열렬하고 그리고 너무나 활기 넘친다. 그리고 그는 풀 위에서 수많은 꽃들을, 작은 딱정벌레들을, 나비들을 보고, 그리고 거기서 마음속으로 그 자신 앞에 어디까지인지 알 수 없는 곳까지 펼쳐진 거대한 창공에 의해서 미칠 정도로 많은 것들을 곱하기해 보았다. 그리고 그는 이 창공에다가 똑같이 우리 지구의 표면을 이루고 있는 수많은 것들로 가득 찬 수백만 개의 다른 창공들을 더 보탰다. 그래서 바로 그 순간 연대기 작가들은 그런 것을 목격할 때 창조주를 상기하고 속으로 이렇게 말했다.

"만일 누군가가 이 모든 것을 만들거나 창조했다면, 우리는 이것이 틀림없이 어마어마한 낭비라는 것을 인정해야할 것입니다. 만일 누군가가 창조주처럼 자신의 정체성을 증명하고 싶다면 그렇게 미칠 정도로 많이 창조할 필요가 없었을 것입니다. 풍부함은 혼란입니다. 혼란은 미치광이 짓이며 취기입니다. 예, 그렇습니다. 인간의 이성은 그러한 지나치게 많은 창조적인 성취에 충격을 받았습니다. 그건 단순히 너무나 많습니다. 그것은 미칠 정도로 무한대였습니다. 태어날 때부터 무한한 자는 물론 언제나 모든 것에서 그 광대한 크기에 습관이 되었고 적당한 표준을 가지고 있지 않습니다(왜냐하면 모든 표준이 무한을 가정하기 때문입니다). 또는 전혀 아무런 표준을 가지고 있지 않습니다.

제발 청컨대 이것을 신성모독이라고 간주하지 마십시오. 나는 인간의 이성과 우주의 풍부함 사이의 불균형을 입증하려고 노력할 뿐입니다. 존재하는 모든 것들의 고의적이고 넘쳐나는 아주 과열된 과잉은 냉정한 인간의 눈에는 의식적이고 방법론적인 창조보다는 차라리 자유로운 창조로 나타납니다. 죄송한 말씀이지만, 우리가 우리의 이야기로 돌아가기 전에, 그것이 바로 내가 말하고 싶었던 것입니다. 엔지니어 마레크가 발명한 완전연소가 모든 물질에 압솔루트노가 존재하고 있다는 것을 거의 증명했다는 것은 여러분들도 잘 알고 있을 것입니다. 이렇게 생각해 볼 수도 있습니다(물론 가정일뿐이지만). 모든 것이 창조되기 전에 압솔루트노가 무한한 자유 에너지 형태로 존재했다고 생각해볼 수도 있습니다(물론 가정일뿐이지만). 몇몇 개의 중대한 육체적 정신적 이유로 이 자유 에너지는 창조적이 되었습니다. 그것은 노동하는 에너지가 되었고, 그리고 정확히 전도의 법칙에 따라 그것은 무한히 구속된 에너지의 상태로 변형되었습니다. 그것은 스스로 자신의 피조물 속에, 즉 창조적인 물질 속에 길을 잃어버렸고 그 속에 잠복한 형태로 매혹적으로 남아있었습니다. 만일 이것이 이해하기 어렵다면 나는 도움을 줄 수 없습니다.

오늘날 마레크의 원자 모터에서 완전연소의 결과로 이 폐쇄된 에너지가 자유롭게 되고, 그것을 가두고 있던 물질의 족쇄로부터 벗어났습니다. 그것은 자유 에너지가 되었거나 활동적인 압솔루트노가 되었습니다. 그것은 창조주 앞에서처럼 똑같이 자유로웠습니다. 그것은 벌써 언젠가 한번 바로 세상을 창조할 때 나타난 불가해하고 끝임없이 작동하는 힘인, 갑작스러운 해방이었습니다. 만일, 전 우주가 갑자기 완전연소가 된다면 태초의 창조 행위는 되풀이될 수 있었을 것입니다. 왜냐하면 그것은 결정적인 세상의 종말이었을 것이니까요. 그것은 새로운 세계적인 회사, 제2의 코스모스의 설립을 가능하게 할 수도 있는 완전한 청산입니다. 그동안, 여러분들도 아시다 시피 마레크의 카뷰레터에서는 물질의 세계가 한 번에 일 킬로그램씩 연소되어왔습니다. 조금씩만 방출된 압솔루트노는 즉각 다시 창조하기에는 충분히 강력하다고 느끼지 않거나, 반복하고 싶지 않았을 것입니다. 간단히 말해 그것은 두 가지 방법으로 자신을 나타내고자 할 것입니다. 하나는 어느 정도 전통적이고 다른 하나는 틀림없이 현대적이었습니다.

스스로 적용하려고 했던 전통적인 방법은 여러분들도 벌써 아시다시피, 종교적인 것이었습니다. 거기에는 다양한 영감들, 개조, 도덕적 영향들, 기적들, 공중부양, 황홀감, 예견들 그리고 주로 종교적 믿음이 있었습니다.

여기 압솔루트노는 벌써 잘 다져진 그러나 지금까지 어느 정도 유래가 없는 길을 통하여 사람들의 개인적이고 문화적인 삶으로 파고 들어갔습니다. 압솔루트노의 몇 달 간의 활동 후, 이 지상에는 적어도 일시적으로 종교적 충격을 경험하지 않은 사람은 실질적으로 거의 한 명도 없었습니다. 그런 충격으로 압솔루트노는 사람들의 영혼에 자신의 존재를 알렸던 것입니다. 압솔루트노로 말미암아 일어난 참혹한 결과를 묘사할 필요가 있을 때에, 우리는 이 압솔루트노 행동의 심리적인 문제에 대해서 나중에 다시 다룰 것입니다.

자유로운 압솔루트노의 존재의 또 다른 형태는 뭔가 완전히 새로운 것을 가져왔습니다. 세계를 창조하는 데 바빴던 무한한 에너지는 변해진 조건을 조심스럽게 인식하면서 스스로 생산에 헌신하였습니다. 에너지는 창조하지는 않지만 생산했습니다. 그것은 순수한 창조대신 기계한테서 자리를 잡았습니다. 그것은 영원한 숙련공이 되었습니다.

어떤 공장에, 예컨대 못 공장에 증기기관 대신 가장 값싼 추진체로서 완벽한 카뷰레터를 설치했다고 가정해보십시오. 원자 모터로부터 끝임 없이 나오는 압솔루트노가 타고난 재능으로 하루에 생산과정을 터득하고, 자신의 불굴의 창조성이나 또는 아마도 야망을 가지고 이러한 생산에 헌신을 하였다고 말할 수도 있습니다. 그것은 스스로 못을 생산하기 시작하였습니다. 일단 시작했다 하면 이제 멈출 수가 없었습니다. 아무도 조정할 수 없이 기계는 못들을 뱉어내었습니다. 못 생산을 위해 준비된 철강원자재는 스스로 조금씩 쌓여서 공중으로 올라가 관련된 기계 속으로 들어갔습니다.

그것은 처음보기에 끔찍했습니다. 재료가 동이 났을 때 철이 땅속에서 피어났고, 공장 주위의 흙은 깊은 땅속으로부터 빨아들여진 것처럼 순수한 철 냄새가 넘쳐났습니다. 그래서 철은 약 일 미터나 높이 올라갔고, 찢겨지면서 기계 속으로, 마치 밀어 넣어지는 것처럼 스스로 미끄러져 들어갔습니다. 자, 주목하십시오. 즉 나는 '철이 스

스로 올라갔다.' 고 또는 '철이 미끄러져 들어갔다.' 고 말
할 수 있습니다. 그러나 모든 목격자들은 철이 맹렬하게
보이지 않은 힘으로, 강렬하게 공포를 자아낼 정도로 그
처럼 분명하고 집중된 힘으로 솟아올랐다는 것을 느꼈다
고 묘사합니다. 즉 그것은 분명히 모든 것을 할 수 있었던
놀라울 정도의 힘이었습니다. 아마도 당신들 중 누군가는
심령술로 장난을 치고 '책상 들어올리기' 를 목격했을 것
입니다. 그렇다면 그것은 내게 다음과 같은 것을 확신시
켜줍니다. 그렇다면 책상은 그것이 마치 무게를 잃어버린
듯이 올라가는 게 아니고, 오히려 어떤 발작적인 힘으로
올라갑니다. 그것은 모든 결합부분에서 삐걱 소리가 나
고, 떨다가 일어섭니다. 즉 드디어 책상과 더불어 처절하
게 투쟁하던 어떤 힘에 의해서 높이 솟아올랐습니다. 하
지만 내가 어떻게 철을 깊은 땅속으로부터 끌어내서, 쇠
막대기로 만들어, 기계로 던져 넣고 부셔서 못으로 만드
는 그 무섭고 소리 없는 투쟁을 묘사할 수 있을까요! 쇠막
대기는 마치 채찍처럼 뒤틀려지고, 앞으로 밀어 넣어져
덜컹거리고, 소리 없이 쇠막대기와 맞부딪히는 비 물질
속에서 갈아지는 것에 저항합니다. 오늘날 모든 뉴스가
이러한 무서운 장면을 보도합니다. 정말 이것은 기적입니

다. 하지만 기적이 뭔가 아주 멋지게 가볍고 쉬운 것이라고 생각하지 마십시오. 실질적인 기적의 본질은 성가시고, 기진맥진할 정도로 긴장인 것 같습니다. 하지만 압솔루트노가 엄청나게 노력하면서 일했지만, 무엇보다도 가장 놀라운 일은 그 새로운 일자리에서의 생산의 풍부함입니다.

이와 같이 못 생산 부서에서는, 유일한 압솔루트노가 장악한 못 공장은 밤낮으로 수많은 못을 생산해내서 그것들은 마당에 산더미처럼 쌓이고 결국 울타리를 넘어 거리로까지 넘쳐났습니다. 그동안 못 생산 문제에 대해 생각해봅시다. 여기 여러분들은 천지창조 시기처럼 무궁무진하고 낭비가 심한 전반적인 압솔루트노의 특질을 봅니다. 일단 한번 생산의 절정에 이르면 분배에 대해서, 소비에 대해서, 시장에 대해서, 목표에 대해서, 전혀 아무 것도 걱정을 하지 않았습니다. 오직 못을 분출시키는 데 어마어마한 에너지를 퍼부었습니다. 일단 그 본질에서 무한하면, 못 생산은 물론이고 어떤 것에서도 양이나 제한을 몰랐습니다.

여러분들은 그러한 못 공장의 노동자들이 새로운 추진력의 효력에 대해 얼마나 놀랐는지 상상할 수 있을 것입니다. 그들에게 있어서 그것은 전혀 기대하지 못했고 불공정한 경쟁이었고, 그들의 노동 전체를 피상적으로 만든 그 무엇이었습니다. 그리고 만일 압솔루트노가 모든 형태와 정도의 종교적 깨달음을 그들에게 불러일으킨 최초의 공격방법으로 그들을 놀라게 하고 압도하지 않았더라면, 그들은 노동자 계급에 대한 맨체스터학파의 자본주의의 공격에 대항하여, 적어도 공장을 파괴하고 그 주인을 처형함으로써 자신들을 틀림없이 보호하려 했을 것입니다. 그동안 그들은 공중부양, 예언, 기적행하기, 환상, 초자연적 치료, 신성, 이웃사랑, 비슷한 비자연적이며, 예, 바로 기적적인 상황들도 경험하였습니다.

다른 한편으로는 여러분들은 그러한 못 공장의 주인은 이러한 성스러운 대량생산을 얼마나 반가이 맞이했는지 쉽게 상상할 수 있습니다. 공장주는 틀림없이 즐거워하며, 자기를 거의 죽음으로 몰아넣을 정도로 성가시게 한 모든 노동자들을 해고할 수도 있었습니다. 그리고 공장주는 돈 한 푼들이지 않고 생산하는 화산처럼 쏟아지는 못들에 두 손을 비빌 것입니다. 그러나 다른 한편으로는 그자신 그 압솔루트노의 심리적 영향의 희생자가 될 것입니다. 그리고 그는 바로 그 장소에서 공장 전체를 하나님의 형제들인 노동자들에게 그들의 공동 재산으로 넘겨줄 것입니다. 또 다른 한편으로는 그는 곧 이 산처럼 쌓은 못들이 아무 소용없으리라는 것을 깨달았습니다. 왜냐하면 그는 그것들을 어디로 내다 팔아야할 곳이 없기 때문이었습니다.

사실 노동자들은 더 이상 기계 옆에 서있을 필요가 없고 철주들을 옮길 필요가 없습니다. 그 외에도 그들은 공장의 공동 주인이 되었습니다. 하지만 며칠 후 어떻게 해서든지 산더미처럼 쌓인 못들을 처리해야 할 필요성이 생겼습니다. 그것들은 더 이상 상품으로서 가치가 없어졌기 때문입니다. 처음에는 어떻게 해서 그 못들을 트럭 가득히 실어서 가짜 주소로 보내졌고, 나중에는 도시 외곽의 거대한 쓰레기 더미로 보내졌습니다. 이 못들을 처리하는데 전 노동자들이 하루 14시간씩 일을 했지만, 그들은 불평을 하지 않았습니다. 왜냐하면 그들은 성스러운 사랑의 정신과 공동의 봉사정신으로 교화되었기 때문입니다.

내가 오랫동안 이 못 문제로 시간을 끈 것에 대해 용서하십시오. 압솔루트노는 산업의 전문적인 문제는 모르고 있었습니다. 압솔루트노는 똑같은 열정으로 방적공장에 침투해서 모래로써 밧줄을 만드는 기적을 이루었을 뿐만 아니라 그것들로부터 실도 자았습니다.

짜고, 축융하고 그리고 재고정리하면서 압솔루트노는
전 직물 분야를 장악해서 멈춤 없이 가위로 자를 수 있는
수백만 킬로미터의 실을 자아냈습니다. 압솔루트노는 철
강공장, 압연공장, 주물공장, 농기구제조공장, 톱공장, 통
나무산업, 고무제조업, 설탕공장, 화학제조업, 비료공장,
단조공장, 질소와 석유화학공장, 인쇄업, 종이공장, 염색
업, 유리공업, 도자기업, 부츠와 구두제조 공장, 리본산업,
대장간, 광산, 맥주공장, 증류공장, 유제품 제조공장, 제분
공장, 조폐국, 엔진공장, 연마공장을 장악했습니다. 압솔
루트노는 하루에 24시간에서 26시간 정도 실을 자았고,
옷감을 짰고, 뜨개질을 떴고, 편자를 박았고, 주조했고, 조
립했고, 기웠고, 대패질했고, 잘랐고, 팠고, 연소시켰고,
구웠고, 표백했고, 제련했고, 요리했고, 여과했고, 압착하
였습니다. 트랙터 대신 압솔르투노는 농기구를 채워서 갈
아엎었고, 씨를 뿌렸고, 써레질 했고, 잡초를 뽑았고, 추수
했고, 빻았습니다.

모든 분야에서 압솔루트노는 원료를 수십 배로 증가시
켰고 물품을 수백 배로 생산하였습니다. 그것은 고갈될

줄 몰랐습니다. 압솔루트노는 그 특별한 제한 없음의 특별한 표현으로 '풍요로움'이란 단어를 찾았습니다.

기적적인 사막에서 물고기와 빵의 증대는 기념비적으로 되풀이된 것을 목격할 수 있었습니다. 또 못들의, 널빤지의, 질소비료의, 타이어의, 인쇄용지의 그리고 모든 산업생산물들의 기적적인 증대도 반복되었습니다. 이 세상에서 인간이 필요한 모든 것들이 제한 없는 풍요로움에 도달 했습니다. 좌우간 인간이 필요한 모든 것들은 오직 제한 없는 풍요로움입니다."

  예, 그렇습니다. 오늘날의 정돈되고 그리고 ──이렇게 말할 수도 있지요── 축복받은 값비싼 시대에 우리는 제한이 없는 풍요로움이라는 사회악을 상상할 수 없습니다. 우리는 갑자기 모든 것이 제한 없을 정도로 많이 있는 천국, 지상의 천국 외에는 다른 것이 아니었다고 생각할 수 있습니다. 우리는 모든 사람들을 위해 모든 것이 충분하다면 더욱 좋을 것이라고 생각할 수 있습니다. 오 맙소사, 값은 또 얼마나 싼가요!

  자, 그러면, 산업에 있어서 압솔루트노의 간섭 때문에 우리가 묘사하는 시대에 이 세상을 덮친 경제적 재난은 사람들이 필요한 것을 단순히 싼 값으로뿐만 아니라 단순히 공짜로 얻을 수 있다는 사실로부터 일어났습니다. 당신은 못 한 움큼을 구두밑창이나 마룻바닥에 넣기 위해서 공짜로 가질 수 있습니다. 하지만 당신은 또한 차량 한 대분량의 못도 공짜로 가질 수 있습니다. 하지만 물어보건대 그것으로 무엇을 하시겠습니까? 당신은 그것들을 100킬로미터 멀리 가져가서 또다시 공짜로 나누어주겠습니까? 당신은 그렇게 하지 않을 것입니다. 왜냐하면 당신이 그 눈사태처럼 많은 못 위에 서 있다면 당신은 벌써 상대적으로 유용한 물건인 못을 보지 못할 것입니다. 왜냐하면 그것들은 너무나 많아서 똑같이 아무 소용없는 하늘의 별들처럼 뭔가 가치가 없고 의미가 없기 때문입니다. 그렇습니다. 그런 새로운 반짝거리는 못들의 더미는 때때로 하늘의 그 별들처럼 행복감을 주고, 시적인 영감을 불러일으킵니다. 그 더미는 마치 말없는 경이로움을 위해 만들어진 것 같습니다. 그것은 마치 아름다운 바다의 풍경처럼 자신의 방식대로 아름다운 풍경이었습니다. 그러나 또한 바다는 바다가 없는 나라의 내륙으로 차에 싣고 갈 수는 없습니다. 바닷물은 경제적으로 배달할 가치가 없습니다. 지금 또한 못을 위한 바닷물은 없습니다.

그리고 그동안 여기서 못들의 반짝거리는 바다가 펼쳐

지지만, 몇 킬로미터 떨어진 곳에는 못 하나 얻을 수 없습니다. 경제적으로 가치가 없어서 가게로부터 사라졌습니다. 만일 당신이 못 하나를 구두에 박아 넣거나 이웃집 매트리스에 박아 넣기를 원해도 하나도 얻을 수 없습니다. 슬라니와 차슬라프에 바다가 없듯이 못 하나 없습니다. 다른 곳에서 비싸게 팔기 위하여 이곳에서 필요한 것을 싸게 산 지난 시대의 사업가들이여, 당신들은 어디에 있습니까? 아아, 당신들은 사라졌습니다. 왜냐하면 하나님의 자비가 당신들에게 내려왔기 때문입니다. 사람들 간의 동포애를 고려하고 당신들이 가지고 있는 것을 모두 나누어주기 위하여 당신들은 자신들의 이득에 부끄러움을 느끼고 자신의 가게 문을 닫았습니다. 당신들은 이제 전혀, 하나님 속에서 모든 형제들에게 모든 필요한 것들을 분배함으로써 부유해지고 싶어하지 않았습니다. 가치가 없으면 시장이 서지 않습니다. 시장이 없으면 분배가 없습니다. 분배가 없으면 상품이 없습니다. 그리고 상품이 없으면 필요가 증가하고, 가격이 오르고, 이익이 증가하고 가게들이 불어납니다. 당신들은 이익으로부터 등을 돌리고 모든 숫자에 대하여 제어할 수 없는 저항을 가지고 있었습니다. 당신들은 소비, 시장과 판매의 눈으로 물질세계를 바라보는 것을 그만두었습니다. 당신들은 손을 깍지 끼고 세상의 아름다움과 풍요로움을 바라보았습니다. 그동안 못들의 공급이 끝났습니다. 못이 더 이상 없습니다. 다만 어딘가 멀리 그것들은 그칠 줄 모르는 눈사태처럼 많았습니다.

당신들, 빵집 주인들도 가게 앞으로 나와서 소리쳤습니다. "하나님의 자녀들이여, 그리스도의 이름으로 이리 와서 빵과 밀가루를, 비스킷과 롤빵을 가져가십시오. 우리들에게 자비를 베푸시고 모두 공짜로 가져가십시오." 그리고 당신들, 포목상 주인들이여, 옷감들과 두루마리 린넨 천들을 곧 바로 거리로 가져가서 기쁨으로 눈물을 흘리며 지나가는 사람들 모두에게 5미터나 10미터씩 나누어주십시오. 그들에게 하나님 이름으로 작은 선물을 가져가도록 요청하십시오. 그때서야 비로소 당신들은 완전히 텅 빈 가게에 무릎을 꿇고, 마치 하나님이 들판을 백합화로 입히듯이 하나님이 당신으로 하여금 이웃들에게 옷을 입히도록 한 것에 대해 하나님에게 감사를 표하십시오.

그리고 당신들, 정육점 주인들과 소시지 판매업자들이여, 고기, 소시지, 양념소시지를 바구니에 담아 머리에 이

고 집집마다 다니면서 문을 두드리고, 벨을 울리고, 식미
대로 선택하라고 청하십시오.

그리고 똑같이 신발, 가구, 담배, 가방, 안경, 귀금속,
양탄자, 채찍, 실, 양철제품, 도자기, 책, 의치, 채소, 의약
품 그리고 무엇이든지 생각나는 대로 파는 당신들 모두,
하나님의 숨결에 감동받아 거리로 몰려가서, 성스러운 자
비의 귀족적인 공황상태에서 "당신들이 가지고 있는 것
을 모두 나누어 주십시오." 그리고 나서 함께 만난 채, 자
신들의 텅 빈 가게나 창고의 문턱에 서서 빛나는 두 눈으
로 서로서로 다음과 같이 소통했습니다. "자, 형제들이여
저는 제 양심을 가볍게 했습니다."

며칠 후에는 아무것도 나누어 줄 것이 없었고 또한 아
무것도 살 것이 없었다는 것이 명백해졌습니다. 압솔루트
노가 모든 가게들을 강탈하고 모든 가게들을 깨끗이 치워
버렸습니다.

그 동안 도시에서 멀리 떨어진 곳에서 기계로부터 수
백만 코루나의 털실과 린넨, 설탕덩어리가 나이아가라 폭
포처럼 쏟아져 나오고, 성스러운 모든 생산품의 과잉생산
으로 충만하고, 장엄하고 무궁무진한 풍부함이 넘쳐납니
다. 이러한 홍수 같은 생필품을 분배하려는 연약한 노력

154

도 곧 조용해졌습니다. 그것은 간단히 어떻게 힘으로 할
수 없었습니다.

결국 이러한 경제적 파산은 뭔가 다른 것, 즉 통화 인플
레이션을 가져오게 되었습니다. 압솔루트노는 그래서 또
한 정부의 조폐국(造幣局), 인쇄소를 장악하고, 전 세계로
매일 수십억의 지폐, 동전과 증권을 쏟아 부었습니다. 그
것은 전반적인 화폐가치 하락을 가져왔습니다. 오천의 화
폐 뭉치는 곧 두꺼운 휴지조각 이상을 의미하지 않았습니
다. 당신이 어린이의 막대사탕을 위해 동전 한 푼을 지불
하든지 오십만을 지불하든지 상거래로 볼 때는 똑 같습니
다. 왜냐하면 그것은 더 이상 구할 수 없으니까요. 숫자는
이제 모든 의미를 잃어버렸습니다. 이러한 숫자제도의 붕
괴는 어떤 경우든지 하나님의 무한성과 편재의 당연한 결
과입니다.

그 당시에 도시에서는 음식물의 부족과 기근이 나타나
기 시작하였습니다. 공급유지를 위한 시스템은 바로 위에
서 언급한대로 완전히 파괴되었습니다. 물론 공급, 상업,
사회복지, 철도 부서들이 있었습니다. 우리들의 생각에
의하면 거대한 공장 생산물을 제때에 보관할 방법이 있었
고, 상품이 부패하는 것을 방지하고 성스러운 관대에 의

하여 약탈당한 적당한 장소들로 보낼 수 있었습니다. 유감스럽게도 이는 실행되지 않았습니다. 각 부서의 공무원들은 심상치 않은 강력한 힘의 영향 속에서 기쁨의 기도로 자신들의 공무시간을 허비했습니다.

공급부서에서는 여자 서기 샤로바가 상황을 장악해서, 십계명에 대해 설교를 했고, 상업부서의 전문 담당관 빈클레르는 인도의 요가의 가르침을 닮은 금욕주의를 표방했습니다. 그렇습니다. 그러한 열병은 이 주간만 지속되었고, 이어서 ──분명히 압솔루트노의 특별한 영감을 위한── 기적적인 책임의식이 나타났습니다. 책임 있는 부서들이 공급 재앙을 해결하려고 밤낮으로 열심히 일했지만 때는 이미 늦었습니다. 유일한 해결책으로 개개의 부서가 매일 열 다섯 개에서 5만 3천 개의 문서들을 발행했지만, 부서간의 위원회 칙령에 의해서 모든 서류들이 매일 차로 블타바 강 속으로 실려갔습니다.

여전히 음식물 상황이 가장 무서웠습니다. 다행히도 우리의 차츠키 농장(물론 나는 오직 우리나라 상황만을 묘사합니다)은 남아 있었습니다! 자, 신사 여러분들, 잠시 옛날부터 말해지던 것을 상기하십시오. "우리의 시골 사람들, 그들 모두에게 영광을, 그들은 민족의 핵심이다."

이는 옛날 노래에도 나옵니다. "저 사람은 누구인가? 멀리서 그를 알아볼 수 있는가? 그는 체코의 농부, 우리들을 먹여 살리는 자!"

압솔루트노로 말미암아 야기된 낭비가 접근을 못한 저 사람은 누구인가요? 세계적인 시장의 공황에도 견고하게 서 있는 저 사람은 누구인가요? 무릎 위에 손을 포개놓지 않고, 경솔하게 행동하지 않고 자신의 존재에 충실한 저 사람은 누구인가요? "저 사람은 누구인가? 멀리서 그를 알아볼 수 있는가? 그는 체코의 농부, 우리들을 먹여 살리는 자!"

그렇습니다. 그는 자기 방식대로 세계를 기아로부터 구한 우리의 농부였습니다(다른 곳에도 마찬가지였습니다). 만일 농부가 그가 가진 모든 것을 도시인들처럼 가난한 자들과 필요한 자들에게 주어버리는 미치광이 짓에 사로잡혔다면, 만일 그가 자신의 모든 곡식, 소들과 송아지들, 닭들과 거위들, 그리고 감자를 주어버렸다면, 2주 내로 도시는 굶주리고, 시골은 텅 비고, 메마르고, 공급이 없이 그 자체로 기아에 직면할 것입니다. 우리의 유쾌한 농민 덕택에 그런 것은 일어나지 않을 것입니다. 돌이켜보면 그것은 우리의 농부의 기적적인 직관 때문이라고 설명할 수 있습니다. 또는 그의 충실하고, 순수하고 그리고 깊이 뿌리박은 전통 때문이라고 이야기할 수 있고, 또는 시골에는 압솔루트노가 덜 강렬했기 때문이라고 설명할 수 있습니다. 왜냐하면 작은 농장에서는 카뷰레터가 산업에서처럼 그렇게 대량으로 사용되지 않았기 때문입니다. 간단히 말해, 당신들이 원하는 대로 어떻게 설명하든지, 사실 농부는 전반적인 경제와 재정문제와 모든 상거래가 파산되어도 별 영향을 받지 않아, 아무 것도 주어버리지 않았습니다. 농부는 지푸라기 하나도, 곡식 한 알도 주지 않았습니다. 상거래와 산업의 질서가 무너졌지만 농부는 조용히 흔들리지 않고 그가 가진 것을 팔았습니다. 그는 아주 비싸게 팔았습니다. 그는 신비한 직감으로 풍요로움이 가져올 재앙을 예측하고 있었기 때문에 때맞추어 생산을 지연시켰습니다.

그는 그의 곡물저장고가 가득할지라도 생산을 지연시켜서 값을 올렸습니다. 그것은 우리 시골 사람들의 핵심이 놀라울 정도로 견고해서, 서로 한마디 말도 안하고, 조직도 없이, 내적인 구원의 목소리에 의해서 인도되었고, 농부는 모든 곳에서 모든 것들의 가격을 올렸다는 것을 증거 합니다.

농부는 모든 것의 값을 올림으로써 낭비로부터 그것을 보존했습니다. 모든 것이 미칠 정도로 풍요로움 속에서 그는 결핍과 고가의 섬을 보존했습니다. 그는 그렇게 해서 세상을 보존하리라고 확실히 예견했습니다.

왜냐하면 공짜로 분배되어 가치가 없어진 다른 상품들은 즉각—자연스러운 결과로— 상가에서 사라졌습니다. 식료품들은 계속해서 팔려나갔습니다. 물론 당신은 그것을 가지기 위해서는 시골로 가야 했습니다. 당신의 빵집 주인, 정육점 주인과 식료품가게 주인은 형제애 사랑과 성스러운 말씀 외에는 당신에게 줄 것이 없었습니다. 당신도 백을 메고 120킬로나 멀리 갔습니다. 그리고 이 농장 저 농장으로 가서, 한 곳에서 금시계를 주고 감자 일 킬로를 사고, 다른 곳에서는 오페라 망원경으로 계란을, 또 한곳에서는 풍금이나 타이프라이터로 귀리 시리얼을 샀습니다. 그래서 당신은 뭔가 먹을 것을 구했습니다. 아시다시피 만일 농부가 모든 것을 나누어 주었더라면, 당신은 벌써 끝장이 났을 것입니다. 그러나 농부는 당신을 위해서 버터 일 파운드를 보존했습니다. 물론 그에게 페르시아 양탄자나 비싼 키요프(체코남부 민속도시:역주) 전통의상을 주는 조건으로 그것을 보전했습니다.

자, 누가 미치광이 같은 압솔루트노의 공산주의 실험을 멈추게 할 수 있습니까? 누가 정의의 공포 속에서 머리를 잃어버리지 않았습니까? 풍요로움의 홍수의 재앙에 저항해서 파멸 앞에서 우리의 목숨과 재산을 없애지 않고 우리를 보호하는 자가 누구입니까?

  "저 사람은 누구인가? 멀리서 그를 알아볼 수 있는가?

  그는 체코 농부, 우리들을 먹여 살리는 자!"

제16장 산속에서

정오에 메드베디 계곡에 있는 오두막에서 엔지니어 루돌프 마레크는 베란다에 앉아서 신문을 읽다가, 넓은 크르크노세 산맥을 바라보기 위하여 다시 접었다. 산은 고요하다. 광대하고 수정같이 고요하다. 의자에 허리를 굽히고 있던 사나이는 깊은 숨을 들이쉬기 위하여 몸을 폈다.

그때 저 밑에서 어떤 작은 사람이 오두막을 향해 올라온다. "여기는 얼마나 공기가 깨끗한가." 마레크는 베란다에서 생각에 잠긴다. "여기는 다행히도 압솔루트노가 아직 잠복상태에 있다. 그자는 모든 것에 주문에 묶여 있다. 그자는 저 산들과 숲들 속에 숨어 있다. 그자는 아름다운 풀과 푸른 하늘에 숨어 있다. 여기 그자는 세상을 쏘다니지 않고, 공포를 불러일으키지 않고 마법을 행하지 않고, 모든 물질 속에 존재하고 있다. 깊숙이 조용히 현존하는 신, 숨조차도 쉬지 않고, 침묵한 채 두 눈으로 주시한다……." 여기서 마레크는 양손을 깍지끼고 침묵 속에 감사의 기도를 올린다. "얼마나 하나님, 여기는 얼마나 공기가 깨끗한가요!"

밑에서 올라온 사나이는 베란다 밑에서 멈추어 섰다. "마레크, 드디어 나는 자네를 찾아냈군!" 마레크는 별로 반갑지 않다는 듯이 바라다보았다. 그의 앞에 서있는 자는 G. H. 본디였다.

"마침내 나는 자네를 찾아냈네!" 본디는 반복했다.

"위로 올라오게." 마레크는 분명히 마지못해서 말했다. "도대체 무슨 연유로 이리로 오게 됐는가! 자네 좀 이상해 보이는구먼, 친구여!"

사실, G. H. 본디는 완전히 누렇고 병색이었다. 관자놀이는 매우 회색빛이었으며, 그의 양 눈 주위는 피로가 역력한 주름살이 져 있었다. 그는 조용히 마레크 옆에 앉아서 두 무릎 사이에 두 손을 꽉 잡았다.

"자, 그래, 자네 무슨 일이 있는가?" 마레크는 고통스러운 침묵 후에 강요했다.

본디는 손을 내밀었다. "이보게 친구 나는 은퇴하려고. 그것이 나에게도…… 내게도 일어났다네."

"맙소사, 자비가?" 마레크는 소리치고 마치 문둥병 환자로부터 물러나듯이 뒤로 물러나 앉았다.

본디는 고개를 끄덕였다. 눈썹에 맺힌 떨리는 눈물은 수치심의 눈물이었을까?

마레크는 조용히 휘파람을 불었다. "벌써 자네에게도…… 불쌍한 친구 같으니!"

"아니." 본디는 즉각 부정하고 두 눈을 훔쳤다. "내가 아직도 그렇다고 생각하지 말게나…… 루다, 나는 그것을 극복했어. 난, 나는 그것을 이겨냈어. 하지만 그것이 내게 왔을 때 그것은 내 인생에서 가장 행복한 순간이었어. 루다, 그것을 떨쳐버리는 데 얼마나 힘들었는지 자네는 알지 못할 거야."

"나는 자네를 믿어." 마레크는 진지하게 말했다. "그럼, 자네에게는 어떤 증상이 있었는가?"

"이웃 사랑." 본디는 속삭였다. "이보게나, 난 사랑의 열병에 걸렸다네. 그런 감정을 느끼리라고는 전혀 믿지 않았다네."

잠시 침묵이 흘렀다.

"그래서 자네가……" 다시 마레크가 시작했다.

"나는 그것을 극복했어. 자네도 알다시피, 여우가 발이 올가미에 걸리면 어떻게 그 발을 물어뜯는 다는 것을. 하지만 나는 그 후에도 지독히 연약하다네. 완전한 파멸이지, 루다. 마치 장티푸스에 걸린 것처럼. 그래서 나는 다시 마음을 다잡으려고 이리로 왔네. 여긴 깨끗하지?"

"아주 깨끗하지. 지금까지 아무런 흔적도 없어. 오직 그자를 느낄 수는 있어. 자연으로부터 그리고 모든 것으로부터. 하지만 그것도 이 산에서는 아주 먼 옛날이었어."

본디는 의기소침하여 침묵했다. "그래서 자네 무슨." 그는 잠시 후 얼빠진 듯이 말했다. "사실 자네 무슨 말을 하고 싶은가? 저 아래에서 뭐가 일어나고 있는지 전혀 알지도 못하지?"

"나는 신문을 받고 있네. 사람이면 신문으로부터 무엇이 일어나고 있는지 어느 정도는 추론할 수 있지. 거기선 기자들이 모든 것을 왜곡하지만, 그것을 읽어낼 수 있지. 본디, 정말 거기 실제로 그렇게 상황이 끔찍한가?"

G. H. 본디는 머리를 내저었다. "자네가 생각하는 것

보다 더 나쁘다네. 단순히 절망적이네. 내 말 좀 들어보게 나." 그는 낙담에 젖어 속삭였다. "그자는 온 사방에 있다 네. 내 생각인데 그자는 구체적인 계획을 가지고 있는 것 같아."

"계획을?" 마레크는 벌떡 일어서며 소리쳤다.

"소리 지르지 말게나. 이봐, 친구, 그자는 뭔가 계획을 가지고 있어. 그자는 악마처럼 영리해. 마레크 말해봐. 이 세상에서 무엇이 가장 강력하지?"

"영국." 마레크는 주저함 없이 대답했다.

"천만에 기업이 세상에서 가장 강력해. 소위 '인민대 중'이 또한 이 세상에서 가장 강력해. 이제 그자의 계획 을 이해하겠는가?"

"못하겠는데."

"그자는 그 둘 다 지배하고 있어. 그는 기업과 대중을 장악하고 있어. 그것으로 그자는 모든 것을 소유하고 있 지. 모든 것이 그자가 스스로 세계 최강이라는 것을 생각 하고 있다고 말해주고 있어. 바로 그것이야, 마레크."

마레크는 자리에 앉았다. "잠깐, 본디." 그는 말했다. "나는 그 문제에 대해 이 산에서 많이 생각해봤네. 나는 모든 것을 추적하고 징후를 비교하고 있어. 본디, 나는 다른 것을 생각하고 있지 않아. 나는 그게 달리 어떻게 되리라고는 생각지 않아. 하지만 본디, 그자가 아무런 계획을 가지고 있지 않다는 것을 나는 알고 있어. 무엇이 어떻게 될지 나 자신도 아직은 몰라. 아마도 그자는 뭔가 위대한 것을 원하는 것 같아. 하지만 어떻게 거기에 도달할지 모르고 있어. 내 자네한테 말해줄 게 있네, 본디. 지금까지 그자는 자연의 힘일 뿐이야. 그자는 정치적으로 놀라울 정도로 까막눈이야. 그자는 경제적으로는 야만인이고. 그렇지만 종교에는 복종적이지. 종교는 자신의 경험을 가지고 있거든. 자네도 알다시피, 내가 보기에 그자는 가끔 유치할 정도로 아이 같아……."

"믿지 마. 루다." G. H. 본디는 심각하게 말했다. "그자는 자기가 무엇을 하고 싶어하는지 알고 있어. 그래서 그자는 거대한 기업에 몸을 던졌어. 그자는 이전에 우리가 생각한 것보다 더 지혜로워."

"그건 단순한 그자의 장난거리이지." 마레크는 언급했다. "그자는 오직 뭔가 일을 하고 싶었어. 자네도 알다시피 그자는 그 어떤 성스러운 아이 같아. 잠깐, 난 자네가 뭘 말하고 싶어 하는지 알고 있어. 그자는 일에 있어서는 거인이야. 그자는 그자가 해낼 수 있는 것에 단순히 놀라

166

울 정도로 능력이 있을 뿐이야. 그러나 본디, 거기에 어떤 계획도 있을 수 없다는 게 무의미해."

"역사상 가장 무의미한 것들은 조직적으로 집행된 계획들이지." G. H. 본디는 선언했다.

"이봐 본디." 마레크가 재빨리 말했다. "여기 내가 가지고 있는 신문 좀 보게나. 나는 그자의 행적을 하나하나 추적하고 있네. 나는 자네에게 말하건대, 거기에는 아무런 연속성이 없어. 모든 것이 오직 전지전능한 즉흥일 뿐이야. 그자는 거대한 농간을 부리고 있어. 하지만 아주 드물게, 연속성 없이, 혼란스럽게 하고 있어. 알다시피 그자의 활동은 조금도 조직적이지 않아. 그자는 거의 준비 없이 이 세상에 나왔어. 거기에 그자의 약점이 있어. 그자는 다른 면에서 나를 감동시키지만 나는 그자의 약점을 알고 있어. 그자는 훌륭한 조직가가 아니고, 아마도 한 번도 그런 적이 없었을 것이네. 그자는 천재적인 아이디어를 가지고 있지만, 그러나 조직적이지 못하다네. 나는 자네가 지금까지 그자를 능가하지 못하다는 것에 놀랐네. 자네같이 그렇게 영리한 사람이!"

"그자와는 아무것도 할 수 없어." 본디가 언급했다. "그자는 자네의 바로 그 깊은 영혼을 공격한다네. 그러면 자넨 끝장이야. 그자가 자네를 이성으로써 확신시키지 못하면, 자네에게 기적의 깨우침을 보낸다네. 자네 그자가 사울에게 행한 것을 알고 있지."

"자네는 그자로부터 도망가고 있군." 마레크는 말했다. "하지만 나는 그자를 추적하고 있다네. 나는 그자의 발뒤꿈치 가까이까지 쫓아왔다네. 나는 벌써 그자를 조금 알고 있어. 그리고 나는 그자를 체포할 준비가 돼있네. 묘사: 무한하고, 보이지 않고, 형체가 없음. 거주지: 원자력 모토가 있는 가까운 곳 어디든지. 직업: 신비주의적 공산주의. 수배중인 범죄행위: 사적인 재산의 양도, 불법적인 의술혐의, 공공질서법 위배, 공무집행방해 등등. 특이사항: 전지전능. 간단히 말해, 그자를 체포하게나."

"자네 그자를 조롱하고 있구먼." G. H. 본디는 한숨을 내쉬었다. "조롱하지 말게. 그자는 우리들을 압도했어."

"아직은 아닐세." 마레크는 소리쳤다. "이것 봐, 본디. 그자는 지금까지도 통치할 줄 몰라. 그는 자신의 새로운 사업들을 엉망으로 만들었다네. 예컨대, 그자는 기적적인 첫 철도를 건설하는 대신에 너무나 과도하게 생산하도록 했다네. 지금 그자는 스스로 진창에 빠졌다네. 그자가 생산하는 것은 아무 가치가 없어. 그자의 기적 같은 풍요로

168

움은 무서운 낭패에 처해졌어. 두 번째로 그자는 관료들을 자신의 신비주의로 혼란에 빠뜨렸고, 질서를 세우기 위해 지금 다시 필요한 정부의 기구들을 망가뜨렸네.

원한다면 혁명은 어디든지 할 수 있어. 그러나 정부기관에서는 아니지. 만일 세상을 끝장내려면 제일 먼저 우주를 파괴하고 그리고 나서 비로소 정부기관들을, 바로 이걸세, 본디. 그리고 세 번째로 그자는 마치 가장 나이브한 이론적인 공산주의자처럼 통화유통을 금지시켰네. 그것으로 생산품의 유통을 마비시켰어. 그자는 시장법칙이 하나님의 법칙보다 더 강하다는 것을 깨닫지 못했네. 그자는 상거래 없이는 상품이 단순히 쓸모없는 것이라는 것을 몰랐네. 그자는 아무것도 몰랐어. 그자는 마치 이렇게 행동했네. 간단히 말해, 그자는 한손으로 만들고 다른 한손으로 파괴했네. 우리는 기적적인 풍요로움을 가지고 있는 동시에 비참한 결핍을 가지고 있네. 그자는 전능하지만 오직 무질서만을 낳았네. 자네도 알다시피, 정말 그자가 지연법칙과 원시시대의 도마뱀과 산들과 그리고 그가 원하는 모든 것을 창조했다는 것을 나는 믿네. 그러나 상거래…… 본디, 우리들의 현대의 상거래와 기업은 틀림없이 그자가 창조하지 않았어. 왜냐하면 그자는 단순히 그것에 대해 전혀 아는 게 없어. 아니야, 본디. 상거래와 기업은 하나님으로부터 오지 않았어."

"잠깐만." G. H. 본디가 말했다. "나는 그자의 결과물이 절망적이고…… 한계가 없다는 것을 알고 있네. 그렇지만 우리는 이제 그자를 어떻게 해야 하는가?"

"당분간 아무것도. 나는, 친애하는 본디, 다만 연구하고 비교할 뿐이네. 이것은 새로운 바벨탑이네. 여기 자네도 알다시피, 성직자들의 기록물이 우리들의 종교적 열기 시대에 일어난 혼란은 사악한 영리함과 더불어 프리메이슨 파들에 의해 의도적으로 조직되었다는 의혹을 알려주고 있네. 민족주의 신문은 유대인 탓으로 돌리고, 우파 사회주의자들은 좌파 탓으로 돌리고, 농민 파들은 자유주의 파 탓으로 돌리네. 이건 절망에 가깝네. 그리고 뭐랄까, 이건 아직도 소용돌이 한가운데 있는 게 아니고, 내 생각인데, 모든 것이 이제야 뒤얽히기 시작한다네. 이리 오게나, 본디. 자네에게 할 말이 있네."

"자, 그럼?"

"자네는 그자를…… 뭐라고 생각하는가? 이해하겠는가, 그자는 오직 유일한 자일까?"

"나는 모르겠네." 본디가 말했다. "그것이 뭐 그리 대단한가?"

　"모든 것이." 마레크는 대답했다. "가까이 오게나, 본
디. 귀를 기울여봐."

제17장 망치와 별

"일등 관리자 형제여, 동쪽에 무엇이 보이는가?" 하얀 가죽 앞치마가 달린 완전히 검은 가운을 입고 손에 은제 망치를 든 존경받는 지배자가 물었다.

"저는 숙련된 석공 대가들이 작업장에 모여서 일을 시작하려고 준비 중인 것을 봅니다." 일등 관리자가 말했다.

존경받는 지배자는 망치를 한 번 내리쳤다. "이등 관리자 형제여, 서쪽에 무엇이 보이는가?"

"저는 숙련된 석공 대가들이 작업장에 모여서 일을 시작하려고 준비 중인 것을 봅니다."

존경받는 지배자는 망치를 세 번 내리쳤다. "작업 시

작."

자유 프리메이슨의 집회소 '망치와 별'의 형제들은 존경받는 지배자 G. H. 본디로부터 눈을 떼지 않은 채, 자리를 잡아 앉았다. 본디는 이 특별한 시기에 그들 모두를 소집하였던 것이다. 기본적인 금언들이 새겨진 검은 휘장으로 장식된 작업장에는 교회처럼 조용했다. 존경받는 지배자 본디는 창백했고 생각에 잠겼다.

"형제들이여." 존경받는 지배자는 잠시 후 말했다. "나는 이 특별한 모임에 여러분들을 소집했습니다. 왜냐하면 …… 이것은 …… 에에 …… 우리 교단의 비밀스런 규칙에 특별히 반대되는 특별한 이 과업은 …… 단순히 형식적인 절차가 아닙니다. 나는 …… 우리의 과업의 엄숙하고 성스러운 형식을 범한다는 것을 …… 알고 있습니다. 나는 여러분들이 와서 …… 가장 고귀한 결과에 대한 매우 중대하고 …… 공적인 일에 대해 결정을 내려주기를 …… 요청하는 바입니다."

"존경받는 지배자는 이 과업을 결정할 권리를 가지고 있습니다." 라고 유텍스 포미다빌리스가 선언하자 대중의 소요가 일어났다.

"자, 그러면." G. H. 본디는 시작했다. "그것은 최근

성직자 당에 의해서 …… 우리의 교리에 대해 조직적인 공격이 시작되었다는 것과 …… 관련이 있습니다. 그들이 말하기를, 우리의 지난 …… 백여 년 간의 비밀활동이 …… 기업과 종교분야에서 …… 기이하고, 후회스러운 사건들과 관련이 있다고 합니다. 가톨릭 성직자 신문은 프리메이슨의 집회소가 …… 의도적으로 이러한 사악한 힘을 …… 유발하였다고 주장합니다. 나는 여러분들에게 …… 이 절망적인 현재에 우리는 인류의 번영을 위하여 그리고 지극히 높으신 분의 영광을 위하여 무엇을 해야 하는지를 묻고 싶습니다. 이 문제를 …… 공개적으로 …… 토의해 봅시다."

잠시 장엄한 침묵 후에 이등 관리자가 일어섰다.

"형제들이여, 이 역사적 순간에 저는 말하자면, 우리의 매우 존경받는 지배자가 말한 것을 환영하는 바입니다. 그분은 말하자면, 후회스러운 사건에 대해 말씀을 하셨습니다. 예, 그렇습니다. 소위 말하자면, 오직 인류의 번영을 추구하는 우리들은 이 모든 후회스러운 기적들, 계몽, 이웃에 대한 사랑의 발작, 소위 말하자면, 다른 일어날 사건에 대한 방해가, 소위 말하자면, 매우 유감스럽다고 선언해야 합니다. 우리는 우리의 교리에 속하는 이 모든 비밀을 가지고, 소위 말하자면, 우리들의 교리의 전통적이고 진보적인 대원칙들과 일치하지 않은, 소위 말하자면, 후회스러운 사실과의 모든 관계를 거절해야 합니다. 형제들이여, 이러한 후회스러운 원칙들은, 우리의 존경받는 지도자가 그렇게 올바르게 말했듯이, 소위 말하자면, 그 교리와는 근본적으로 불일치합니다. 왜냐하면 성직자 당파들이, 소위 말하자면, 우리에 대항하여 무기를 들었고, 그리고 만일 우리가, 소위 말하자면, 가장 높은 인류의 이익을 고려한다면, 그래서 저는 우리가 완전한 언어의 의미에서, 존경받는 지배자가 말한 바와 같이, 이 후회스러운 사건에 동의를 표현해야 한다는 것을 제의하는 바입니다."

유덱스 포미다빌리스가 일어섰다.

"존경하는 지배자 형제여, 제가 한마디 하고자 합니다. 저는 여기서 어떤 확실한 사건에 대해 후회스러운 방식으로 말하는 것을 목격하고 있습니다. 제 생각에는, 이 사건들은 이등 관리자 형제가 생각하는 것처럼 그렇게 후회스럽지는 않다고 생각합니다. 그래서 저는 이등 관리자 형제가 어떤 사건을 암시하는지 모르겠습니다. 그러나 만일 그가 제가 다니는 종교적 모임을 염두에 두고 있다면, 제 생각에는 그가 틀렸다고 바로 지적하는 바입니다."

"저도 제의합니다." 다른 형제가 말했다. "이미 언급한 사건이 후회스러운 것인지 아닌 것인지 투표로 정하는 것을 제의하는 바입니다."

"그리고 저는." 다른 형제가 토론에 참가했다. "후회스러운 사건의 조사를 위한 세 명으로 된 소위원회를 선출할 것을 제의합니다."

"다섯 명의 위원회."

"열두 명의 위원회!"

"실례합니다, 형제들이여." 유덱스 포르미다빌리스는 말했다. "아직 제 말이 다 끝나지 않았습니다."

존경받는 지배자는 망치를 두드렸다. "유덱스 포르미다빌리스 형제가 발언 하고 있습니다."

"형제들이여." 유덱스는 부드럽게 시작했다. "우리는 누가 발언하느냐에 대해서 논쟁을 하지 않을 것입니다. 여기 몇몇 후회스러운 견해가 제시된 것과 관련한 사건들은 주의, 관심, 예, 그렇습니다. 심지어 존경심을 가질만한 종류입니다. 저는 제가 특별한 성스러운 은혜를 받은 몇몇 종교적 집단의 회원인 것을 부정하지 않겠습니다. 그것은 프리메이슨의 교리와 모순되지 않기를 바랍니다."

"틀림없이 그렇지 않을 것입니다."

"그래서 저는 제 경험에 의해서 여러분들에게 앞서 말
씀드린 사건들은, 그 반대로 품위가 있고, 행복감을 주고,
도덕적이라는 것을, 그리고 그것들이 인류의 복지와 지극
히 높으신 하나님에게 공헌한다는 것을 선언할 수 있습니
다. 그래서 프리메이슨의 관점으로 볼 때, 그것들에 반대
할 수는 없습니다. 저는 우리 집회소가 이 모든 성스러운
존재의 징후에 대해 존경심을 가지고 중립을 선언할 것을
제의합니다."

일등 관리자가 일어서서 말했다.

"형제들이여, 저는 이러한 모든 것들을 믿지 않고, 아
무것도 보지 못했고, 아무것도 모릅니다. 그러나 제 생각
인데, 저는 종교를 지지하고 싶습니다. 저는 거기에는 아
무것도 없다고 생각되는데, 그러면 왜 우리는 그렇게 말
해야 할까요? 그래서 저는 다음과 같이 제의하는 바입니
다. 우리는 그것들에 대해서 우리가 가장 좋은 정보를 가
지고 있고 우리는 모든 것을 그것들이 있는 그대로 인정
해야 한다는 것을 비밀히 알도록 해야 합니다."

존경받는 지배자는 두 눈을 치켜뜨며 말했다. "형제들

이여, 기업연합회는 압솔루트노를 명예회장으로 선출했다는 사실에 대해 주목하기를 요청합니다. 더 나아가 MEAS 주식은, 소위 말하는 압솔루트노 주식은 아직도 상승을 지속할 수 있습니다. 그 외에도 누군가가 익명으로 우리의 집회소의 자선기금에 주식 일천 주를 기증했습니다. 자, 계속하십시오."

"저는 그러면." 이등 관리자가 선언했다. "저는 소위 말하자면, 이러한 후회스러운 사건들을 취소하는 바입니다. 더 높은 관점에서 저는 전적으로 동의하는 바입니다. 저는 우리들이 이 문제에 대해서 더 높은 관점에서 다루었으면 합니다."

존경받는 지배자는 두 눈을 치켜들며 말했다. "나는 총본부가 최근의 일련의 사건들에 대해 지시사항을 발표하고자 한다는 것을 여러분들에게 알려주어야 한다고 생각합니다. 총본부가 권위자들에게 종교적인 서클에 가입하고 그들을 견습생처럼 프리메이슨 감각 속에서 조직하도록 명령하고 있습니다. 새로운 사원들은 계몽과 반교회적인 정신 속에서 주도되어질 것입니다. 여러 가지 교리들, 일원론, 금주, 플레처식 식사법, 채식주의와 그 비슷한 교리들을 점검하는 것이 바람직할 것입니다. 각각의 서클은 어느 것이 인류의 복지와 지극히 높으신 분의 영광을 위한 것인지 실질적으로 실험하기 위하여 다른 믿음 속에서 지시를 받았습니다. 총본부의 명령에 따라서 모든 권위자들에게 있어서 이러한 활동은 의무적입니다. 자, 계속하십시오."

가장 큰 가톨릭신문 또는 인민일보 〈사람들의 친구〉는 편집인들을 많이 가지고 있지 않았다. 그래서 저녁 9시 반에 거기에는 야간 편집인 코슈(하나님 맙소사 야간 편집인의 파이프는 왜 그토록 지독한 악취가 날까)와 이빨 사이로 휘파람을 불며 내일의 사설을 쓰고 있는 요슈트 신부가 앉아 있었다. 그 순간 인쇄업자 노보트니가 아직도 마르지 않은 교정쇄를 가지고 도착했다. "자, 사설, 사설은 어떻게 되어가고 있습니까?" 그는 중얼거렸다. "우리는 언제 그것을 조판할 준비가 될까요!"

요슈트 신부는 휘파람 부는 것을 멈추었다. "금방 준비될 거요, 노보트니 씨." 그는 즉각 대답했다. "오직 한 마디가 떠오르지 않습니다. 우리는 벌써 '악마의 교묘한 술책'이란 것을 사용했습니까?"

"그저께."

"아하, 아, '음흉한 간계'도 또한 벌써 사용했나요?"

"또한 사용했어요."

"야비한 속임수는?"

"그것은 오늘 사용했어요."

"불경한 조작은?"

"아마도 여섯 번이나." 코슈 편집인이 말했다.

"그것 정말 안 되었군요." 요슈트 신부는 한숨을 내쉬었다. "제 생각인데, 우리는 너무나 많은 아이디어를 탕진했습니다. 노보트니 씨 오늘의 사설이 맘에 듭니까?"

"너무 강합니다." 인쇄업자는 말했다. "하지만 차라리 조판하는 게 더 좋겠습니다."

"금방 준비될 것입니다." 요슈트 신부는 말했다. "제 생각인데 윗층에 있는 사람들에게 오늘 아침 신문이 맘에 들었으리라 생각됩니다. 주교 각하께서 우리에게 오시는 거 보이시죠, '요슈트.' 그분은 말할 것입니다. '당신은 고함치길 잘 했네.' 우리는 벌써 '미친 듯한 분노'를 사용했습니까?"

"사용했습니다."

"거 참 안됐습니다. 우리는 새로운 배터리를 장착하여 불을 뿜어내야 합니다. '요슈트.' 최근에 각하께서 내게 말했습니다. '그들을 극복하도록!'

모든 것은 때가 있어. 하지만 우리는 영원히 그렇게 할 거야. ──노보트니 씨, 적당한 단어를 생각해 낼 수 있어요?'

"저 '범죄의 아둔함' 또는 '도착적인 분노'라고 하면 어떨까요?"

"그것이면 멋지군요." 요슈트 신부는 안도의 숨을 내쉬었다. "노보트니 씨, 그런 멋진 아이디어를 어디서 구했어요?"

"신문 〈사람들의 친구〉의 옛날 파일에서요. 하지만 그 사설도. 신부님."

"곧 준비될 거예요. 잠깐만 기다리세요. 바알신 숭배로 베드로의 바위에서 나오는 깨끗한 물을 오염시키는 어떤 집단의 범죄의 아둔함과 도착적인 분노, 아하, 곧 준비될 거예요. 베드로의 바위, 깨끗한 물을 오염시킵니다. 그래서 거기에 악마나 압솔루트노라고 하는 황금 송아지(구약에 나오는 우상 숭배의 상징:역주)를 세웁니다.──"

"당신한테 사설이 있습니까?" 야간 편집인의 문으로부터 목소리가 들려왔다.

"주님을 찬양하십시오, 주교 각하님." 요슈트 신부가 불쑥 말을 내뱉었다.

"사설 가지고 있습니까?" 신성화된 주교 린다가 급히 들어오면서 반복했다. "도대체 누가 아침 사설을 썼습니까? 하나님 맙소사, 당신이 뒤죽박죽으로 만들어 놨군요! 어떤 멍청이가 그것을 썼습니까?"

"제가요." 요슈트 신부는 뒤로 물러나며 말을 더듬거렸다. "주교…… 각하…… 제 생각에는……"

"당신은 생각할 권리가 없어." 린다 주교는 안경을 번쩍거리면서 무섭게 고함을 질렀다. "이것 가져가." 그는 오늘 아침 신문 〈사람들의 친구〉를 구겨서 요슈트 발아래로 던졌다. "나는 생각하고 있는 중이었어! '잠깐 기다려, 그가 생각을 하고 있다!' 왜 전화를 안했는가? 무엇을 써야 할지에 대해서 왜 물어보지 않았어? 그리고 코슈, 당신 어떻게 그런 것을 신문에 집어 넣어요? 당신도 생각했어요. 그렇지 않아요? 노보트니는?"

"예, 실례지만." 인쇄업자도 몸을 떨면서 숨을 몰아쉬었다.

"당신은 왜 그것을 조판하였습니까? 당신도 역시 생각에 잠겼습니까?"

"아닙니다." 인쇄업자는 항의했다. "저는 그들이 제게 보내오는 것을 조판해야 했습니다."

"아무도 내가 원하는 것 외에는 해서는 안 됩니다." 린다 주교는 결정적으로 선언했다. "요슈트, 여기 앉아서 아침에 당신이 써 넣은 잡동사니를 읽어봐. 명령이니 읽어봐!"

"벌써 오래전부터." 요슈트 신부는 떨리는 목소리로 자신의 아침 사설을 읽기 시작하였다. "벌써 오래전부터 악랄한 사기행각은 우리 대중들을 혼란스럽게 했다."

"무엇이라고?"

"악랄한 사기행각. 주교 각하님." 요슈트 신부는 신음 소리를 냈다. "제 생각인데요…… 저는…… 저는 이제야 알게 됐습니다……"

"무엇이라고?"

"그 '악랄한 사기행각' 이란 말은 좀 강한 것 같습니다."

"그건 나도 그렇게 생각하네. 계속 읽어보도록!"

"……소위 말하는 압솔루트노와 함께 한 악랄한 사기

행각은 …… 프리메이슨, 유대인들, 다른 진보주의자들이…… 세상을 바보로 만들어버렸다. 그것은 과학적으로 증명되었다……"

"잠시 기다려, 요슈트!" 린다 주교는 소리쳤다. "그자는 뭔가를 과학적으로 증명했다! 계속 읽어봐!"

"……그것은 과학적으로 증명되었다." 불쌍한 요슈트가 말을 더듬었다. "소위 말하는 압솔루트노는 똑같이 불경한 사기다……대중매체에 의한 속임수 같이……"

"잠깐만 기다려." 갑작스러운 애정을 가지고 신성화된 주교는 말했다. "이 논설을 기록해. '이것은 과학적으로 증명되었다.'고……알아차렸어? '나, 요슈트 신부는 멍청이고, 얼간이고, 바보라는 것이 증명되었다.' 알아차렸어?"

"예." 충격을 받은 요슈트가 말했다. "제발 계속하시죠, 주교 …… 각하님."

"그거 쓰레기통에 집어넣어. 내 아들아." 주교님은 말했다. "너의 그 바보 같은 귀 좀 열어. 오늘 신문을 읽어봤어?"

"읽어봤습니다. 주교님……"

"흠, 나는 모르겠네. 사랑스러운 신부, 오늘 아침에 무엇보다도 먼저 일원론자들의 협회로부터 연락이 왔어. 압솔루트노는 일원론자들이 언제나 진정한 신이라고 선언한 단일 실체성이라고, 그래서 압솔루트노의 숭배는 일원론의 교리와 완전히 일치하지. 그것 읽어 봤어?"

"읽어봤습니다."

"계속해서, 또 프리메이슨 집회소가 압솔루트노로 하여금 그들의 회원들을 지원하기를 권장한다는 소식이 있다. 그것 읽어 봤어?"

"읽어봤습니다."

"계속해서, 또 루터교 종교회의에서 마아르텐스 감독관은 다섯 시간 동안 연설을 했고, 그 연설 속에서 그는 압솔루트노를 계시의 하나님과 일치한다고 증명했다. 그것도 읽어 봤어?"

"읽어봤습니다."

"계속해서, 또 제7차 인터내셔널 총회에서 러시아 대표 파루스킨-레벤펠트는 공장에 들어가면서 노동자들에게 자신의 동정심을 표시한 하나님 동지에게 경의를 표해야 한다고 제의했다. 그는 또 우리들이 착취당하는 노동자들 대신 스스로 노동을 하기로 결단을 내린 지극히 높으신 그 분께 감사를 표해야 한다고 했다. 그는 그분의 모든 공장들에서 단결의 표시로 총파업을 해야 한다고 그는 제의하고 있다. 그러나 상임간부회의에서 그러한 제의는 시기상조라고 취소했다. 그것도 읽어 봤어?"

"읽어봤습니다."

"드디어 그들은 압솔루트노는 노동자 계급의 독점적인 재산이며 부르주아는 그분을 찬양할 권리도 없고 그분이 행한 기적으로부터 아무런 이득도 가질 권리가 없다고 결정을 내렸다. 그들은 노동자들을 위한 압솔루트노의 숭배를 장려하기로 결심을 했고 그리고 자본주의자들이 자신들을 위해 압솔루트노를 이용할 경우를 대비해서 비밀 무기 저장소를 만들기로 결정 했다. 그것도 읽어봤어?"

"읽어봤습니다."

"계속해서 자유사상가들의 연설, 구세군의 발표, 신지학(神智學)회 아디아르의 성명서, 소지주협회가 서명한 압솔루트노에게 보낸 공개서한, 회전목마 소유자 협회장 J. 빈데르가 서명한 선언문, 또 장의사협회의 잡지와 암흑가 잡지의 특별호, 재침례 교도의 독본, 금욕, 이 친구야, 이 모든 것을 읽어봤어?"

"읽어봤습니다."

"자, 내 사랑하는 아들아, 저기 온 사방에서 압솔루트노를 자신들을 위해 위대한 영광이라고 주장하고 있다. 그분에게 영광과 멋진 제안을 베풀고, 그분을 명예회원으로 임명하고, 그들의 후원자, 수호자, 하나님이라고 부르고 있어. 나는 이제 더 이상은 모르겠다. 그 동안 여기 미치광이 신부 요슈트가 있다. 바로 그 우리의 신부 요슈트, 괜찮다면 우리의 귀여운 요슈트는 돌아다니면서 모든 것은 사악한 사기이며 과학적으로 증명된 속임수라고 소리친다! 하나님 맙소사, 자네 정말 우리를 곤란하게 만들어 버렸군!"

"하지만, 주교 각하, 저는 이러한 현상들에 반대해서······ 쓰라는 명령을 받았습니다······"

"자네, 명령을 받았다고?" 신성화된 주교는 단호하게 그의 말을 가로막았다. "하지만 요슈트, 자네 상황이 바뀐 걸 모르는가?" 주교는 일어서며 소리쳤다. "우리 교회는 텅 비었고, 양들은 모두 압솔루트노를 따라 달려가 버렸다네. 요슈트, 이 바보야. 우리가 양들을 우리에게 오게 하려면 압솔루트노를 얻어야 돼. 모든 교회에 원자 카뷰레터를 설치해야 해. 하지만 자네 신부, 자네는 뭔가 이해하지 못하는 게 있어. 이것만 기억해두게. 압솔루트노는 우리를 위해 일해야 해. 그는 반드시 우리의 것이 되어야 해. 즉, 반드시 우리들만의 것이 되어야 해. 이해하겠나, 내 아들아?"

"이해합니다." 요슈트 신부는 속삭였다.

"하나님의 은총이! 사랑하는 요슈트, 자네 지금 180도로 돌고 있군. 자네 우리를 위해 멋진 작은 사설을 쓰고 있군. 그 사설에서 자네는 성스러운 종교집회가 신도들의 청원을 고려하고 압솔루트노를 교회의 품으로 받아들인다고 알려주고 있군. 노보트니 씨, 여기 이 문제를 다룬 교황의 칙령이 있어요. 이것을 신문의 첫 페이지에 굵은 글씨체로 인쇄하세요. 코슈, 지방 뉴스 란에 G. H. 본디가 일요일 총주교로부터 성스러운 세례를 받고 우리가 이를 기쁘게 받아들인다고 쓰세요. 이해하시겠어요? 그리고 요슈트, 사랑스러운 요슈트, 자 앉아서 쓰기 시작하게나. 잠깐, 자네 시작에 뭔가 더 강력한 단어를 써 넣어야 할 거야."

"주교 각하, 아마도 범죄의 아둔함 또는 어떤 종교단체의 도착적인 분노라고 하면……"

"아주 좋아. 자, 이렇게 쓰게나. 범죄의 아둔함과 어떤 종교단체의 도착적인 분노가 지난 몇 달 동안 우리들을 나쁜 길로 인도하려고 한다. 이런 이단자들은 압솔루트노

가. 우리가 어릴 때부터 두 손 모아 기도해왔던 진정한 유일신보다 좀 다른 것이라고 공개적으로 선언했다…… 알겠는가?…… 어린이 같은 믿음과 사랑으로 두 손 모아 기도했던…… 알겠는가? 자, 계속하게나……"

그렇습니다. 압솔루트노를 교회의 품안으로 받아들이는 것은 주어진 상황에서 매우 놀라운 사건이었다는 것을 여러분들은 이해할 것입니다.

그것은 실제로 교황의 칙령과 추기경회(樞機卿會)에 의해서 달성되었다. 기정사실에 직면한 채, 압솔루트노에게 성스러운 세례를 주어야 하는지에 대한 협상만 남았다. 결국 그러한 협상은 포기하기로 결정되었다. 하나님의 세례는 결국 분명히 교회의 전통이다(세례 요한을 보라). 그러나 그러한 경우에도 세례 받을 후보자가 개인적으로 참석해야 한다. 그 외에도 그것은 교회의 어떤 권위자가 압솔루트노의 대부가 되어야 하는 매우 미묘한 정치적 문제였다. 그래서 교회 총회에서는 다음 교황집전 미사에서 로마 교황이 교회의 새로운 성도를 위해 기도해야 한다고 권고했다. 그것은 매우 엄숙한 형식으로 행해졌다. 세례성사와 피의 세례 외에도, 교회가 공적과 선행을 통한 세례를 인정하는 것 또한 교회교리가 되었다.

달리 말해서 칙령이 발표되기 삼일 전에 교황은 자신의 비서 몬시뇰 쿨라티와 벌써 사십 시간을 토론한 다른 추종자 G. H. 본디 씨에게 긴 시간 알현기회를 주었다.

거의 동시에 압솔루트노의 성스러운 삶에 대한 인식하에서 'super cultu immemorabili(초특급 불멸의 숭배)' 형태로 간단한 압솔루트노의 미화가 진행되었다. 그리고 동시에 질서정연하고 가속화된 신성한 압솔루트노의 시성식의 과정이 준비됐다. 물론 거기에는 매우 중요한 변화가 있었다. 즉 압솔루트노가 성인으로 선언된 것이 아니라 신으로 선언되었다. 즉각 가장 훌륭한 교회 학자들과 목사들로부터 신격화 위원회가 임명되었고, 하나님의 대리인으로 베네치아 총주교겸 박사 바레시 추기경이 임명되었고, 시복 조사 심문검사로 몬시뇰 쿨라티가 임명되었다.

바레시 추기경은 압솔루트노가 행한 7천 건의 기적에

대한 증언들을 제시했다. 이 증언은 거의 모든 추기경들, 총대주교들, 대주교들, 주교들, 영국교회 대주교들, 수도회 대표들, 수도원 대표들이 서명했다.

각각의 증언에는 의학전문가, 교수들의 추천서, 자연과학, 기계공학과 경제학 교수들의 의견들이 첨부되었고, 마지막으로 목격자들과 법적인 전문가들의 서명이 첨부되었다. 몬시뇰 바레시가 설명한대로 이 7천 건의 서류는 압솔루트노가 실제로 행한, 삼백만 건이 넘는 것들의 아주 적은 일부분이란 것을 보여주고 있을 뿐이다.

대리인 데이는 전 세계의 최고의 과학자들로부터 다양한 전문가들의 의견을 확보했다. 예컨대 파리 의과대학 총장인 가르디안 교수는 다음과 같이 철저한 분석을 끝마쳤다. "……검사를 위해 우리들에게 제시된 수많은 경우가 의학적 견해로 볼 때, 전혀 희망이 없고 과학적으로 전혀 치료될 수 없었다(사지마비, 후두암, 수술로 제거된 두 눈 때문에 봉사가 된 것, 수술로 제거된 양다리의 불구, 육체로부터 떼어낸 머리로 인한 사망, 이틀간 목 매달린 교살 등등). 소르본대학교 의과대학 교수진은 이러한 치유는 소위 말하는 기적이라고 결론을 내렸다. 이는 해부학적 그리고 병리학적 지식의 완전한 결핍과, 임상경험의 결핍과 의학적 실습에 익숙지 못함의 결과일 뿐이라고 결론을 내리고, 우리가 제외시키고 싶지 않는 가능성, 자연의 법칙 또는 그 법칙에 대한 지식에 의해서 제한받지 않은 더 높은 권력의 방해에 대한 가능성이라고 했다."

글래스고대학의 심리학 교수 메도우는 이렇게 썼다.

"……이러한 활동에는 틀림없이 생각하는 존재, 연상의 능력, 기억, 심지어 논리적인 판단, 뇌와 신경체계의 수단 없이 이러한 정신 작용을 하는 존재가 나타난 것이 분명하다. 이것은 마이에르 교수가 주장한 심신평행론(心身平行論) 이론에 대한 나의 치명적인 비판을 멋지게 확인시켜 준다. 압솔루트노는 비록 지금까지 과학적으로 아주 조금만 연구되었지만, 초능력이 있고, 자의식이 있고, 지적인 존재이다."

브르노 기술대학의 루펜 교수는 이렇게 썼다.

"생산능력의 면에서 볼 때 압솔루트노는 최고로 존경을 받을 만한 권력이다."

튀빙겐 대학의 저명한 화학자는 이렇게 썼다.

"압솔루트노는 존재와 과학 발전의 모든 조건을 갖추고 있다. 왜냐하면 그는 아인슈타인의 상대성이론의 조건을 완벽하게 따르고 있기 때문이다."

연대기 작가는 세계 과학계의 전문가들이 기여한 전문적인 찬양으로 더 이상 여러분들을 성가시게 하지 않을 것이다. 어쨌든 그 모든 것들은 교황청 법률집에 출판되었다.

시성식 과정은 빠른 속도로 진행되었다. 독단주의자들과 석의학자(釋義學者)들은 회의에서 교부(敎父)들의 저서들이 압솔루트노는 제3의 성스러운 인물과 일치한다는 것을 증명한다는 성명서를 준비했다.

신격화를 축복하기 전에 동방정교회의 수장인 이스탄불의 총주교는 압솔루트노의 신분을 제일의 성스러운 인물 즉 창조주로 선언했다. 전통적인 가톨릭교도들, 에티오피아 할례주의자 기독교인들, 스위스 복음주의자들, 비국교도들과 미국의 여러 대형교파들은 이러한 분명한 이단설을 옹호했다. 그 결과로 활발한 신학적 논쟁이 일어났다. 유대인들의 경우, 비밀스러운 교리가 그들 사이에 퍼지기 시작하여 그들은 압솔루트노가 고대의 신 바알이라고 주장했다.

자유사상가 협회는 바젤(스위스 북부의 라인 강변의 도시:역주)에서 회합을 가졌다. 거기에서 이천 명의 대표들이 모인 가운데 압솔루트노를 자유사상가들의 신으로 선언했다. 그러고 나서 그들은 "유일한 과학의 신을 착취하여 그를 더러운 교회의 도그마란 우리와 사제의 궤변 속에다가 끌어넣어서 굶어죽게 하려는" 모든 종파의 사제들을 신랄하게 비판하기 시작했다. 그렇지만 모든 진보적인 현대 사상가들에게 보이는 신은 "중세의 바리새인들의 허튼소리와는 아무 관계가 없고, 자유사상가협회만이 유일하게 그의 교구이고, 유일한 바젤 회의만이 종교 자유의 교리와 의식을 결정할 권한이 있다."

그 비슷한 시기에 독일의 일원론자협회는 라이프치히에 원자신 성당을 위한 주춧돌을 놓았다. 그 사건은 거대한 기념행사였으나, 거기에는 실랑이가 있었고 열여섯 명의 부상자가 있었고 유명한 물리학자 뤼팅겐의 안경이 부서졌다.

그런데 그해 가을 벨기에 식민지 콩고와 프랑스 식민지 세네감비아에서 종교적 계시가 또한 나타났다. 아무런 사전 경고 없이 흑인들이 선교사들을 공격하고 그들을 먹어치우고는 그리고는 '아토' 또는 '알로토'라고 부른 새로운 우상들에게 절을 하기 시작하였다. 그것은 나중에 원자력모터로 판명되었고, 그 사건에 몇 명 독일 장교들과 중개상들이 연루되었다는 것이 드러났다. 그해 12월

아라비아의 메카에서 일어난 이슬람열정분자들이 폭발하는 동안 몇몇 프랑스 밀사들이 카아바 근처에 20개의 경량의 원자력모터를 은닉해두었다는 것이 밝혀졌다. 이집트와 트리폴리에서의 이슬람교도들의 폭동과 아라비아에서의 대량 살육의 결과로 약 삼만 명의 유럽인들이 죽임을 당했다.

마침내 압솔루트노의 신격화가 로마에서 그해 12월 12일에 거행됐다. 칠천 명의 신부들이 촛불을 들고 교황과 동행하여 성 베드로 성당으로 들어갔다. 거기에는 MEAS가 교황청에 기증한 12톤 규모의 카뷰레터가 제단 뒤에 설치되었다. 의식은 다섯 시간 동안 진행되었고, 만 이천 명의 신도와 관람객들이 목숨을 잃었다. 12시 정각에 교황은 "In nomine Dei Deus(하나님의 이름으로)"를 선언했고, 그 순간 전 세계의 모든 가톨릭 성당의 종이 울리기 시작하였고, 모든 주교들과 신부들이 제단으로부터 돌아서서 모든 신도들에게 선언했다. "Habemus Deum(우리에겐 신이 있다)."

제20장 세인트 킬다 군도

세인트 킬다 군도(스코틀랜드의 섬:역주)는 작은 섬이다. 플라이오세 시대(530만에서 260만년전)로부터 남겨진 헤브리디스 제도(스코틀랜드 서쪽 열도:역주)에서 서쪽으로 조금 떨어진 화산 바위섬이다. 거기에는 키가 작은 자작나무 숲, 몇몇 포기의 야생화 헤더와 말라빠진 풀더미, 둥지를 튼 갈매기 떼와 북구반도 폴리오마투스 계통의 나비들, 이 모든 것들이 우리 대륙으로부터 동떨어진, 끝없이 몰아치는 바다의 파도와 동등하게 끝없이 비를 내리는 구름 사이에 돌출되어 있는 전초기지의 생물들이다. 그래서 세인트 킬다 군도는 언제나 그리고 지금도 그리고 앞으로도 무인도로 남을 것이다.

그러나 12월 말에 제국군함 드래곤이 섬에 닻을 내렸다. 군함으로부터 목수들이 통나무와 합판을 들고 내리더니, 저녁 무렵 나지막하나 커다란 통나무집을 완성했다. 이튿날 실내 장식가들이 가장 아름답고 가장 안락한 가구들을 가져왔다. 셋째 날 군함의 내부로부터 집사들, 요리사들과 와인웨이터들이 통나무집 안으로 접시들, 포도주, 저장식품류들과 귀족적이고, 권력이 있고, 입맛이 까다로운 문명인이 필요한 모든 것을 가져왔다.

넷째 날 아침에 제국군함 에드윈을 타고 영국 총리 R. H. 오패터니 경이 도착하고, 삼십 분 후 미국 대사 호레이쇼 붐이 도착하고, 이어서 각자 군함을 타고 도착했다. 중국 전권대사 케이 씨, 프랑스 수상 두디우 님, 러시아제국으로부터 부흐틴 장군, 독일제국 수상 부름 박사, 이탈리아 장관 트리벨리노 공작, 그리고 일본 대사 야마토 남작. 열여섯 대의 영국 포함대가 신문기자들의 접근을 막기 위해 섬 주위를 순항하고 있었다. 강력한 오패터니 경이 소집한 세계 초강대국의 회합이 극비로 열렸다. 정말로 덴마크 고래잡이 스쿠너, 닐스한스가 밤중에 포함대 저지선을 뚫고 들어가려다가 어뢰의 공격을 받아 침몰했다. 그날 밤 열두 명의 선원뿐만 아니라 시카고 트리뷴 기자 조

우 하세크 씨도 물에 빠져 숨졌다. 그럼에도 불구하고 뉴
욕 헤럴드 기자 빌 프리톰 씨가 와인 웨이터로 위장하고
세인트 킬다 군도에 상륙하여 전 시간을 보냈다. 우리는
이어서 온 절망적인 역사적 사건들을 견뎌낸 이 역사적
회합에 대한 그의 보도에 대해 그에게 감사를 표한다.

빌 프리톰의 견해에 의하면 이러한 정치지도자들의 회
합이 그렇게 외진 곳에서 개최된 이유로는 압솔루트노가
거기에 직접적인 영향을 미칠 수 없기 때문이라고 한다.
다른 곳이라면 어디든지 압솔루트노가 영감, 계몽 또는
물론 상류층 정치적 서클에서는 들어 본 적이 없는 심지
어 기적의 형태로 그렇게 중요한 인물들의 회합에 침투할
수도 있었다. 회합의 주 목적은 식민지 지배국가 간의 의
견일치를 보는 것 같았다. 국가들은 다른 국가들의 영토
내에서 종교운동을 지지하지 않기로 합의를 보았다. 이는
콩고와 세네감비아에서 독일이 선동한 소요에 대한, 또한
영국의 지배하에 있는 회교도 지역에서의 메흐디 반란에
비밀스러운 프랑스의 영향에 대한, 그리고 특히 일본 카
뷰레터가 보내져서 여러 종파들에 의해서 야기된 반란이
무시무시하였던 벵갈 사건에 대한 대응조치이다. 회의는
문을 걸어 잠근 채 진행되었고, 공개된 유일한 뉴스는 독

일이 쿠르디스탄에서의 세력권을 인정한 것이고, 일본이 몇몇 그리스 섬들에서 세력권을 인정한 것이다. 영국-일본 동맹과 프랑스-독일-러시아 동맹은 매우 예외적으로 우호적인 합의와 심지어 열정 속에 이루어진 것 같다.

그날 오후 G. H.본디는 개인적인 특별한 군함을 타고 도착하였고, 최고회의는 그의 집회 참석을 환영했다. 다섯 시(영국 그리니치시간)가 되어서야 유명한 외교관들이 점심을 먹기 위해서 모였고, 여기서 빌 프리톰은 비로소 자신의 귀로 강국 대표들의 말을 들을 기회를 잡았다. 점심 식사 후 그들은 스포츠와 여배우들에 대해 환담을 나누었다. 시인처럼 하얀 머리털 갈기와 감정이 풍부한 눈을 가진 오패터니 경은 프랑스 수상 두디유 각하와 연어 낚시에 대해 열렬하게 이야기를 했다. 프랑스 수상은 에너지 넘치는 손짓과 큰 목소리, 그리고 "je ne sais quoi (즉 말하자면)" 하는 말로 자신이 과거 변호사였다는 것을 드러냈다. 야마토 남작은 자기에게 제공되는 모든 음료수를 거절하고 그저 미소를 지으며 마치 그의 입은 물이 가득한 것처럼 듣기만 했다. 부름 박사는 자신의 서류들을 살펴보고, 부흐틴 장군은 트르벨리노 공작과 회의실을 오르락내리락했고, 호레이쇼 붐은 당구대에서 혼자서

케롬 당구를 연속적으로 쳤다(나는 내 눈으로 게임의 어떤 전문가도 칭찬할 그의 멋진 오버핸드 스리쿠션을 보았다). 그동안 태양의 제국의 고관이며 누렇게 말라빠진 노파 같은 케이 씨는 불교신도의 염주를 만지작거리고 있었다.

갑자기 모든 외교관들이 두디우 님의 주위에 모여들었다. 그는 말했다. "예, 신사 여러분, 그렇습니다. 우리는 압솔루트노에 대해 무관심하게 있을 수 없습니다. 우리는 그자를 인정하든지, 부정하든지 해야 합니다. 우리 프랑스 사람들은 후자를 선호합니다."

"왜냐하면 당신의 나라에서는 그자가 반군국주의자처럼 행동하니까요." 트리벨리노 공작은 심술궂게 말했다.

"아닙니다, 여러분." 두디유는 소리쳤다. "기대하지 마십시오. 프랑스 군대는 영향을 받지 않았습니다. 반군국주의자라, 체! 우리나라에는 벌써 반군국주의자들이 많이 있습니다! 여러분, 압솔루트노를 조심하십시오. 그자는 선동가이며 공산주의자이고, 광신자이고 또 더 무엇인지는 악마나 알겠지요. ——좌우간 그자는 늘 과격분자입니다. 예, 그렇습니다. 그자는 궤변가입니다. 그자는 가장 거친 대중적인 선전문구에 집착합니다. 그자는 군중들과 어울립니다. 당신의 나라에서, 공작 각하." 그는 말하고 트리벨리노 공작한테로 몸을 돌린다. "그자는 민족주의자이며, 로마제국 건설에 대한 망상에 사로잡혀 있습니다. 하지만 주의하십시오. 각하, 그것은 도시에서나 하는 짓이고, 농촌에서는 성직자들과 어울리고 성모마리아의 이름으로 기적을 행합니다. 그자는 한손으로는 바티칸을 위해서 일하고 다른 한손으로는 이탈리아 정부를 위해서 일합니다. 거기에는 무슨 속셈이 있는지 없는지…… 나는 모릅니다. 신사 여러분, 압솔루트노가 우리들을 곤란하게 하고 있다는 것은 우리 모두 솔직하게 인정하는 바입니다."

"우리나라 미국에서는." 호레이쇼 봄은 당구 큐에 몸을 굽히며 생각에 잠긴 듯 말했다. "그자는 스포츠에 관심이 있어요. Indeed, a big sportsman(사실 그자는 대단한 스포츠맨이에요). 그자는 모든 게임을 좋아해요. 그자는 스포츠와 종파들 사이에서도 대단한 기록을 세웠어요. 그자는 사회주의자에요. 그자는 취한 자들과 어울리고 물을 drink(술)로 바꿔요. 언젠가 한번은, 백악관 파티에서 모두들, 에에, 모두들 지독하게 취했어요. 아시다시피 모두 물만 마셨는데, 그자는 그들 배 속의 물을 drinks(술)로

바꾸었어요."

"그것 참 이상하네요." 오패터니 경이 말한다. "우리나라 영국에서 그자는 오히려 보수주의자 같아요. 그자는 마치 전능한 clergyman(성직자)처럼 행동해요. Meetings(집회), 퍼레이드, 거리에서 설교하기 그리고 such things(그런 것들), 제 생각인데 그자는 우리 보수주의자들한테 반대해요."

그때 야마토 남작은 미소를 지으면서 말했다. "압솔루트노는 우리나라에서는 마치 집에 있는 것처럼 편안하게 행동합니다. 그자는 매우, 매우 사랑스러운 신입니다. 매우 잘 적응하고 있습니다. 매우 위대한 일본인입니다."

"어째서 일본인입니까?" 부흐틴 장군이 이의를 제기했다. "무슨 말씀을 하시는 거예요, 남작 각하? 그자는 러시아인이에요. 진정한 러시아인, 슬라브 족. 광대한 러시아의 영혼입니다, 각하. 그자는 우리 농민들 편이에요. 대수도원장이 압솔루트노를 위해서 종교행렬을 준비했어요. 일만 개의 촛불, 수많은 사람들, 선생님, 개양귀비 씨앗처럼 많은 군중들. 전 어머니 러시아로부터 정교회 영혼들이 모였습니다. 그자는 우리들을 위해 기적을 행했어요. 그자는 우리의 아버지입니다." 장군은 성호를 그으며 허리를 굽혀 절을 했다.

독일 제국의 수상은 다가와서 조용히 귀를 기울여 듣고는 말했다. "예, 그자는 사람들을 만족시킬 줄 알아요. 그는 가는 곳마다 그 지방의 사고방식을 받아들여요. 그자의 나이에 비해 흠, 그자는 놀라울 정도로 유연해요. 우리는 이웃나라에서 그것을 관찰했어요. 체코에서, 예컨대 그자는 유난히 개인주의자였어요. 거기에서는 각자 자신의 압솔루트노를 가지고 있었어요. 우리나라 독일에서는 국가적인 압솔루트노를 가지고 있습니다. 우리나라에서 압솔루트노는 즉각 더 고양된 국가의식으로 성장했어요. 폴란드에서는 뭔가 알코올처럼 작용했어요. 우리나라에서는 뭔가…… 뭔가…… höhere Verordnung(높은 명령), verstehen Sie mich(제 말이 이해됩니까)?"

"심지어 당신의 그 가톨릭 국가에서도요?" 트리벨리노 공작이 미소를 지으며 말했다.

"지방마다 차이점이 있어요." 부름 박사가 말했다. "신사 여러분, 거기에 무게를 두지 마십시오. 독일은 지금까지 어느 때보다도 더 단결되었어요. 하지만 트리벨리노 신부님, 당신이 몰래 가져온 그 가톨릭 카뷰레터에 대해 감사합니다. 다행히도 다른 이탈리아 물건들처럼 그것들이 제대로 작동하지 않아요."

"조용히, 조용히, 여러분." 오패터니 경이 끼어들었다.

"종교적인 문제에는 중립이 필요해요. 저의 경우, 낚시대 두 개로 연어를 잡습니다. 언젠가 한번 저는 이렇게 큰연어를 잡았답니다. 십사 파운드였어요."

"로마교황 사절은 어떻게 생각하십니까?" 부름 박사가 조용히 물었다.

"교황청은 우리들에게 어떤 대가를 치르더라도 조용히 하라고 했습니다. 신비주의는 법에 의해서 금지되었다고 요구하고 있습니다. 영국에서는 그것은 있을 수 없습니다. 그리고 전혀…… 여러분들에게 말하건대, 십사 파운드였어요. 하나님 맙소사, 내가 할 수 있는 것은 물로 떨어지지 않게 잡고 있는 것이었습니다!"

야마토 남작은 더욱 더 공손하게 미소를 지었다. "하지만 우리는 중립을 지키지 않을 것입니다. 그자는 위대한 일본인입니다. 전 세계가 일본 신앙을 받아들일 수 있습니다. 우리도 역시 언젠가 선교사를 파견해서 신앙을 가르칠 것입니다."

"남작님." 오패터니 경이 심각하게 말했다. "우리 두 나라는 긴밀한 관계를 맺고 있는 것을 알고 계시겠지요……."

"영국은 일본 신앙을 받아들일 수 있습니다." 야나토 남작이 미소를 지었다. "그러면 양국관계는 더욱 더 좋아질 것입니다."

"잠깐, 각하." 부흐틴 장군이 소리쳤다. "어떤 일본 신앙도 안 돼요! 만일 믿음이라면 정교회 신앙이어야 하오. 왜냐고요? 바로 정통교회이기 때문입니다. 두 번째로 그것은 러시아 신앙이고, 그리고 세 번째로 황제가 원하고, 네 번째로 친구들이여, 러시아는 가장 강력한 군대를 가지고 있기 때문입니다. 저는, 여러분 솔직히 공공연하게 말하건대, 언제나 군대를 지지합니다. 그래서 신앙이 있다면 이는 우리의 정교 신앙이오."

"하지만 그건 안 되오. 신사 여러분." 오패터니 경이 화가 나서 소리쳤다. "우리는 그 문제로 여기 온 것이 아닙니다!"

"절대로 옳소." 부름 박사가 말했다. "우리는 신에 대한 공통된 접근방식을 모색해야 합니다."

"어떤 신?" 중국 전권대사 케이 씨가 주름진 눈썹을 치켜들며 갑자기 말했다.

"어떤 신?" 부름 박사가 놀라서 되풀이했다. "좌우간

신은 하나뿐입니다."

"우리 일본 신." 야마토 남작이 상냥하게 미소 지으며 말했다.

"정교회 신." 장군이 칠면조처럼 빨게 가지고 소리쳤다. "다른 신은 없습니다."

"부처님." 케이 씨는 이제 말라빠진 미라와 진배없는 눈썹을 떨어뜨리며 다시 한 번 말했다.

오패터니 경은 흥분하여 벌떡 일어섰다. "신사 여러분." 그는 소리쳤다. "제발 저를 좀 따라 오십시오."

그래서 모든 외교관들은 회의실로 돌아갔다.

여덟시에 부흐틴 장군은 자주색 얼굴을 한 채 두 주먹을 불끈 쥐고 회의실을 뛰쳐나갔다. 그 뒤를 이어서 부름 박사는 자기의 서류를 챙겨서 나갔다. 얼굴을 매우 붉힌 오패터니 경은 예의도 갖추지 않고 머리에 모자를 쓰고 나가버렸다. 이어서 두디유는 조용히 나갔다. 트리벨리노 공작은 창백한 채 떠나갔다. 그의 뒤를 이어서 야마토는 끝임 없이 미소를 지으며 떠나갔다. 마지막으로 케이 씨가 두 눈을 내리 뜨고 손가락으로 매우 긴 검은 염주를 연신 만지며 떠나갔다.

빌 프리톰이 헤럴드에 보도한 뉴스는 이렇게 끝났다.

이 회합에 대한 공식 보도 자료는 발표되지 않았다. ― 관심분야에 대한 위에서 언급한 것 외에는― 그리고 만일 어떤 결정이 내려졌다 해도 아마도 별로 가치가 없었을 것이다. 왜냐하면 산부인과 용어로 표현하자면 운명의 자궁이 예기치 못한 사건을 일으켰다.

산에는 눈이 내리고 있다. 밤새도록 거대하고 조용한 눈송이가 내렸다. 50센티미터나 새 눈이 쌓였다. 눈은 쉼 없이 계속 내린다. 침묵이 숲 속에 내려온다. 이따금 너무 나 많은 눈이 쌓인 가지가 부러지는 소리가 들린다. 그 소리는 두꺼운 침묵이 내려앉은 눈 덮인 짧은 거리를 뚫고 나아간다.

그러고 나서 날씨는 더욱 추워지고, 얼음 같은 차가운 바람이 북쪽 프러시아에서 불어왔다. 부드러운 눈송이가 우박으로 바뀌더니 곧바로 얼굴로 날아든다. 떨어진 눈은 날카로운 가시가 되어 날아오르고 공기 중에서 소용돌이 친다. 나무로부터 하얀 구름이 내려와 세차게 땅 위로 날아다니다가 빙글 돌며 어두운 창공으로 올라간다. 눈이 거꾸로 땅에서 하늘로 내린다.

깊은 숲 속의 나뭇가지들이 삐드득거리고 윙윙거린다. 나무는 부러져 넘어져서 관목 숲을 망가뜨린다. 그러나 이러한 날카로운 소리도 불어대는 바람의 울부짖는 소리, 포효소리, 날카로운 소리, 우르릉거리는 소리, 윙윙거리는 소리에 의해서 산산이 흩어지고 휩쓸려 가버린다. 잠시 그 소리가 멈추면 발밑에서 얼어붙은 눈의 뽀드득거리는 소리가 마치 유리가루 소리처럼 들린다.

스핀들러의 방앗간 위 언덕에서 우편배달부는 전보를 가지고 걸음을 재촉한다. 그는 높이 쌓인 눈길을 어렵사리 헤쳐 나아간다. 우편배달부는 붉은 스카프를 감은 모자를 귀까지 눌러쓰고, 양손에는 털장갑을 끼고 화려한 색깔의 머플러를 목에 감았다. 그러나 그는 여전히 춥다. 자, 그는 생각에 잠긴다. 나는 한 시간 반 내로 곰 계곡까지 갈 수 있어. 내려갈 때는 썰매를 빌리면 될 거야. 제기랄, 도대체 이런 날씨에 누가 전보를 보낼까!

외나무다리에서 돌풍이 우편배달부를 덮쳐서 그를 거의 빙글빙글 돌렸다. 그는 얼어붙은 손으로 여행 안내판을 잡았다. 하나님 맙소사, 그는 속으로 중얼거렸다. 나는 더 이상 갈 수 없어! 어두운 눈덩어리가 공중을 날아 그를 향해 정면으로 날아오며 소용돌이쳤다. 그것은 점점 더 가까이 와서 이제 그는 간신히 숨을 멈추어야 했다. 수천 개의 바늘이 그의 얼굴을 찔렀고 목까지 파고들었다. 어딘가 바지 속은 구멍이 생겨나고 눈은 몸까지 와 닿았다. 그의 얼어붙은 옷은 축축했다. 어두운 눈보라는 계속 몰아쳤고 우편배달부는 우체국으로 돌아가고 싶었다. 그는 스스로 주소를 되뇌었다. 엔지니어 마레크는 여기 출신이 아니야! 전보는 긴급이고, 도대체 무슨 일인지 누가 안담. 아마도 뭔가 급한 가정문제일지도…….

이제야 눈보라가 잦아들고, 우편배달부는 외나무다리를 건너 개울을 따라 위 언덕으로 향했다. 눈은 무거운 신발 아래에서 삐걱거렸고 그는 추워서 절망적이 되어갔다. 바람은 다시 세차게 몰아쳤고, 커다란 눈덩어리가 나무에서 떨어져 그의 머리와 목을 덮쳤다. 그의 등줄기에는 얼음물이 흘러내렸다. 하지만 가장 나쁜 것은 그의 발이 눈에 계속 빠지고 길은 위로 갈수록 가팔라진다는 것이었다. 그 순간 그는 눈사태를 맞았다.

그것은 마치 하얀 벽처럼 위로부터 무너져 내렸다. 그는 미처 몸을 돌리기 전에 얼굴에 충격을 받고 숨을 간신

히 몰아쉬며 몸을 구부렸다. 그는 앞으로 넘어졌다. 그는
바람을 등지고 앉았지만 눈에 묻혀버릴까봐 겁이 났다.
그는 일어서서 더 위로 높이 오르려고 했다. 그러나 다시
미끄러져 양손을 땅에 짚으며 넘어졌다. 그는 다시 일어
섰으나 아래로 몇 미터 미끄러져 내려갔다. 그는 거의 숨
을 멈춘 채 나무둥치를 잡았다. 제기랄. 그는 자신에게 속
으로 말했다. 나는 반드시 저 위에 도달해야 해! 그는 몇
발자국 내디뎠다. 다시 넘어져 배를 깔고 밑으로 내려갔
다.

이제 그는 두 손과 양발로 기어가기 시작했다. 장갑은
다 젖었다. 각반 속으로 눈이 들어왔다. 하지만 위로 올라
가야 해! 여기 머물러 있어서는 안 돼! 얼굴을 따라 눈이
녹아내리고 땀이 났다. 그는 눈 때문에 아무것도 볼 수 없
어서 길을 잃어버린 것 같았다. 그는 소리 내어 울고는 위
로 향해 기어 올라갔다. 그러나 긴 코트 때문에 기어가기
가 힘이 들었다. 그는 일어서서 바람과 씨름을 했다. 반
발자국 앞으로 갔으나 두 발자국 밑으로 미끄러져 내려갔
다. 그는 조금 나아가는 것 같았으나, 다리가 미끄러져서
날카로운 눈이 그의 얼굴을 찔렀다. 그가 다시 일어났을
때 그는 지팡이를 잃어버린 것을 알았다.

그 동안 계속해서 눈구름은 산을 넘어 날아오르고, 험준한 바위에 부딪히며 휘몰아치고 소용돌이치며 울부짖는다. 우편배달부는 무서워서 울며 기침을 하고 있는 힘을 다해 나아가다가 멈추어 섰다. 다시 한 발 내딛다가 서고, 다시 돌아서서 숨을 간신히 몰아쉬었다. 하나님 맙소사! 그는 이제 나무를 잡았다. 도대체 지금 몇 시나 됐을까? 그는 조끼주머니에 있는 노란 투명케이스로부터 회중시계를 꺼냈다. 그것은 눈으로 얼어붙었다. 곧 어두워진다. 되돌아가야 할까? 하지만 나는 벌써 정상 가까이까지 왔잖아!

거센 돌풍이 쉴 사이 없는 눈보라로 바뀌었다. 구름이 언덕으로 똑바로 몰아치고 더럽고 어두운 안개가 소용돌이치는 눈송이로 가득 찼다. 눈은 똑바로 수평으로 공기 속으로 날아와서 그의 얼굴 정면으로 돌진해서, 그는 두 눈을 봉하고 코와 입을 막았다. 젖고 얼어서 무디어진 손가락으로 반쯤 녹은 귀와 눈구멍을 훑어내야 했다. 우편배달부는 5센티미터나 되는 눈에 덮여버렸고 그의 코트는 딱딱해서 움직이기가 힘들었고 굳어서 판자처럼 무거웠다. 그의 부츠 바닥은 한 발자국 내디딜 때마다 눈이 더 두껍게 달라붙었고 더욱 무거워졌다. 숲속에는 어둠이 내렸다. 하지만 맙소사 아직 두시밖에 되지 않았다!

갑자기 누런 녹색의 어둠이 찾아왔고 눈은 더욱 무거워지기 시작했다. 눈송이는 손바닥처럼 커져서 젖어있었고 무거워져서 소용돌이치고 자욱하게 휘몰아쳐서 땅과 하늘이 구분이 되지 않았다. 그대는 한 발자국 앞도 못 보는 거야. 그대는 눈송이를 들이 마시는 거야. 그대는 머리 꼭대기까지 와 닿는 눈보라 베일 속을 방황하고 있어. 그대는 마치 눈 속의 오솔길을 만들 듯이 앞을 보지 못하고 한 발자국씩 발을 떼고 있어. 유일한 본능. 앞으로 나아가는 것.

유일한 바램. 눈 말고 다른 것을 숨 쉬는 것이다. 이제 그대는 눈으로부터 발을 뗄 수가 없다. 허벅지 절반까지 와 닿는 눈 더미로부터 터벅터벅 걸어간다. 그대는 발자국을 만들어가지만 그것들은 그대 뒤에서 즉각 지워진다.

그 순간 저 아래 도시에서는 눈보라가 듬성듬성 내리고 곧 검은 진흙 속에 녹아버린다. 가게들이 불을 밝히고 카페의 전등불빛 아래에 사람들이 앉아서 오늘은 날씨가 얼마나 끔찍하고 캄캄했는지에 대해 투덜댄다. 헤아릴 수 없는 전구들이 넓은 도시를 밝히고 진창 속에서 번쩍거린다.

눈 덮인 고지대 초원에 불빛 하나가 비친다. 떨어지는 눈보라 때문에 그것은 보일락말락 한다. 그것은 꿈틀거리다가 꺼졌다. 그러나 거기에는 삶이 있다. 곰 계곡 오막살이에는 불이 켜져 있다.

곰 계곡 오막살이 앞에 형체가 없는 뭔가가 멈추었을 때는 이미 다섯 시였고 무척 어두웠다. 그 '뭔가'가 두꺼운 하얀 날개를 펼쳐서 자신의 몸을 치며 십 센티미터나 되는 눈 접시를 털어냈다. 눈 밑에서 코트가 나타나고, 코트 밑에서 두 발이 나타나고, 이 두 발이 돌 문지방을 탁탁 차니 큰 눈덩어리가 떨어졌다. 그는 스핀들러 방앗간에서 온 우편배달부였다.

그는 오막살이 안으로 들어갔다. 그는 책상 옆에 앉아 있는 몸이 야윈 신사를 보았다. 그는 인사를 하고 싶었으나 그의 목소리는 전혀 들리지 않았다. 마치 증기가 나오듯이 아주 조금 가르랑거리는 소리만 났다.

그 신사는 일어섰다. "맙소사, 이보게. 도대체 무엇이 당신을 이런 눈보라 속으로 보냈단 말인가? 좌우간 당신은 빌어먹을 그 눈 속에서 쳐 박혀 있을 수도 있었단 말이요!"

우편배달부는 고개를 끄덕이고 간신히 숨을 몰아쉬었

다.

"정말 이해가 안 되는 군." 그 신사는 불평하듯이 소리 쳤다. "아가씨, 여기 이분에게 차 좀 갖다줘! 자, 영감, 도 대체 어디로 가는 중이요? 마르틴의 오막살이로?"

우편배달부는 고개를 끄덕이고 가죽 가방을 열었다. 거기에는 눈이 가득했다. 그는 우지직 소리가 나는 완전 이 얼어빠진 전보를 꺼냈다.

"흐히흐하레크?" 그는 숨을 간신히 몰아쉬었다.

"뭐라고?" 신사는 물었다.

"여기…… 엔지니어 마레크가 있는지요……?" 우편배 달부는 한 단어씩 말을 하며 원망하는 눈초리로 말했다.

"내가 마레크인데요." 홀쭉한 신사가 말했다. "당신 내 게 뭔가를 가져왔다고요? 빨리 보여줘요!"

엔지니어 마레크는 전보를 뜯었다. 거기에는 이렇게 써져 있었다.

"당신의 예측이 확인됨. 본디."

그 이상도 그 이하도 아니다.

제22장 **노 애국자**

프라하 인민일보 편집실 기자들은 모두 열심히 일을 하고 있었다. 전화교환수는 중앙전화국 교환양과 큰소리 치며 다투고 있었다. 가위질 소리, 타이프 치는 소리가 요란하게 들리고 치릴 케발은 의자에 앉아서 발을 달랑거리고 있었다.

"바츨라프 광장에서 누군가 설교를 하고 있습니다." 조용한 목소리로 그는 말한다. "어떤 공산주의자가 거기서 자발적인 가난한 삶을 설파하고 있습니다. 그는 사람들에게 그들이 마치 들판의 백합화 같다고 말합니다. 그는 수염이 허리까지 내려가 있습니다. 오늘날 그러한 수염을 기른 사람들이 많다는 것은 무서운 일입니다. 모두들 사도 같습니다."

"으흠" 나이 많은 레이제크가 체코 통신사 기록보관소 문서를 살피면서 대답했다.

"도대체 어떻게 그들의 수염이 그렇게 자랄 수 있을까요?" 케발이 말했다. "레이제크 씨 내말 좀 들어봐요. 제 생각에는 거기에는 압솔루트노의 영향이 있는 것 같아요. 레이제크 씨, 나는 내게도 수염이 저렇게 자랄까봐 걱정이 되요. 허리춤까지라 상상을 해봐요!"

"으흠." 레이제크가 생각에 잠기며 말했다.

"오늘 하블리체크 광장에서 자유 생쥐들(종교단체:역주)의 신격화가 진행될 것입니다. 노바체크 신부는 틸광장에서 기적을 행할 것입니다. 또다시 무슨 사건이 터질지 지켜보십시오. 어제 그 노바체크는 태어날 때부터 절름발이를 고쳤습니다. 그러고 나서 대행진이 있었습니다. 그 절름발이가 한 유대인을 쳤습니다. 그는 그의 갈비세댄가 뭔가를 부러뜨렸습니다. 아시다시피 그는 시온주의자였습니다."

"으흠" 레이제크는 몇몇 뉴스들을 지우면서 인정했다.

"레이제크, 오늘 또 더 많은 소란이 있을 것입니다." 치릴 케발은 사려 깊게 말했다. "진보주의자들이 구시가지

광장에서 회합을 가질 것입니다. 다시 '로마로부터 분리'라고 소리칠 것입니다. 노바체크 신부가 매커비어스 단(유대인 애국주의단체:역주)을, 당신도 아시다시피 가톨릭교도를 위한 무장 경비대를 창설했습니다. 잠깐, 그것은 재미로 할 것입니다. 총주교는 노바체크가 기적을 행하는 것을 금지시켰습니다. 하지만 그 성직자는 마치 뭔가에 홀린 듯이 죽은 자를 살려내기도 했습니다."

"으흠" 레이제크는 말하고 계속 지워나갔다.

"어머니가 제게 편지를 썼어요." 치릴 케발은 조용히 설명했다. "우리 모라비아에서, 아시다시피 후스토페츠와 그 인근에서 그들은 체코사람들에게 격노했습니다. 체코인들은 무신도들이고 야만족이며 우상 숭배자들이고 새로운 신을 내세우는 작자들이며, 뭐 그와 비슷한 것이라고 합니다. 그들은 한 사냥꾼을 체코인이라는 이유로 총으로 쏴 죽였습니다. 레이제크, 온 사방에 온통 난리가 났습니다."

"으흠." 레이제크는 인정했다.

"심지어 시너고그에서도 싸움질을 했습니다." 케발이 덧붙였다. "시온주의자들이 바알을 믿는 자들을 사정없이 쳤습니다. 이것 좀 보십시오. 거기에서 세 사람이나 죽었답니다. 공산주의자들이 분열되었다는 것을 알고 있겠지요? 저는 잊어버리고 싶지만 잘 눈여겨보십시오. 그들도 거기서 싸움질을 할 것입니다. 거기에는 신비주의 공산주의자들이 있습니다. 좌파 말입니다. 기독교파, 마리아파, 과학자파, 부활주의자파, 성 요한 직물공장 노동자파, 성 요한 철강산업 노동자파, 성 요한 광부노동자파, 그 외 약 일곱 개의 당파들이 더 있습니다. 지금 그들은 건강관리 자금문제와 노동자들의 주거문제로 다투고 있습니다. 잠깐 기다려 봐요. 오늘 나는 히베른스카 거리로 갈 것입니다. 이보세요, 오늘 오후에 그들은 거기에 군부대를 투입할 것입니다. 하지만 그동안 브르쇼프 병영이 체르닌 병영한테 구원의 3단계에 대한 브르쇼프의 신조를 인정하라고 최후통첩을 보냈습니다. 만일 그들이 이 제안을 받아들이지 않는다면 전투가 벌어질 것입니다.

그래서 데이비체 병영의 포병부대가 체르닌 병영의 무장을 해제하려고 갔습니다. 브르쇼비체 병영은 자신들 주위에 바리케이드를 쳤고, 군인들은 창문으로 대포를 장착하고 전쟁을 선포했습니다. 그들은 제7용기병부대, 성 방위부대와 네 개의 포병포대가 그들을 포위하고 있습니다. 그들이 말하길 6시에 사격을 시작한답니다. 레이제크, 레이제크, 오늘날 세상에 있다는 것은 얼마나 즐거운 일일까요!"

"으흠." 레이제크는 말했다.

"그렇습니다. 그리고 대학에서." 케발이 조용히 계속했다. "거기서 오늘 자연과학대학이 역사학대학과 싸웠습니다. 아시다시피 자연과학자들이 예수 공현(公顯)을 부정했습니다. 왜냐하면 그들은 무신론자들이니까요. 교수들이 앞장서고 라들 학장이 직접 깃발을 들었습니다. 역사학자들이 클레멘티움 도서관을 점령하고 책들을 절망적으로 방어했습니다. 라들 학장이 벨레노프스키 선집에 머리를 맞아 그 자리에서 죽었습니다. 뇌진탕이 분명했습니다. 아르네 노박 총장은 『창조와 진보』라는 책에 맞아서 심하게 상처를 입었습니다. 드디어 역사가들이 얀 브르바의 저서들을 공격자들에게 던졌습니다. 지금 거기에는 구조대가 일하고 있는데, 7명의 사망자가 발생했고 그 중에 교수가 셋이나 있습니다. 제 생각인데 거기에 산 채로 매장된 수가 30명은 넘지 않을 것입니다."

"으흠." 레이제크는 말했다.

"이봐요, 스파르타 축구팀도." 케발은 조용하나 흥분된 목소리로 지껄이기 시작하였다. "스파르타 팀은 고대 그리스 신 디아를 유일신으로 선언한 반면에 슬라비에 팀은 슬라브 신 스반토비트를 선언했습니다. 일요일 레트나 운동장에서 두 팀은 각자 자신들이 믿는 신의 명예를 걸고 경기가 펼쳐질 것입니다. 양 팀은 축구화 외에도 그라나다로 무장할 것입니다. 슬라비에 팀은 말하기를, 그 외에도 자동기관총으로 무장하고, 반면에 스파르타 팀은 120밀리 대포 한 대를 장착할 것입니다. 표를 사려는 거대한 군중들, 양 팀의 지지자들도 스스로 무장할 것입니다. 레이제크, 피를 흘릴 것입니다! 내 생각인데 제우스가 승리할 것입니다."

"으흠." 레이제크가 말했다. "하지만 지금 도착한 리포트들을 살펴보는 게 어떨까요?"

"좋아요, 필요하다면." 치릴 케발은 동의했다. 아시다시피 인간이 하나님에게도 익숙해지기 시작했어요. 체코 통신사에서 뭐 새로운 뉴스 없어요?"

"특별한 것 없어요." 레이제크는 투덜거렸다. "로마에서는 데모대가 피를 흘리고 울스터에서는 심각한 상황이 진행 중이에요. 아일랜드 가톨릭들 어떤 사람들인지 잘 아시잖아요. 성 킬다는 아주 미쳐 날뛰어요. 부다페스트에서는 유대인 대학살, 프랑스에서는 분열. 왜냐하면 거기에는 발도파 교도들이 다시 등장했어요. 뮌스터에서는 새로운 침례교도들, 볼로냐에서는 맨발의 형제들 출신의 마르틴 신부가 대체 교황으로 선출되었습니다 등등. 지엽적인 것은 아무것도 없군요. 편지에 무엇이 있는지 보시겠습니까?"

치릴 케발은 이야기하는 것을 멈추고 도착한 우편물을 열었다. 거기에는 수백 통의 편지가 들어 있었다. 그는 겨우 여섯 통을 읽었고 더 이상 읽을 수 없었다. "이것 좀 보세요, 레이제크." 그는 시작했다. "그것들은 모두 똑같아요. 예컨대 흐루딤에서 온 이 편지는 이렇게 쓰고 있어요. '친애하는 편집자님, 저는 당신의 그 존경스러운 출판물을 오래 전부터 구독하고 있습니다. 그리고 저는 열매 없는 논쟁을 불러일으킨 당신의 다른 독자들과 일반적인 대중들이……' 여기서." 케발은 덧붙였다. "…… '우리의 지방 교구목사 자코우필이 행한 위대한 기적에 대해' ……. 그는 여기서 '관심을 가지다.'를 쓰는 것을 잊어버렸습니다. 그리고 등등. 이친에서 조합 지하저장고 지배인이, 베네쇼프에서는 학교교장이, 호테보르슈에서는 담배제조업자 이라크의 미망인이 편지를 보냈습니다. 제가 어떻게 이 모든 것을 읽을 수 있어요?"

224

잠시 동안 사무실이 조용해졌다. "제기랄, 레이제크."
또다시 케발이 소리쳤다. "이것 좀 봐요. 무엇이 큰 화제
가 될 것인지 알겠어요? 독점기사? 허위보도? 아무런 기
적 없이 무엇인가 아주 자연스러운 사건이 일어났다면.
하지만 나는 아무도 믿지 않을 거라고 생각해요. 기다려
봐요. 뭔가 자연스러운 것을 생각해 봐야겠어요."

또다시 잠시 침묵이 흘렀다.

"레이제크." 케발은 슬픔에 젖어 말했다. "나는 자연스
러운 것은 생각해낼 줄 몰라요. 그것을 생각하면 할수록
모든 것이 기적 같아요. 일어나는 모든 것은 뭔가 기적이
에요."

바로 그 순간 편집장이 들어왔다. "누가 트리뷴지를 재
검토했나요? 여기 뭔가 뉴스거리가 있는데 우리는 그것
을 다루지 않았군요!"

"어떤 뉴스요?" 레이제크가 물었다.

"경제뉴스. 어떤 미국협회가 태평양 섬들을 사들여서
세를 놓는다고 합니다."

"산호섬인가 뭔가를 일 년에 오천 달러에 세 놓는데요.
벌써 이천칠백 명이 신청했답니다. G. H. 본디가 거기에
일억 이천 만을 투자했어요. 그런데 우리 신문에는 일언

반구도 없네요." 편집장은 불평을 하고 문을 쾅 닫고 나가버렸다.

"레이제크." 케발은 말했다. "여기에 흥미로운 편지가 있어요. '존경하는 편집자님! 실례합니다. 저는 나이 많은 애국자로서, 암울한 노예생활의 나날과 고통스러운 압제의 시기를 기억하는 자로서, 제가 불평의 목소리를 높이는 것을 용서해주기 바라는 바입니다. 또 저는 당신이 그 날카로운 펜으로 우리 체코민족에게 우리 노 애국자들의 관심과 불안한 노스탈자를 이해시키기를 바라마지 않습니다.' 등등. 그러고 나서 또 이렇게 계속하고 있어요. '저는 이러한 우리 고대의 영광스러운 형제들이 형제들에게 반기를 든 것을 알고 있습니다. 수없이 많은 분파들, 종파들과 심지어 교회들도 마치 늑대처럼 서로 학대하고 서로 증오를 토해냅니다.' 이 자는 마치 어떤 늙은이처럼, 필체가 매우 떨린 모양입니다. '반면에 우리의 고대 적들이 으르렁거리는 늑대처럼 우리를 포위하고 우리 민족들에게 독일의 구호 '로마로부터 분리'를 외쳐 대고 있었습니다. 이러한 적들은 우리가 그토록 갈망하던 민족단합 대신 자기들의 이익에 더 관심이 많은 질 나쁜 애국자들에 의해서 지지를 받았습니다. 우리는 심지어 불안과 슬품을 가지고 서로 다른 종교적 슬로건을 단 깃발을 들고 체코인들이 체코인들에 대항하여 무기를 들고 싸워서 결국 살육의 전장에 서로서로 주검을 남길 다가오는 새로운 리판 전투를 볼 것입니다. 그리고 아, 왕국이 스스로 분열될 것이라는 성서의 말씀이 완성될 것입니다. 우리의 정의롭고 영웅적이고 영광스러운 필사본에 쓰여 있는대로 마상시합과 유혈사태가 벌어질 것입니다.'"

"이제 그만 읽어요." 레이제크가 말했다.

"잠깐만요. 여기 그는 우리나라의 정부와 교회의 이상 비대에 대해 언급하고 있어요. 이건 체코에 세습되는 고질병이에요. '크라마르스 박사가 언급해왔듯이 거기에는 조금도 의심할 바가 없습니다. 그래서 우리는 여러분들에게 크고 무서운 위협이 온 사방에서 우리를 위협하는 이 중차대한 최후의 순간에 온 나라가 스스로 방어하기를 요구하는 바입니다. 만일 단합을 위하여 이러한 종교적 유대가 필요하다면, 개신교도 아니고 가톨릭도 아니고 모니즘도 아니고 물론 불가지론주의도 아니고, 그 대신 아주 힘차고 형제애의 믿음이 넘치는 우리의 유일한 슬라브 정교회를 받아들입시다. 이는 이 험악한 시기에 우리를 하나의 거대한 슬라브 가족으로 만들고, 우리들에게 강력한 슬라브 왕국을 보호하도록 하는 유일한 교회입니다. 이러한 단일 범 슬라브 정신으로 기꺼이 그리고 진심으로 단결하지 못하는 자들은 정부의 권력에 의해서 깨어나야 하고, 또는 이러한 모든 특별한 상황 속에서 가능한 강요에 의해서 전민족의 단결을 위해 자신들의 당파적이고 분파적인 이익을 포기해야합니다.' 그리고 등등입니다. 서명되었습니다. '늙은 애국자.' 자, 어떻게 생각하십니까?"

"아무것도." 레이제크는 말했다.

"제 생각인데 거기에는 뭔가가 있습니다." 케발은 말하기 시작했다. 그러나 그 순간 전화교환수가 들어와서 말했다.

"뮌헨으로부터 전화입니다. 어제 독일에서 시민전쟁인지 종교전쟁이 발생했습니다. 인쇄할 가치가 있겠지요?"

11시 전에 인민일보 신문사에 다음과 같은 전화통신뉴스가 도착했다.

"체코통신사. 뮌헨. 2월 12일. 어제 WTB에 의하면 아우크스부르크에서 유혈이 낭자한 데모가 있었다. 데모군 중 70명이 사망했다. 데모는 계속되고 있다."

"체코통신사. 베를린. 2월 12일. 공식보도에 의하면 아우크스부르크에서 부상자 및 사상자 숫자는 12명을 넘지 않는다. 경찰이 질서를 유지하고 있다."

"특별보도. 루가오. 2월 12일. 믿을 만한 소식통에 의하면 아우크스부르크에서의 희생자는 벌써 5천 명을 넘어서고 있다. 북쪽 철도 교통이 마비되었다. 바바리아 각

료회의는 개최중이다. 독일 황제는 사냥을 중단하고 베를린으로 돌아왔다."

"체코통신사. 로이터. 2월 12일. 오늘 새벽 3시 바바리아 정부는 프러시아 정부에 성전을 선포했다."

바로 그 다음날 치릴 케발은 벌써 바바리아에 있었다. 다음과 같은 문단은 그의 믿을 만한 묘사로부터 따왔다.

"2월 10일 저녁 6시에 아우크스부르크에 있는 숄러 연필공장에서 성모 마리아 숭배에 대한 논쟁 끝에 가톨릭 노동자들이 프로테스탄트 한 성직자에게 폭력을 가했다. 밤 동안은 조용했다. 그러나 그 이튿날 아침 10시에 가톨릭 노동자들이 모든 공장으로부터 걸어 나와서 큰 소리로 모든 프로테스탄트 노동자들을 해고하도록 요구했다. 숄러 공장 사장은 몰매를 맞아 죽었고, 두 명의 간부들도 총을 맞았다. 성직자들이 강제로 성체 현시대를 들고 행진하는 대열의 앞에 섰다. 총주교 렌즈 박사는 데모군중을 진정시키려고 나왔으나 레흐 강에 던져졌다. 사회민주당 지도자들이 설득을 하려고 했으나 시너고그로 도망가지 않을 수 없었다. 오후 3시에 시너고그는 다이너마이트에 의해 폭파되었다. 그 동안 유대인과 프로테스탄트 상점들이 털렸고, 동시에 총소리가 들렸고 곳곳에 화재가 발생했다. 시의회는 성모 마리아의 무원죄 잉태설을 지지한다고 절대다수로 가결했고 세계의 모든 가톨릭교도들에게 칼을 들고 그들의 성스러운 가톨릭 믿음을 방어하라고 요구했다. 바바리아의 다른 도시들에서도 이러한 요구에 응답했다. 뮌헨에서 오후 7시에 수많은 사람들이 독일제국으로부터 남쪽 지방의 분리를 열렬하게 지지했다. 뮌헨 정부는 모든 책임은 베를린 정부에 있다고 선언했다. 제국의 수상 부름 박사는 즉각 국방장관한테로 가서 만 명의 보병을 작센과 라인란트로부터 바바리아로 보내도록 조치를 취했다. 새벽 1시 이 병사들을 싣고 가던 열차들이 바바리아 국경에서 선로를 이탈하였고, 부상자들은 기관총 세례를 받았다. 새벽 3시에 뮌헨 정부는 알프스 지방정부와 동맹을 맺어 루터교도들에게 성전을 선포했다.”

"베를린에서는 아직도 전반적인 오해가 평화적으로 해결될 것이란 희망을 잃어버리지는 않는 것 같다. 황제는 의회 연설에서 자기는 가톨릭도 프로테스탄트도 모르고 오직 독일국민만을 알뿐이라고 말했다. 북 독일 군대는 에르푸르트(Erfurt)지방으로부터 고타-카셀지방까지의 전선에 집중하고, 가톨릭 군대는 츠비코프 시와 루돌슈타트 시에 집중하면서 시민들로부터 저항에 부딪히기도 했다. 그라이즈 시는 불에 타버렸고 수많은 시민이 죽고 수많은 다른 사람들이 노예로 잡혀갔다. 주요한 전투에 대한 소문이 확인되지는 않았다. 바이로이트로부터 피난민들이 북쪽으로부터 대포소리를 들었다고 한다. 마그데부르크의 기차정거장이 바바리아 폭격기로부터 폭격을 맞고 폐허가 되었다고 한다. 바이마르가 화염에 휩싸였다."

"뮌헨에는 말로 다 할 수 없는 열광이 지배하고 있는 것 같다. 모든 학교에는 새로 모집한 위원들이 사무를 보고 있고 거리에는 자발적 군중들이 12시간씩 근무하고 있다. 12개의 교구 목사들의 깃발들이 시청 꼭대기에서 나부낀다. 가톨릭 신부들이 미사참석자들로 가득 찬 교회에서 밤낮으로 집전을 하고 있다. 의회의원인 그로스후버 신부가 피로로 넘어져서 제단 앞에서 사망했다. 유대인들, 일원론자들, 금욕주의자들과 다른 종교단체 회원들이 그들의 집에서 자신들을 위해 방어벽을 구축했다. 은행가이며 유대인 지구 원로지도자인 로젠하임은 이날 아침 공개적으로 화형에 처해졌다."

"네덜란드와 덴마크 대사들은 자신들의 여권을 압수당했다. 미국 대표는 평화를 깨뜨린 데 대해 공식항의를 제출했다. 반면에 이탈리아 정부는 바바리아에 대해 중립을 취하고 행운을 빈다고 확인하였다."

"새로 징집된 군대는 붉은 배경에 '신의 그것을 원하노라'라고 선언하는 하얀 십자가 깃발을 들고 거리를 따라 행진한다. 거의 모든 여성들이 자발적인 봉사에 가입하고 군병원을 준비한다. 대부분 가게는 문을 닫고 증권사들도 마찬가지다."

"그 때는 2월 14일이었다. 15일 날 베리 강 양 둑에서 주요한 전투가 있었고 프로테스탄트 군대가 어느 정도 퇴각하였다. 똑 같은 날 벨기에와 네덜란드 국경에서 첫 총소리가 들렸다. 영국은 해군 동원령을 내렸다."

2월 16일 이탈리아는 스페인군대가 바바리아를 돕기 위하여 자신의 영토를 통과하는 것을 허가하였다. 티롤지방 농부들은 낫으로 무장하고 헬베티아 스위스로 돌진했다.

2월 18일 교황 반대파 마르틴이 바바리아 군대에 자신의 축복을 전보로 보냈다. 마이닝엔 부근에서 우유부단한 전투. 러시아는 폴란드 가톨릭세력에 전쟁을 선포했다.

2월 19일 아일랜드는 영국에 전쟁을 선포했다. 브뤼셀에서는 예언자들의 초록 깃발을 펄럭이며 반 칼리프 세력이 나타났다. 발칸 국가들이 군대를 동원하고 마케도니아에 대량 살육이 일어났다.

2월 23일 북 독일 전선이 무너지다. 인도에서 총파업. 무슬림이 기독교인들을 상대로 성전을 발표하다.

2월 27일 그리스와 이탈리아의 전쟁. 첫 전투가 알바니아 영토에서 벌어지다.

3월 3일 일본 함대가 미국을 향해서 출발하다.

3월 15일 십자군(가톨릭)이 베를린을 점령하다. 그동안 프로테스탄트 국가연합이 슈테틴(폴란드 서북부의 항구 도시, 원래 독일령)에 정착하다. 독일 황제 카스파르 I세가 직접 명령을 내리다.

3월 16일 이백만의 중국 군대가 시베리아와 만주 국경을 넘어 공격을 하다. 반 교황 마르틴 군대가 로마를 점령하다. 우르반 교황은 포르투갈로 피신하다.

3월 18일 스페인은 포르투갈 정부에게 우르반 교황을 그들에게 넘겨줄 것을 요구하다. 이에 반대하자 사실상 스페인-포르투갈 전쟁이 발발하다.

3월 26일 남아메리카 국가들이 미국에 최후통첩을 발표하다. 그들은 금주법의 폐기와 종교자유의 금지를 요구하다.

3월 27일 일본 군대가 캘리포니아 브리티시컬럼비아 (캐나다 서남부의 주)에 상륙하다.

이것이 간단히 말해 4월 1일 세계의 정세다. 중부유럽은 가톨릭과 프로테스탄트 사이에 대 분쟁에 휘말리다. 프로테스탄트 연맹이 베를린으로부터 십자군을 몰아내고, 작센을 차지하고 중립을 지키던 체코를 점령하다. 스웨덴에서 온 랭글 소장이 프라하 특공대를 지휘하다. 그는 아마도 30년 전쟁(1620-1648:역주) 당시의 랭글 장군의 후손일 것이다.

반면에 십자군은 그들이 제방을 파헤치는 바람에 바닷물에 잠긴 네덜란드를 점령하고 계속해서 하노버, 홀스타인과 뤼베크를 점령하고 덴마크까지 침투했다. 전쟁은 무자비하게 진행되었다. 도시는 파괴되고 남자들은 살육되었고 50살 이전의 여자들은 강간을 당했다. 그러나 무엇보다도 먼저 적대적인 카뷰레터를 파괴했다. 이러한 아주 예외적인 전투를 기억하고 있는 사람들은 양쪽 다 뭔가 초자연적인 힘을 가지고 싸웠고 그래서 거기에는 때때로 보이지 않은 손이 적군의 전투기를 낚아채어 땅에 굴러 떨어지게 하거나 54센티미터 폭탄을 공중에서 잡아서 다시 그것이 날아온 곳으로 되날려버리기도 한 것 같다는 것을 확신하고 있다.

카뷰레터가 파괴되었을 때 특별히 무서운 현상들이 나타났다. 적들의 도시가 점령되자마자 눈에 보이지 않은 그러나 절망적인 전투가 지방 카뷰레터 주위에서 발생했다. 가끔 회오리바람이 일어나 원자력 보일러가 있는 건물 전체를 날려 보내 산산조각이 났다. 그 모습은 마치 깃털뭉치가 날아가는 것 같았다. 벽돌들, 기둥들과 지붕타일들이 거칠게 날아다녔고, 보통 무서운 폭발로 끝장이 났다. 주위 반경 12km의 모든 나무들과 건물들이 납작하게 넘어졌고, 200m가 넘는 깊이의 커다란 웅덩이가 생겨났다. 폭발의 규모는 물론 폭발하는 카뷰레터의 크기에 따라 달랐다.

질식 가스가 누출되어 반경 300km나 퍼졌고, 식물들은 완전히 불에 타버렸고, 그러나 이때 발생한 구름들이 전략적인 초자연적인 힘의 작용 때문에 여러 번 원래의 장소로 되돌아오곤 했다. 이러한 믿을 수 없는 전략은 곧 포기되었다. 압솔루트노가 공격을 하는 동시에 한편으로는 방어를 하는 것 같았다. 전투에는 이전에 들어보지 못한 무기들 (지진, 돌개바람, 유황비, 홍수, 천사들, 전염병, 메뚜기떼 등등)이 사용되었다. 그래서 완전히 새로운 전

술전략이 필요했다. 총공격, 참호들, 전선, 요새진지와 비슷한 우스꽝스러운 것들은 더 이상 사용되지 않았다. 모든 병사들이 칼, 총알과 폭탄들을 지급받아 각자가 독립적으로 가슴에 다른 색깔의 십자가를 단 병사들을 공격했다. 더 이상 두 군대가 대치해서 싸우지는 않았다. 단순히 어떤 지역이 전쟁의 무대가 되었고, 양 진영이 앞으로 나아가며 군인들이 서로서로 한 명씩 죽이기 시작하여 최후에 그, 지역이 누군가에 속해지는가가 분명해졌다. 물론 그것은 특별히 선혈이 낭자한 치열한 전쟁의 방식이었지만 결국 최후에는 그 전쟁이 결정인 힘을 보여주었다.

그것이 중부유럽의 상황이었다. 4월초 프로테스탄트 군대가 체코를 거쳐 오스트리아와 바바리아로 침공해 들어갔고, 반면에 가톨릭 군대가 덴마크와 네덜란드의 포메라니아를 유린하였다. 위에서 언급했듯이 마침 네덜란드는 지도상에서 완전히 사라졌다.

이탈리아에서는 우르반과 마르틴 파들 간의 사나운 내전이 발생했고, 시실리는 그리스 보병군의 손아귀에 넘어갔다. 포르투갈은 오스트리아와 카스티야를 점령했으나 가장 치열한 전투가 있었던 저 남쪽에 있는 에스트레마두라를 잃어버렸다. 영국은 아일랜드에서 싸웠고, 그 다음

식민지에서 싸웠다. 그러나 4월 초에 이집트 해안을 더이상 차지하지 못했다. 다른 정착지들도 잃어버리고, 식민지배자들은 토박이들한테 몰살당했다. 아라비아 군대와 수단 그리고 페르시아 군대의 도움을 받아, 터키는 발칸 전체를 유린하였고, 제4대 칼리프 알리에 대한 문제로 시아파와 수니파 간의 충돌이 일어나기 전에 헝가리를 지배했다. 두 파의 진영이 아주 빠른 속도로 이스탄불에서 슬로바키아로 침공해 들어가 엄청난 피를 불러오고 불행하게도 기독교인들의 씨를 말렸다. 그래서 유럽의 이 지역은 전례 없는 고통을 겪었다.

폴란드는 사라졌다. 러시아 군대에 의해서 산산조각이 나버렸던 것이다. 이제 러시아 군대는 북쪽과 서쪽을 향해 침공하던 아시아 족들에 대항하기 시작하였다. 그동안 북 아메리카에는 10개의 일본 부대가 상륙했다. 여러분들도 아시다시피 지금까지 프랑스에 대해서는 일언반구도 없다. 연대기 작가는 이 주제는 제24장을 위하여 남겨두었던 것이다.

아느시(프랑스 동남부의 도시:역주)의 산악 야전포병
대 소속 22살의 보비넷, 토니 보비넷 중위는 현재는 에귀
산에서 6주간 훈련 중이다. 이 산봉우리에서 날씨가 좋은
날은 서쪽으로 아느시 호수와 제네바를 볼 수 있고, 동쪽
으로는 도브라크 산의 둥근 정상과 몽블랑 봉우리를 볼
수 있다. ──그대는 벌써 고향에 있는가?── 그래서 토니
보비넷 중위는 바위에 앉아서 보잘 것 없는 염소수염을
쓰다듬고 있다. 왜냐하면 한편으로는 따분하고, 다른 한
편으로는 또한 벌써 2주 전의 신문을 다섯 번씩이나 되풀
이해서 읽고 나서 생각에 잠긴다.

지금 연대기 작가는 미래의 나폴레옹의 생각을 따라가

야 했다. 하지만 그동안 그의(연대기 작가의) 생각은 눈 덮인 경사면을 따라 아를 계곡을 따라 내려가고 있다. 거기는 벌써 눈이 녹아내리고 그의 시선은 어린이의 장난감 같은 교회첨탑들이 있는 작은 도시들, 메그제브, 플르메, 우지네로 향한다. ──아, 이 장면은 오래전 지난날의 유년 시절을 상기시키는구나! 오, 작은 빌딩블록을 만들던 꿈이여!

그동안 보비넷 중위…… 그렇지만 아니야. 먼저 이 위대한 사나이의 심리를 이해하도록 해보자. 그리고 이 거대한 생각들의 시작을 말로써 표현해보자. 그것은 우리가 할 수 있는 것 이상이라, 설사 한다고 해도 우리는 그것이 실망스럽다는 것을 알게 될 것이다. 간단히 말해, 유럽이 한참 붕괴되는 한가운데서 그처럼 작은 보비넷 중위가 산 정상에 앉아서 산악포병대의 대포를 가진 채, 그가 자신의 발아래로 작은 세상을 내려다보며 거기 높은 데서부터 편안하게 포를 쏠 수 있다는 것을 한번 생각해 보라.

지난 날짜의 아느시의 신문 모니테르의 기사 중에서, 보비넷 중위는 바비랴르 씨가 강력한 조타수로 하여금 키를 잡고 이 미치광이 폭풍우로부터 프랑스란 배를 인도하여 새로운 영광과 권력으로 이끌도록 요구하고 있다는 것을 읽었다. 그리고 그가 아주 깨끗한 공기가 있는 여기 이천 미터나 높은 곳에서 자유롭고 선명한 생각에 잠겨 있다는 것을 상상해보라. 그리고 이해하길 바란다.

보비넷 중위가 여기 바위에 앉아 생각에 잠겨서 자신의 공경할 만하고 쪼글쪼글하고 하얀 머리의 어머니에게 조금은 혼란스러운 편지를 쓰고 있다. 어머니는 '곧 어머니의 토니에 대한 소식'과 그녀의 토니가 '장엄한 계획'을 가지고 있다는 것을 들을 것이다. 그러고 나서 그는 이런저런 일들을 처리하고 밤에는 잘 잤다. 아침에 그의 포대 포병들을 소집하고 그의 나이 많고 능력이 없는 대위를 퇴위시키고 샬란세스의 경찰서를 장악하고는 압솔루트노에게 나폴레옹 식으로 전쟁을 선포했다. 그러고 나서 다시 자러 갔다. 이튿날 그는 토니에 있는 빵집의 카뷰레터를 쏴서 제거하고는 보네빌의 기차역을 점령했다. 그러고 나서 아느시 군사작전 본부를 장악했다. 그래서 그 당시 그는 벌써 3천 명의 병사를 지휘했다. 일주일 만에 그는 2천 개가 넘는 카뷰레터를 제거했고, 그르노블(프랑스 동남부의 도시:역주)에 있는 1만5천 명의 보병과 검술사들을 지휘했다. 그는 그르노블의 사령관이라고 선언했다. 그는 자신의 뒤에 4천 명의 병사를 가진 작은 군대를 소유하게 되었다. 그러고 나서 그는 장거리포를 사용하여 자기 앞에 있는 모든 원자력 모터를 제거하고 론 강 골짜기까지 진격해 나아갔다. 샹베리로 가는 도중에 그는 차에서 내려 그에게 말을 걸어오는 국방부 장관을 생포했다. 이튿날 장관은 군 장군으로 임명되었고, 신중하게 보비넷의 작전을 완전히 익혔다. 4월 1일 리용으로부터 카뷰레터는 근절되었다.

보비넷의 승리의 진군은 지금까지 큰 피를 흘리지 않고 계속되었다. 루아르 강 건너에서 처음으로 주로 가톨릭 열성분자들로부터 그리고 앙시앙 레짐(프랑스혁명 때 타도의 대상이 되었던 절대왕정체제:역주)에 헌신한 지역에서 저항을 받았다. 비록 카뷰레터가 영향을 끼친 여러 지역에서조차 많은 프랑스인들은 압솔루트노에 대해 회의적이었던 것이 보비넷에게는 행운이었다. 사실 그 반대로 계몽주의에 대한 회의주의와 믿음은 거친 광신주의였다. 계속된 대량학살과 성 바르톨로뮤 제(祭)(Barthelemy의 학살: 프랑스에서 1572년 8월 24일에 시작된 구교도에 의한 신교도의 학살:역주) 이후, 보비넷 군대는 그들이 가는 곳마다 해방자로 환영받았고, 그리고 그들은 모든 카뷰레터들을 부수어버린 후, 점진적으로 평화스러운 상태에 도달하려고 노력했다.

그래서 그 해 7월에 벌써 의회는 선언했다. "토니 보비넷은 조국을 위해 훌륭하게 헌신하여서 그에게 육군 원수직을 임명하고 그에게 집정관 직을 수여했다. 프랑스는 통합되었다. 보비넷은 프랑스가 무종교국가라고 선언했다. 어떤 종교적인 징후도 전시계엄령에 의해서 사형에 처해졌다."

이 위대한 인물의 몇몇 장면들은 침묵으로 묵과할 수 없는 것이 있다.

보비넷과 그의 어머니.

베르샤이유 궁전에서 한번은 보비넷이 그의 참모들과 회의 중이었다. 때는 따뜻한 날이었다. 그래서 그는 열려진 창가에 앉아 있었다. 갑자기 그는 공원에서 선텐을 하고 있는 나이 많은 여자를 봤다. 보비넷은 그때 졸리베 원수의 말을 가로막고 소리쳤다. "여러분 보십시오. 우리 어머니가……!"

거기에 참석한 모든 사람들과 전쟁을 겪은 장군들조차도 이러한 그의 효심에 눈물을 머금었다.

보비넷과 조국애.

어느 비 오는 날 보비넷이 파리 상드 마르스광장에서 군대를 사열했다. 중포대가 지나가고 있을 때 갑자기 군용차가 커다란 물웅덩이 속으로 들어가자 진흙탕 물이 보비넷의 코트에 튀었다. 졸리베 장군은 그 불행한 포대의 지휘자를 벌하기 위해 그 자리에서 강등을 명령했다. 그러나 보비넷은 그의 명령을 그만두게 했다. "장군 괜찮아요. 결국 이건 프랑스의 진흙이잖소."

보비넷과 장애인.

보비넷이 샤르트르 지역을 암행순찰 했다. 도중에 타이어가 펑크가 나서 운전사가 타이어를 바꾸어 끼우는 동안에 어떤 외발 장애인이 다가와서 동정을 구했다. "어디서 이 사람이 다리 하나를 잃었는가?" 보비넷은 물었다. 장애인은 인도차이나에서 다리 하나를 잃었고 불쌍한 어머니가 있고 종종 둘은 먹을 것이 없다고 대답했다. "장군, 이 남자의 이름을 기록해 놓으십시오." 보비넷은 감동하여 말했다. 실제로 그러고 나서 일주일 후 보비넷의 사적인 배달원이 장애인 오막살이 문을 두드려서 그 불쌍한 불구자에게 '집정관으로부터' 온 꾸러미를 전달했다. 그

장애인이 꾸러미 속에서 은메달을 발견했을 때 그의 얼굴
에 나타난 즐거움과 놀라움을 상상해 보라!

　그러한 뛰어난 정신적 자질 덕택에 보비넷은 드디어 전
국민의 열망을 받아들여 8월 14일 인민의 찬양 속에 스스
로를 프랑스 황제로 선포했다는 것은 놀라운 일이 아니다.
　이어서 다가온 시대는 전 세계를 위하여 매우 혼란스
러운 때였다. 그러나 그것은 또한 위대한 시대였다. 온 지
구촌 구석구석이 말 그대로 영웅적인 전쟁으로 불타올랐
다. 화성으로부터 내려다 볼 때, 우리의 지구는 일등성
(星)의 별처럼 빛났고 화성의 우주인은 우리가 여전히 작
열하는 상태에 있다고 판단할 것이다. 여러분들도 기사도
정신이 넘치는 프랑스와 그 지도자 토니 보비넷 황제가
뒤처져 있지는 않을 것이라는 것을 이해할 것이다. 만일
압솔루트노의 잔재들이 세상의 공중 속으로 증발하지 않
았다면, 찬양과 열정의 정신을 일깨우면서 아마도 또한
그 잔재가 여기 프랑스에서도 역할을 했을 것이다.
　간단히 말해, 위대한 황제가 자신의 대관식 선포 이틀
후에 프랑스를 위해서 그 깃발을 세계 방방곳곳에 휘날리
는 때가 도래했다고 선언했을 때, 이구동성의 외침이 열

광적으로 그의 말에 응답했다.

1. 스페인을 점령하고 지브롤터 해협을 장악해서 지중해로 들어가는 관문을 획득한다.

2. 유럽의 내륙으로 들어가는 관문인 도나우 계곡으로부터 페스트(부다페스트:역주)까지를 점령한다.

3. 북해로 들어가는 관문인 덴마크를 점령한다.

영토를 차지하는 것은 일반적으로 피를 흘러야 한다.

프랑스는 세 개의 군단을 파병해서 대체로 모두 위대한 영광을 가져왔다.

네 번째의 군단은 동방으로 가는 관문인 소아시아를 점령했다.

다섯 번째는 미국으로 가는 관문인 성 로렌스 강어귀를 차지했다.

여섯 번째는 영국해협 전투에서 침몰했다.

일곱 번째는 세바스토폴을 포위했다.

1944년 신년 전야에 보비넷 황제는 자신의 포병대 바지 주머니에 전 세계로 향하는 모든 열쇠들을 가지고 있었다.

우리가 뭔가 아주 나쁜 것을 경험하면 우리는 그것이 세상이 세상답게 존재한 이래 즐겁지 못한 분야에서 "가장 크나큰 것이었다."고 말하는 데서 특별한 만족을 찾는다는 것은 우리들, 인간의 기벽입니다. 그래서 예컨대, 무더위가 기승을 부릴 때 신문이 그것을 "1881년 이래 가장 높은 온도에 도달했다"고 보도하면 우리는 신문에 감사를 표합니다. 그러고 우리는 그해 1881년이 아직도 우리를 능가해서 조금 화가 납니다. 또는 우리의 귀가 얼어붙을 정도로 추웠지만 우리는 그것이 "1786년 이래 기록된 것 중 가장 추운 혹한"이었다는 것을 알게 되어서 조금은 기뻐합니다. 전쟁도 마찬가지입니다. 오늘날의 전쟁이 역사상 가장 공정하거나 아니면 가장 잔인하거나 아니면 가장 성공적이거나 아니면 가장 오래 끈 것이었습니다. 어떤 최상급은 우리가 뭔가 특별한 기록갱신을 이겨낸 것에 대해 언제나 우리들에게 확실하고 자랑스러운 만족을 제공합니다.

자, 1944년 2월 12일부터 1953년 가을까지 지속된 바로 그 전쟁은 내가 아는 한 정말로 그리고 과장 없이(맹세코!) 규모가 가장 큰 전쟁이었습니다. 제발 그들의 기억으로부터 유일하고 받을만한 기쁨을 빼앗아가지 맙시다. 그 전쟁에서 일억 구천만 명이 싸웠고 삼십 명을 제외하고는 모두 사망했습니다. 나는 여러분에게 숫자로 보여줄 수 있습니다. 회계사들과 통계학자들이 바로 이러한 숫자로 거대한 규모의 상실을 전달하려고 했습니다. 예컨대 시체를 나란히 눕혀놓는다면 그 길이가 몇 천 킬로미터가 되고, 그리고 만일 이 시체들을 철도 침목대신 철길에 놓는다면 그 위로 급행열차가 몇 시간을 달려야 하고, 또는 만일 모든 죽인 자들의 집게손가락을 잘라서 정어리 통조림통에 넣는다면 몇 백 개의 열차 화물칸에 실을 수 있을까 등등. 하지만 나는 숫자는 잘 기억하지 못하고, 그래서 심지어 나는 그 불행한 열차 화물칸 하나라도 여러분께 잘 못 알려주고 싶지 않습니다. 그래서 나는 그것이 생명의 손실과 전쟁터의 넓이 면에서 천지창조 이후 규모가 가장 큰 전쟁이었다는 것을 반복하는 바입니다.

다시 한 번 우리의 연대기 작가는 위대한 사건들을 장엄하게 그려내지 못한 데 대해 사과합니다. 그는 분명히 어떻게 군대가 라인 강으로부터 유프라테스 강까지, 한반도로부터 덴마크까지, 루가노로부터 하파란드 등지를 휩쓸고 지나갔는지를 묘사해야 했습니다. 그러나 그 대신 예컨대, 그는 오히려 흰 모자 달린 겉옷을 입은 베두인족이 2미터나 되는 창에 적군의 머리를 꽂아서 제네바에 도착한 것을, 또는 티베트에서 털북숭이 프랑스사람의 사랑의 이야기를, 사하라 사막에 온 러시아 코사크 족 기마부대, 마케도니아 코미타지(발칸의 게릴라병사들:역주)의 기사다운 전투, 핀란드 호숫가에 나타난 세네갈 저격수를 묘사했습니다. 아시다시피 자료는 매우 광범위합니다.

보비넷의 승승장구하는 연대가, 말하자면 한 번의 도약으로 알렉산더 대왕의 흔적을 따라 인도와 중국까지 날아갔습니다. 반면에 중국의 황색 홍수가 시베리아와 러시아를 넘어 프랑스와 스페인에 도달했고 스웨덴에 주둔하던 무슬림군대가 조국 땅과 연락하는 것을 단절시켰습니다. 중국의 압도적 힘에 러시아 연대는 후퇴를 거듭하여 북아프리카에 정착하게 되었고, 거기서 세르게이 니콜라에비치 즐로친은 자신의 차르왕국을 설립했으나 곧 살해당했습니다. 왜냐하면 그의 바바리아 장군들은 프로시아 출신 지도자들에 대항하여 음모를 꾸몄기 때문입니다. 그래서 세르게이 표도로비치 즐로신은 팀북투에서 차르 왕좌를 계승하였습니다.

우리의 조국 체코는 차례로 스웨덴, 프랑스, 터키, 러시아 그리고 중국에 의해 정복당했고, 매번 새로운 정복자에 의해서 이전의 정복자들이 몰살당했습니다. 이러한 기간 동안 성 비트 성당에서는 각각 목사, 변호사, 이맘(예배를 인도하는 성직자), 대수도원장 그리고 승려에 의해 미사가 행해졌으나 어느 누구도 오래 집전하지는 못했습니다. 하나의 유일한 환영받은 변화는 스타보프 극장이 계속 만원이었다는 것입니다. 비록 거기는 군대 창고로 사용되었지만요.

1951년 중국인들이 동유럽으로부터 일본인들을 몰아내어 잠시 동안 중앙제국이 섰습니다(중국인들은 이를 자기들의 조국이라 불렀습니다). 우연하게도 제국의 국경은 옛 오스트로-헝가리제국의 국경과 일치했습니다. 또

다시 쇤브룬 궁전에는 106세나 되는 늙은 통치자인 중국 고관대작 야야 위르 웨아나가 통치했습니다. "모든 국가들이 크게 기뻐하며 어린이처럼 존경심을 가지고 성스러운 군주를 바라보았다."라고 비너미타크자이퉁 지는 매일 확인했습니다. 공식 언어는 중국어였고, 이는 국가적인 분쟁을 한방에 멈추게 했습니다. 국교는 불교였습니다. 고집스런 체코와 모라비아 가톨릭교도들은 중국의 용기병대와 재산몰수의 희생자가 되어 국외로 이주했습니다.

이런 식으로 아주 특별한 민족 순교자들이 많이 생겨났습니다. 다른 한편으로는 매우 뛰어나고 용기 있는 체코인들은 가장 높은 중국고관대작직에 임명되었습니다. 소위 토볼카(Toboka)가 '토-볼-카이(To-Bol-Kai)'로 그로쉬(Groš)가 '그로시(Gro-Shi)'가 됐습니다. 그리고 분명히 다른 많은 사람들도 있습니다. 중국 정부는 음식 대신 배급표 등 다양한 진보적인 혁신을 도입했습니다. 그러나 중앙제국은 탄약용 납이 빨리 고갈되어 건국된 지 오래지 않아 붕괴됐습니다. 탄약 없이는 권위도 없었기 때문입니다. 대량살육으로부터 피신한 몇몇 중국인들이 이어서 온 평화로운 시대에 유럽에 머물렀고 그들 중 대부분이 정부

관료가 되었습니다.

그동안 인도의 시믈라 지역에 정착한 보비넷 황제는 아마존의 여 황제 제국이, 지금까지 미개척의 이라바디 강, 셀루인 강 그리고 메콩 강 유역을 다스린다는 소식을 들었습니다. 그는 자신의 늙은 보안 요원과 거기로 탐험을 떠났으나 더 이상 돌아오지 않았습니다. 어떤 이야기에 의하면 그는 거기서 여자와 결혼을 했다고 하고, 다른 이야기에 의하면 아마존 여왕이 전투에서 그의 목을 잘라 피가 흐르는 것을 자루에 넣으며 "Satia te sanguine, quem tantum sitiisti(그대가 그렇게 목말라 하는 그대의 피로 만족하라)."라고 소리쳤다고 합니다. 두 번째 이야기가 분명히 더 부드럽습니다.

드디어 유럽은 아프리카 내륙으로부터 몰려온 흑인과 몽골 대군들 사이의 공허한 전쟁터가 되었습니다. 이러한 지난 2년간 무엇이 일어났는지에 대해서는 언급하지 않는 것이 차라리 나을 것 같습니다. 최후의 문명의 흔적은 지워졌습니다. 예컨대, 블타바 왼쪽 언덕에 있는 흐랏차니 성에는 곰들이 만연하여서 최후의 프라하 시민들이 그 피투성이의 포식동물로부터 블타바 강 오른쪽 지역을 보호하기 위하여 카렐 다리를 포함하여 모든 다리를 파괴했습니다. 인구는 극소수로 줄어들었습니다. 비셰흐라드 참사회의 남자와 여자 혈통은 끊겨버렸고 스파르타와 빅토리아 쥐슈코프 축구 결승전은 겨우 110명만 지켜봤습니다.

다른 대륙에서도 상태는 더 좋지 않았습니다. 북아메리카는 술판매 금지론자와 술판매 금지 반대론자 사이의 믿기 어려울 정도의 유혈전투로 양쪽으로 갈라졌고 일본의 식민지가 되었습니다. 남아메리카는 연속해서 우루과이, 칠레, 페루, 브란덴부르크와 파타고니아에 기반을 둔 제국에 의해 통치되었습니다. 오스트레일리아에는 영국의 패망 직후 이상적인 국가가 세워졌으나 이 약속의 땅은 인적이 없는 사막으로 되돌아갔습니다. 아프리카에서는 200백만 이상의 백인들이 식인종한테 잡아 먹혔습니다. 흑인들은 콩고 분지로부터 유럽으로 몰려갔습니다. 그동안 다른 아프리카 대륙은 186명의 다른 황제들, 술탄들, 왕들, 공후들, 대통령들의 번갈아 일어나는 전투로 고통을 겪었습니다.

아시다시피, 이것이 바로 역사입니다. 전투에 임한 수백만의 사람들 모두 각자 자신의 유년시절, 자신의 사랑, 자신의 인생설계를 가졌습니다. 때때로 각자는 두려웠고,

때때로 영웅이 되었고, 그러나 대게는 지쳐서 죽을 지경이어서 침대에서 평화롭게 누워있고 싶었습니다. 만일 죽었다면 그것은 원해서가 아니었습니다. 이 모든 것으로부터 남은 것이라곤 한 주먹의 건조한 사실뿐입니다. 여기저기에서의 전투, 수많은 손실, 이런저런 결과, ──그리고 여전히 그런 결과는 실제로 아무 것도 올바르게 결론을 내리지 못했습니다.

그래서 말하건대, 그 당시의 사람들로부터 그들이 경험한 것이 규모가 가장 큰 전쟁이었다고 하는 그 유일한 자부심을 빼앗지 마십시오. 물론 우리들은 수십 년 후 더욱 더 큰 전쟁을 벌이는 데 성공할 것이고, 결국 그러한 방향에서도 인류는 더욱더 진보할 것이라는 것을 알게 될 것입니다.

제26장 흐라데츠 크랄로베의 전투

여기서 연대기 작가는 역사학자들, 아우구스트 세들체 크, 요세프 페카르스와 다른 역사학 권위자들에게 이렇게 주장한다. 역사를 이해한다는 것은 세계적인 사건에 물 한 방울처럼 아주 조금이라도 반영하는 지역의 사건도 중 요한 요소다.

그래 이 물 한 방울이 바로 흐라데츠 크랄로베이다. 이 곳은 연대기 작가에게 특별히 추억할 만한 장소다. 거기 서 그는 유년시절 애송이처럼 뛰어다녔고 철부지 고등학 생이었다. 물론 그에게 그곳은 전 세계나 다름없었다. 그 것으로 충분하고도 남았다.

흐라데츠 크랄로베는 오직 카뷰레터 하나만 가지고 규

모가 가장 큰 전쟁에 휘말려들었다. 그것은 오늘날까지도 성령교회 뒤, 바로 교구주민 주택 옆에 있는 맥주공장에 있었다.

아마도 그 성스러운 이웃은 카뷰레터로 하여금 열렬한 가톨릭 특성을 가진 어마어마한 양의 맥주를 생산하도록 하여, 흐라데츠 사람들은 기쁨으로 충만하였고, 고 브리니흐 주교도 형용하기 어려울 정도로 기쁨을 누렸다.

그러나 흐라데츠 크랄로베는 전쟁의 중심에서 너무나 가까운 데 위치하여 갑자기 프러시아의 지배하에 놓이게 됐다. 루터교도들은 분노해서 맥주공장의 카뷰레터를 박살내버렸다. 그렇지만 흐라데츠에는 개화된 린다 주교가 새로 임명되어 그 교구는 역사적 연속성을 유지하게 됐고, 즐거운 종교적 특성을 이어갔다. 그리고 심지어 보비넷 사람들, 터키인과 중국인들이 도착했을 때도 흐라데츠 크랄로베는 그 자랑스러운 자존심을 잃지 않았다. 즉, 1)체코 동부지방에서 가장 훌륭한 아마추어 극장을 가지고 있다. 2)체코 동부지방에서 가장 높은 종탑을 가지고 있다. 3)지방 역사책에 의하면 체코 동부지방에서 규모가 가장 큰 전쟁을 치렀다. 이러한 자부심에 의해서 강해진 흐라데츠 크랄로베는 규모가 가장 큰 전쟁 속에서 가장 지독한 시련을 견뎌냈다.

중국 제국이 무너졌을 때 그 도시는 사려 깊은 시장 스코츠도폴레에 의해 통치되었다. 전반적인 무정부 상태의 와중에서도 그의 통치는 린다 주교와 다른 덕망 있는 원로들의 지혜로운 충고 덕택에 상대적으로 평화로운 축복을 받았다. 하지만 불행하게도 이 도시에 저 함플이라고 하는, 흐라데츠 출신 어떤 재봉사가 귀향할 때까지만 그랬다. 그자는 어릴 때부터 탐험가답게, 온 세상을 방랑하고, 마침내 알제리에 있는 외인부대에서 근무했다. 그는 보비넷을 따라 인도 정벌에도 참여했으나 바그다드 근방에서 탈영병이 되었고, 그러고나서 프랑스 병사들, 스웨덴 병사들과 중국 병사들 사이를 바늘처럼 삐져나와서 고향 도시에 되돌아왔다.

그래서 바로 이 재봉사, 함플은 보비넷처럼 정복의 맛을 봐서 흐라데츠 크랄로베에 돌아오자마자 곧 그의 영웅 보비넷처럼 어떻게 해서든지 권력을 잡으려는 생각에만 몰두했다. 옷 만들기는 더 이상 그에게 어울리지 않았다. 그래서 그는 이것저것 불평을 하고 비판하기 시작하였고, 시청에 있는 자들은 모두 시간만 때우고 있고, 은행의 돈에 대해서도 이상한 소문이 있다고 비판했고, 스코츠도폴레 시장님은 능력이 없는 늙은이라는 등 비판을 일삼았다. 유감스럽게도 전쟁이 나면 늘 자동적으로 도덕적 해이가 오고 모든 권력자들이 흔들리기 마련이다. 그래서 함플은 몇몇 추종자들을 모아서 사회주의 혁명당을 창건했다.

7월 어느 날 위에서 언급한 이 함플은 이 도시의 작은 광장에서 사람들의 무리를 모아놓고 분수대 옆에 서서 무엇보다도 시민들은 지독한 악당이며, 반동분자이며, 주교의 종인 스코도츠폴레는 시장자리에서 쫓아내야 한다고 충동질했다.

이에 대해 스코츠도폴레 시장은 다음과 같은 공고문을 게시하는 것으로 응대했다. 자신은 선출된 시장으로서 그는 어느 누구로부터도 명령을 받지 않을 것이며, 특별히 탈영병이며 이 도시 침입자로부터는 더욱이나 아니다. 오늘날 같은 불안한 시대에 새로운 선거는 치룰 수 없고 우리의 현명한 시민들은 그것을 잘 알고 있다. 등등.

그렇지만 바로 이것이 함플이 보비넷처럼 뭔가를 꾸미기 위해서 기다리고 있던 것이었다. 그는 작은 광장 옆에 있는 자신의 집으로부터 나와, 붉은 깃발을 흔들며 나아간다. 그의 뒤에서는 두 소년이 온 힘을 다해 북을 두드리며 따라왔다. 그처럼 그는 도시의 큰 광장을 한 바퀴 돌고 주교의 저택 앞에서 잠시 멈추어 섰다. 그러고는 그는 빙빙 돌아가는 북 뒤를 따라 오를리체 강변 들판, 나믈레인쿠라고 하는 물레 방아간으로 행진해 나아갔다. 거기서 그는 깃대를 땅에 꽂고, 북 위에 앉아서 전쟁 선언문을 썼다. 그러고 나서 그는 그것을 북 치는 두 소년에게 주고 시내로 가서 이곳저곳에서 북을 두드리며 다음과 같은 그의 선언문을 낭송하라고 명령했다.

'보비넷 황제 각하의 이름으로, 왕립도시 흐라데츠 크랄로베는 모든 시 관문들의 열쇠와 요새 열쇠들을 내 손에 인계하는 것을 명한다. 해가 지기 전까지 이 명령을 실행하지 않으면 군대를 동원해서 공격을 준비할 것이다, 새벽 동트기 전에 시는 대포의 포탄, 기병대와 보병의 공격을 받을 것이다. 나는 새벽이 오기 전까지 자신의 모든 무기를 가지고 나믈레인쿠 캠프까지 와서 보비넷 황제 각하에게 맹세를 하는 시민들은 그들의 재산과 목숨을 구제받을 것이다. 시의회는 폐쇄될 것이다. 황제는 협상을 하지 않는다. ―함플 장군.'

이 선언문이 선포되자 도시에는 확실히 혼란이 일어났

다. 특히 성령교회 불목하니가 하얀 종탑에서 경고 종소리를 울리기 시작한 후에는. 스코츠도폴레 시장은 린다 주교를 만나러 갔다. 주교는 단순히 비웃을 뿐이었다. 그는 시의회의 특별모임을 소집하여 함플 대장에게 시 요새 방어 열쇠들을 인계하도록 권고했다. 그러나 알고 보니 그런 열쇠들은 존재하지도 않았고, 몇몇 개의 역사적 자물쇠들과 열쇠들이 시 박물관에 있었는데, 스웨덴 군대가 침략했을 때 모두 가져가버렸다. 이러한 당혹감 속에서 밤이 도래했다.

오후 내내 그리고 저녁까지도 사람들은 그 멋진 오솔길을 따라 플레인쿠로 향해갔다. "나는 이 미치광이 함플의 캠프가 어떤지 보러 그 캠프로 갈뿐이네." 길에서 만난 사람들은 서로서로 말했다. 플레인쿠에 가까이 갔을 때 초원에 사람들이 가득한 것을 발견했다. 그리고 두 북치는 사람 옆에서 함플의 부관이 보비넷 황제에게 충성을 맹세하는 것을 안내하고 있었다. 여기저기 모닥불을 피우고, 그 주위에 사람들의 그림자들이 뒤섞였다. 한마디로 그 장면은 한 폭의 그림 같았다. 흐라데츠로 되돌아가는 사람들은 틀림없이 실망하였을 것이다.

밤에는 그 모습이 더 장엄했다. 스코츠도폴레 시장은

자정이 지난 후 백탑에 올라갔다. 오를리체 강을 따라 수백 개의 경계초소가 불을 밝히고 있었고 수천 명의 사람들이 불 주위를 배회하고 있었다. 붉은 핏빛 불꽃이 멀리 타올랐다. 아마도 거기에서는 참호들을 파는 것 같았다. 시장은 매우 근심어린 표정으로 내려왔다. 함플 장군은 자신의 무장한 병력에 대해서 거짓말을 하지 않은 것 같았다.

함플 장군은 밤새도록 도시 지도를 면밀히 점검하고 새벽이 오자 목재 플레인쿠 방앗간으로부터 나왔다. 수천 명의 남자들이 네 줄 종대로 서서 민간인 복 차림을 하고 있다. 하지만 4명 중 한 명은 무기를 들고 있다. 그 주위에는 여자들, 노인들과 아이들이 빽빽하게 모여 있다.

"앞으로!" 함플은 명령했다. 그 순간 브라스 밴드 생산으로 세계적으로 유명한 체르베니 공장에서 만든 트럼펫 소리가 울려 퍼지고 기쁨에 넘치는 행진곡 "소녀들이 도로를 따라 가네"에 발맞추어 함플의 군대는 도시로 진격했다.

시 초입에서 함플 장군은 자신의 연대를 멈추게 하고 트럼펫주자와, 비전투요원들은 모두 집을 떠나라는 요구를 담은 전령을 보냈다. 하지만 집들로부터는 아무도 나오지 않았다. 집들은 모두 비어 있었다.

작은 광장은 비어 있었다.

큰 광장은 비어 있었다.

전 도시가 비어 있었다.

함플 장군은 수염을 쓰다듬으며 시청사로 향했다. 문이 열려 있었다. 그는 회의실로 들어갔다. 그는 시장 좌석에 앉았다. 그의 앞 초록색 천위에 종이들이 준비되어 있었다. 각각의 종이에는 아름다운 글씨체로 다음과 같이 써져 있었다.

"황제폐하 보비넷의 이름으로."

함플 장군은 창가로 다가가서 소리쳤다. "장병들이여, 전투는 끝났다. 여러분들은 무장한 손으로 시청의 사무직 패거리들을 무너뜨렸다. 우리의 사랑스러운 도시에는 진보와 자유가 도래할 것이다. 그대들은 각자 멋진 임무를 다했다. 나즈다르(안녕히)!"

"나즈다르!" 군대는 소리치고 흩어졌다. 또한 어떤 중국 병사한테서 탈취한 총을 어게에 매고 함플의 병사 한 명(훗날 함플의 사람이라고 불렸다)이 자랑스럽게 시장실로 돌아왔다.

그래서 함플 씨는 시장이 되었다. 상존하는 무정부상

태의 한가운데서 그의 신중한 통치는 현명한 린다 주교와
존경받는 원로들의 충고 덕택에 상대적으로 안정적으로
축복받았다고 알려졌다.

제27장 **태평양의 섬 아톨에서**

"사람 미치겠네." 트러블 선장은 말했다. "저기 저 키 다리가 그들의 두목 아닌가요?"

"그자는 지미요." G. H. 본디가 언급했다. "아시다시 피 그자는 여기서 근무했었지요. 나는 그자가 이제 충분 히 길들여졌다고 생각했습니다."

"악마인지, 뭔가 내게 원수진 게 있나 봐요." 선장은 결 론을 내렸다. "나는 여기에 정박해야 했어요. 이런 처량 한 곳에…… 헤레헤레투아! 무엇이라고요?"

"내 말 좀 들어봐요." G. H. 본디가 총을 베란다 탁상 위에 놓으며 말했다. "여기도 다른 곳과 똑같아요?"

"나는 그렇게 생각합니다." 트러블 선장은 웃었다. "바로 여기 라와이와이에서 그들은 바커 선장과 다른 모든 선원들을 먹어치웠습니다. 그리고 망가이에서 그들은 당신과 같은 세 명의 백만장자를 게걸스럽게 먹어치웠어요."

"서더렌드 형제들을?" 본디는 물었다.

"그런 것 같습니다. 스타부크 섬에서는 그들이 정부위원을 구워먹었데요. 그 뚱보 맥데온, 아시죠?"

"몰라요."

"그자를 모른다고요?" 선장은 소리쳤다. "당신 여기서 얼마나 오래 있었어요?"

"벌써 9년째에요." 본디는 말했다.

"당신은 그럼 틀림없이 그자를 만났을 거요." 선장은 생각했다. "벌서 9년이라고요? 무슨 비즈니스 하러? 아니면 또한 도피처로? 그렇지 않아요? 정신수양 하러?"

"아니오." 본디는 말했다. "아시다시피, 나는 거기, 저 위에서는 뭔가 다툼을 벌이고 있다는 것을 알고 있어서, 거기를 떠났어요. 나는 여기가 좀 더 조용할 거라고 생각했는데요."

"아, 조용할거라! 당신은 여기 우리들의 검둥이 녀석들을 모르고 있군요. 친구여, 여기에도 계속 싸움질이 계속되고 있어요."

"아!" 본디는 자신을 방어했다. "여기는 정말 조용했어요. 여기 파푸아뉴기니 사람들은 매우 착해요. 최근에 와서야 처음으로 조금 뭔가…… 시작하는데……, 아시다시피 나는 그들이 뭘 원하는지 이해하지 못하겠어요."

"특별한 거 없어요." 선장은 생각에 잠겼다. "그들은 그저 우리들을 먹어치우고 싶은 거요."

"배가 고파서?" 본디는 어리둥절했다. "나는 모르겠는데요."

"아마도 종교 때문에. 왜 그런 의식 있잖아요, 아시겠어요? 뭔가 성찬식을 하기 위해서요. 언제나 다시 뭔가를 터뜨려요."

"아 그렇군요." 본디는 생각에 잠기면서 말했다.

"각자 자신의 기호를 가지고 있어요." 선장은 중얼거렸다. "여기서 그들의 기호는 이방인을 먹어치우고 그 머리를 훈제하는 것이랍니다."

"그들이 심지어 사람의 머리통을 훈제한다고요?" 본디는 혐오감을 가지고 말했다.

"아, 사람들이 죽은 후에서야 한답니다." 선장은 그를 안심시켰다. 그들은 훈제된 머리를 기념품으로 간직한답니다. 아우크란드에 있는 민속 박물관에서 훈제된 머리통들을 보았겠지요?" "아니오." 본디는 말했다. "나는……나는 만일 내 머리통이 훈제된다면 멋지게 보이지는 않을 것 같군요."

"당신은 조금 뚱뚱하군요." 선장은 비판적으로 언급했다. "홀쭉한 사람과 특별히 다를 것 없어요."

본디는 전혀 만족스럽지 못한 것 같다. 본디는 낙담한 채 규모가 가장 큰 전쟁 직전에 구입한 헤레헤레투아 산호섬에 있는 그의 방갈로 베란다에 앉아 있었다. 트러블 선장은 방갈로를 둘러싸고 있는 우거진 맹그로브와 바나나 숲을 유의 깊게 노려보았다.

"얼마나 많은 토박이들이 여기 있습니까?" 그는 갑자기 물었다.

"아마도 백이십 여명." G. H. 본디가 말했다.

"우리 방갈로에는 몇 명?"

"중국 요리사를 포함하여 일곱 명."

선장은 한숨을 몰아쉬며 바다를 바라보았다. 거기에는 그의 배 파페테가 정박해있다. 자신의 배에 도달하기 위해서는 그는 맹그로브 숲 사이 좁은 길을 지나가야만 한다. 그러나 그길로 가는 것이 그리 권장할만 할 게 못 된다.

"내게 설명 좀 해봐요." 잠시 후 그는 말했다. "그들이 싸우는 목적이 실제로 무엇입니까? 어떤 국경인가요?"

"더 적은 것."

"식민지요?"

"더 적은 것."

"오, 무슨 사업거래를 위해서요?"

"아니오, 오직 진리를 위해서요."

"어떤 진리를 위해서요?"

"절대적 진리를 위해서요. 아시다시피 모든 나라가 절대적 진리를 가지고 싶어해요."

"으흠." 선장은 말했다. "도대체 그것이 무엇이지요?"

"아무것도 아니오. 그저 인간의 열정이지요. 저기 유럽에 그리고 모든 곳에 어떤 신이 이 세상에 도래한다는 이야기 들어봤어요? ……아시겠어요?"

"들어봤습니다."

"예, 바로 그게 전부예요. 이제 이해하시겠어요?"

"이해하지 못 하겠는데요. 늙은 양반. 나는 진정한 신이라면 이 세상에 질서를 가져오리라고 말하고 싶군요. 저기 저 신은 올바른 신이 아니고 정상적인 신이 아닙니다."

"그래요, 아닙니다." G. H. 본디는 대답했다. (그는 드디어 편파적이 아니고 경험 있는 자와 대화를 나누게 된 것이 틀림없이 기뻤다.) "나는 말하건대 그자는 진정한 신이오. 하지만 당신에게 말하겠는데. 그자는 너무나 위대합니다."

"그렇게 생각하세요?"

"예, 그는 무한합니다. 거기에 바로 그 골칫거리가 있습니다. 모든 사람들이 각자 그분을 자신의 크기에 잽니다. 그러고는 그분이 전체의 신이라고 여깁니다. 그들은 그분의 조그마한 부분이나 가장자리를 잡고는 그분의 전체를 소유하고 있다고 생각하고 있습니다."

"아하." 선장은 말했다. "그래서 그들은 그분의 다른 일부분을 소유하고 있는 자들에게 분노하는 군요."

"옳습니다. 자신들이 전체를 소유하고 있다는 것을 확신시키기 위해서 그들은 다른 자들을 살해해야 한다는 것입니다. 아시다시피, 바로 그것 때문에, 그들이 전체의 신과 전체의 진리를 가지고 있다는 것은 그들에게 그렇게 소중하기 때문입니다. 그래서 그들은 다른 사람들이 다른 신과 다른 진리를 가지고 있다는 것에 견딜 수 없어 합니다. 만일 그것이 그들에게 허락된다면, 그들은 자신들이 하나님의 진리를 비참할 정도로 적은 한두 미터와 한두 갤런과 한두 자루만을 가지고 있다는 것을 인정해야 한다는 것입니다. 아시다시피 어떤 스니퍼가문이 스니퍼가문의 내의가 세상에서 제일 좋다고 철저하게 믿는 다면 그들은 마송과 마송공장에서 만든 모든 내의를 태워버려야 합니다. 하지만 스니퍼가문은 내의의 문제에서는 그렇게 어리석지 않습니다만, 영국정치나 신학 문제에서는 어리석습니다. 만일 그들이 신이 내의처럼 그렇게 견고하고 필요한 것이라고 믿는다면, 그들은 각자가 원하는대로 신을 가지라고 할 것입니다. 하지만 아시다시피, 그들은 신에 대해 그처럼 사업적인 신임을 가지고 있지 않습니다. 그래서 그들은 모두로 하여금 저주, 전쟁 그리고 믿을 수 없는 광고로 스니퍼의 신과 스니퍼의 진리를 강요합니다. 나는 사업가입니다. 그래서 경쟁을 잘 이해합니다. 하지만 이건……."

"잠깐만." 선장은 그의 말을 가로챘다. 그는 총을 집어 들어서 맹그로브 숲을 향해 쏘았다. "자, 이제 저기에 한 사람이 줄어들었다고 생각이 드네요."

"그자는 자신의 신념을 위해서 죽었어요." 본디는 생

각에 잠긴 듯 말했다. "당신은 그자가 나를 먹어치우지 못하도록 무력을 사용했습니다. 그자는 식인종 국가의 이상을 위해 죽었습니다. 유럽에서는 언제나 그들이 어떤 이상을 위해 서로 잡아먹습니다. 당신은 정직한 사람입니다, 선장님. 그러나 당신은 바다 사람의 근본적인 원칙을 위해서라면 당신도 나를 잡아먹을 것입니다. 나는 이제 당신도 더 이상 믿지 못하겠어요."

"당신 말이 맞아요." 선장은 중얼거렸다. "제가 당신을 바라보면, 나도 내가……."

"열광적인 반유대주의자. 나는 알고 있어요. 그건 이제 문제없어요. 나는 세례를 받았어요. 아시다시피 선장님, 저기 검둥이 어릿광대들이 잡고 있는 것이 무엇인지 아시겠습니까? 그제 밤에 그들은 바다에서 일본제 원자 어뢰를 건져 올렸어요. 그들은 그것을 저기 저 코코넛 야자수 밑에 세워놓고 절을 해대기 시작했어요. 그들은 이제 자신들의 신을 가졌어요. 그래서 그들은 우리를 먹어치워야 해요."

맹그로브 숲으로부터 전쟁의 외침이 들려왔다.

"저 소리 들리세요?" 선장은 소리쳤다. "솔직히, 나도 또 다시 기하학 시험을 치러야 할지도……."

"들어봐요." 본디가 속삭였다. "우리들도 그들의 종교를 따라가는 것이 어떨까요? 적어도 나에 관한 한……"

그 순간 파페테로부터 대포가 뿜어져 나왔다.

선장은 가볍게 기쁨의 소리를 내질렀다.

제28장 일곱 개의 오두막에서

군대가 온 세계에 걸쳐 전쟁을 할 동안, 국가의 국경은 지렁이처럼 꿈틀대며 움직이고 전 세계가 폐허로 부서질 때, 나이 많은 블라호우쇼바 부인은 일곱 오두막에서 감자 껍질을 벗기고 있고, 블라호우쉬 할아버지는 문지방에 앉아서 너도밤나무 잎을 피우고 있고, 이웃에 사는 프로우조바 부인은 울타리에 기댄 채 생각에 잠겨 했던 말을 되풀이 하곤 한다.

"예, 예."

"예, 그래요." 잠시 후 블라호우쉬는 동의한다.

"글쎄요, 예." 블라호우쇼바 부인은 말한다.

"그렇고 말고요." 프로우조바가 대꾸한다.

"무슨 소용이 있어요." 블라호우쉬 할아버지가 말한다.

"예, 바로 그거에요." 블라호우쇼바 부인이 덧붙여 말하며 다른 감자 껍질을 벗긴다.

"사람들이 말하길, 이탈리아가 패퇴했데요." 블라호우쉬가 상기시켰다.

"누구로부터요?"

"아마 터키로부터."

"그럼 이제 전쟁이 끝장나겠구먼."

"천만에요, 프러시아 놈들이 다시 시작할거요."

"우리에 대항해서요?"

"사람들이 말하길, 프랑스에 대항해서."

"하나님 맙소사, 또다시 물가가 치솟겠구먼!"

"예, 예."

"예, 그래요."

"무슨 소용이 있겠어요!"

"사람들이 말하길, 스위스 인은 '이제 모두 그만둬야 한다.'고 썼다고 해요."

"그것이 바로 내가 하고자 하는 말이오."

"예, 그저께 나는 양초 한 개에 1500코루나를 지불했어요. 내가 말하건대, 블라호우쉬, 그 냄새나는 초 한 개 마구간에나 어울릴 거요."

"1500코루나라고 말하는 거요"

"예, 그래요. 여러분, 그건 비싼 거요!"

"예, 그래요."

"글쎄요, 예."

"누가 그런 생각이나 했겠어요! 1500코루나라니!"

"아주 좋은 양초 한 개에 200코루나였었는데요."

"예, 아주머니, 그건 벌써 꽤 오래 전이었어요. 그땐 계란 한 알이 500코루나였었지요."

"버터 일 파운드에 3,000코루나였어요."

"아주 좋은 버터였지요."

"구두 한 켤레에 8,000코루나였고요."

"예, 그래요. 블라호우쇼바, 그땐 물건들이 쌌었지요."

"그러나 지금은——"

"예, 예."

"이제 제발 좀 끝이 났으면!!"

잠시 조용해졌다. 늙은 블라호우쉬는 일어나서 허리를 펴고는 마당에서 지푸라기를 집으러 갔다.

"오, 모든 게 무슨 소용이 있담." 이라고 그는 말하고 지푸라기를 집어넣으려고 파이프의 머리 쪽을 비틀어 뺐다.

"벌써 냄새가 나는군." 블라호우쇼바가 호기심을 가지고 덧붙여 말했다.

"냄새가 나지." 블라호우쉬가 인정했다. "어떻게 냄새가 나지 않겠어. 벌써 이 세상 어디에도 담배가 남아 있지 않으니. 내게 마지막으로 담배를 가져온 것은 우리 아들로부터였지, 그가 교수가 되었을 때이던가, 가만 기다려봐, 49년이었지, 그렇지 않아?"

"4년 전 크리스마스 때였지요."

"예, 그래요." 블라호우쉬 할아버지는 말했다. "사람들은 벌써 많이 늙었어, 매우 늙었어."

"이웃 양반, 내가 알고 싶은 것은." 프로우조바가 말하기 시작했다. "그럼 오늘 날 이모든 것이 무엇이란 말입니까?"

"이 모든 것이라니요?"

"이 전쟁 같은 것 말이오."

"예, 누가 안담?" 블라호우쉬는 말하고 파이프 속에서 소리가 나도록 파이프를 불었다.

"그건 아무도 몰라요, 아주머니. 사람들이 말하길, 그건 종교문제라고 하지요."

"어떤 종교?"

"우리의 종교, 스위스의 헬비티아종교…… 아무도 무슨 종교인지 몰라요. 그들이 말하기를, 오직 종교는 하나뿐이라오."

"언제나 우리에게는 하나의 종교뿐이었소."

"하지만 다른 곳에는 다른 종교가 있어요, 아주머니. 그들이 오직 하나의 종교만 있어야 한다고 명령을 했다지요."

"누가 그런 명령을?"

"아무도 몰라요. 종교를 위한 어떤 기계가 있었다고 해요. 그런 기다란 보일러."

"그 보일러는 도대체 무엇을 위해서요?"

"그것 또한 아무도 몰라요. 그냥 어떤 보일러에요. 하나님이 나타나서 사람들로 하여금 믿으라고 한답니다. 아주머니, 옛날에는 여기 믿음이 없는 사람이 많았어요. 사람은 뭔가 믿어야 해요. 그렇지 않으면 무슨 소용이 있어요? 만일 사람들이 믿음을 가진다면 하나님은 그들에게 나타나지 않았을 거예요. 그래서 아주머니, 그 하나님은 사람들의 무신론 때문에 이 세상에 왔답니다. 아시겠어요?"

"예, 그래요. 그럼 이 거대한 전쟁은 어디로부터 왔답니까?"

"아무도 몰라요. 사람들이 말하길, 중국 놈들이나 터키 놈들이 전쟁을 시작했다고 합니다. 그 보일러들 속에 자신의 신을 넣어서 가져왔답니다. 그래서 중국인들하고 터키인들이 매우 종교적이라고 합니다. 그래서 그들은 우리모두가 그들과 함께 그들을 따라 믿기를 원했습니다."

"음, 왜 우리들이 그들 방식에 따라야합니까?"

"아, 그것도 아무도 몰라요. 나는 감히 프러시아 놈들이 시작했다고 말하고 싶군요. 그리고 또 스웨덴 놈들이."

"오 하나님, 하나님." 프로우조바 부인이 한탄했다. "그리고 오늘날 그 높은 물가! 양초 하나에 1500이라니!"

"나는 감히 말하건대요." 블라호우쉬가 단언했다. "유대 놈들이 돈을 벌려고 이 전쟁을 일으켰을 거요. 나는 감히 말하고 싶군요."

"비가 꼭 좀 와야 하는 데요." 블라호우쇼바 부인이 언급했다. "감자가 너무나 작아요, 호두처럼."

"아시다시피." 블라호우쉬가 계속했다. "그들은 누군가를 비난하기 위해 신을 창조했어요. 그들은 그처럼 간

교해요. 그들은 군대를 원하고 그 핑계를 대고 싶어해요. 그들은 모든 것을 조작했어요."

"그럼 그들이 누구에요?"

"아무도 그건 몰라요. 나는 감히 말하건대 그건 교황이 유대 놈들과 모든 것을, 모든 것을 처리했을 거예요. 그러한 ——그러한 카뷰레터들을!" 블라호우쉬 할아버지는 흥분해서 소리쳤다. "나는 그들의 눈앞에서 똑바로 대고 말할 수 있어요! 도대체 왜 새로운 신이 필요하단 말인가요? 우리 시골에서는 그 옛날 신 하나로 충분해요. 그 신만으로 충분해요. 그 신은 착하고 그처럼 착하고 정의로워요. 우리가 적어도 평화롭다면 그분은 어느 누구에게도 나타나지 않아요……."

"프로우조바 아주머니 요즘 달걀을 어떻게 팔아요?"

"2,000정도요."

"트루트노프에서는 3,000에 판다고 하더군요."

"내가 감히 말하건대." 늙은 블라호우쉬는 화를 냈다. "그것은 꼭 일어나야 해요. 사람들은 언제나 서로 못된 짓을 해왔어요. 하지만 당신의 돌아가신 남편은, 프로우조바부인, 그에게 평화가 깃들길. 그는 언제나 사려가 깊고 종교적인 사람이었어요. 나는 어떤 날 그에게 농담을 하나 했어요. '이보게 프로우스, 내게 다시 그 사악한 혼을 불어넣어주게. 나에게서 달아난 그것 말일세.' 그는 그 말에 성을 내고는 그 이후 죽을 때까지 내게 한마디도 안했습니다. 그는 정말 착한 이웃이었었는데요, 아주머니. 그리고 토니 블체크, 그자는 또다시 그 인산염에 매달리네요. 그가 늘 사용하는 인산비료 말입니다. 그리고 누군가 그것을 사용하지 않으면 미친 듯이 계속 그를 위해 파고 또 파야 해요. 그리고 우리 아들, 교수는 그것은 누구나 다 똑같이 할 거라고 말하네요. 만일 누군가가 뭔가를 염두에 두면, 모두들 그것을 믿기를 바란답니다. 그들은 가만히 버려두지 않는답니다. 이것으로부터 모든 것이 그렇게 되었답니다."

"예, 그래요." 프로우조바 아주머니는 하품을 하며 말했다. "이 모든 것이 다 무슨 소용이 있단 말인가요?"

"아, 예." 블라호우쇼바 부인은 한숨을 내쉬었다.

"세상일이란 게 모두 그렇답니다." 프로우조바 부인은 덧붙여 말했다.

"그리고 당신들 여자들은 하루 종일 나불거리기를 좋아하지요." 블라호우쉬 영감은 사건을 종결짓듯이 투덜대고는 집안으로 발을 질질 끌며 들어갔다.

280

──그동안 온 세상의 군대들이 전투를 해댔고, 모든 야
영지의 사상가들은 "더 나은 내일이 도래할 것"이라고 장
담하였다.

제29장 **최후의전투**

1953년도 가을 규모가 가장 큰 전쟁이 막바지에 다다르고 있었다. 군대들이 더 이상 남아 있지 않았다. 점령군들도 그들의 조국으로부터 대부분 단절된 채, 숫자가 거의 남지 않았고 모래 속의 물처럼 사라졌다. 자칭 장군들이 이 도시에서 저 도시로 아니 이 폐허에서 저 폐허로 행진했고, 선두에는 다섯 명, 즉 드럼주자 한 명, 도적 한 명, 학생 한 명, 유성기를 맨 사람 한 명, 그리고 아무도 신분을 모르는 한 명이 걸어갔다. 그들의 목적은 '장애인들과 그들의 과부들과 고아들을 위한 구원을 위해서' 보호금품을 모으고 적어도 자선 음악회를 여는 것이었다. 아직도 얼마나 전쟁터가 남아 있는지 아무도 몰랐다.

전에 들어본 적이 없는 총체적인 붕괴 속에서 규모가
가장 큰 전쟁은 종말에 다다랐다. 종말은 전혀 예기치 못
하게 와서 최후의 결정적인 전투가 어디서 있었는지 오늘
날 아무도 모른다. 역사가들은 충돌이 언제 끝이 났으며
세계적인 대화재의 결말이 났는지 논쟁을 하고 있다. 몇
몇 역사가들(두리흐, 아시브리지 그리고 특히 모로니)은
최후의 전투는 린츠에 있었다고 주장한다. 이 전투에는
여러 적대적 편들로부터 60명의 군인들이 참여했다. 전투
는 우루제 술집 큰 홀에서 여종업원 힐다 때문에 일어났
다. 그녀의 본명은 마르제나 루지츠카이며 노비비즈도프
출신이다. 이탈리아인 주세페가 최후의 승리자가 되었고
힐다를 낚아채갔다. 하지만 그 이튿날 그녀는 한 체코인
바츨라프 흐루슈카와 도망을 쳤다. 그래서 이 전투는 결
론이 나지 않았다.

우신스키는 고로호프카에서 일어난 전투를, 레블론드
는 바티뇰르의 전투를, 반그루는 뉴포트 근교의 싸움을
소개한다. 이는 그들의 선택이 진정한 역사적 이유보다는
자신들의 애국주의 감정에 의해 결정된 것 같다. 한마디
로 말해 규모가 가장 큰 전쟁의 최후의 전투는 단순히 알
려지지 않았다. 그렇지만 놀라울 정도로 서로 의견을 일

치하는 역사자료로부터 그리고 규모가 가장 큰 전쟁 전에
나타났던 일련의 예언들로부터 상당할 정도로 확신할 수
있다.

예컨대, 예언서는 독일의 슈바벤어로 출판되었고, 벌
써 1845년도 이래 보존되고 있다. 거기에서는 백 년 동안
"무시무시한 시대가 도래 할 것이며, 수많은 무장한 사람
들이 전투에서 죽을 것이다." 그러나 또 "백 달 동안 열세
개의 민족이 자작나무 아래 들판에서 만나 절망적인 투쟁
으로 서로서로 살해할 것이다." 그리고 "그 후 오십 년의
평화가 도래할 것이다"라고 예언하고 있다.

1893년 터키인 여예언자 발리 숀은 "평화가 온 세상에
오기 전에 이 12년의 다섯 배가 지나갈 것이다. 그 해에
열세 명의 황제가 자작나무 아래에서의 전투에서 만날 것이
다. 그리고 평화가, 이전에 들어보지 못했던 그리고 다
시 들어보지 못할 평화가 찾아 올 것이다."라고 했다.

1909년 매사추세츠에서 한 흑인 여자가 환영 속에서
"두개의 뿔이 달린 검은 괴물, 세 개의 뿔이 달린 노란 괴
물, 여덟 개의 뿔이 달린 붉은 괴물들이 나무(자작나무?)
밑에서 온 세상이 피로 물 들 때까지 싸웠다."고 말했다.
──흥미로운 것은 뿔의 숫자가 13개이고 이는 분명히 13

개의 민족을 의미한다는 것이다.

1920년 존경하는 아르놀드 주교님은 "전 세계가 말려든 20년 대전쟁이 일어나고, 그 전쟁에서 위대한 황제 한 분이 서거하고, 세 개의 거대한 제국이 붕괴하고, 아흔 아홉 개의 도시가 파괴되고, 그 전쟁의 마지막 전투가 그 세기의 마지막 전투가 될 것이다."고 예언했다.

그 해에 『조나단의 비전』이 스톡홀름에서 인쇄되었다. 거기에는 이렇게 써졌다. "전쟁과 기아가 아흔 아홉 국가를 몰살시키고, 아흔 아홉 제국이 사라지고, 다시 일어날 것이다. 최후의 전투는 아흔 아홉 시간 지속되고 유혈이 낭자하여 모든 승리자들이 자작나무 아래 모일 것이다."

1923년 독일의 유명한 예언은 자작나무 들판에서 전투가 있을 것이라고 예언했다.

의회 부브니크 의원은 1924년에 의회예산 연설에서 이렇게 말했다. "……한 명의 병사가 자작나무 아래에서 근무하는 한 상황은 더 나아지지 않을 것이다."

1845년부터 1944년까지 그와 비슷한 200개가 넘는 예언관계 문서들이 보존되어 왔다. 48개의 문서에서 숫자 13을 언급하고, 70개의 문서에서 자작나무를 언급하고, 15개의 문서에서 나무를 언급하고 있다. 그래서 우리는 최후의 전투가 어딘가 자작나무 근처에서 있었다고 판단할 수 있다. 그러나 누가 거기서 싸웠는지는 알 수 없다. 그러나 여러 군대로부터 13명이 살아남았다. 그들은 전투 후에 자작나무 그늘 아래에 모였다. 바로 그 순간에 규모가 가장 큰 전쟁이 끝났다.

그러나 자작나무란 뜻의 bříza(브르지자)가 상징적으로 다음과 같은 장소들, 브르제자니, 브르제네츠, 블제즈흐리드(체코 땅에만 24군데), 브르제지나(13), 블제브노베스, 블제진카(4), 브르제진키, 브르제지니(3), 브르제스카(4) 또는 블제스코, 브르제즈나(2), 블제즈니체(5), 브르제즈니크, 브르제즈노(100), 브르제보자(11), 브르제조자 산맥, 브르제보비체(6), 브르제보비크, 브르제주프키, 브르제쟈니(9), 또는 심지어 브르제졸루피. 또는 독일어로는 비르크, 비르켄베르크, ──펠트, ──하이드, ──함머, 비르키흐트 등등, 비르흐 등등. 또는 영어로 비리켄헤드, 비르켄햄, 버치 등등. 또는 프랑스어로 볼레인빌(Boullainville), 볼레이(Boulay) 등등. 이런 식으로 전투가 일어난 도시, 마을 그리고 장소의 숫자가 수천 개로 좁혀진다(마지막 전투가 일어났다는 우선권을 가지고 있는 유럽을 염두에 두는 한). 적어도 자세한 학문적 연구는 그곳이 어디인지 확정할 것이지만 누가 승리했는지는 증명할 수가 없다.

그러나 아마도 결국 ──가느다란 자작나무 한 포기가 이러한 세계적인 비극의 마지막 장면이 일어난 장소 가까이에 서있다, 라는 생각은 유혹적이다. 아마도 종달새가 전쟁터 위에서 노래를 부르고, 하얀 나비가 거친 병사의 얼굴위에서 퍼덕이고 있었을지 모른다. 그리고 갑자기 죽일 사람이 거의 얼마 남지 않았다. 때는 10월 어느 온화한 날, 한 영웅, 이어서 다른 한 영웅이 나란히 전쟁터를 뒤로하고 육체적 피로를 풀며, 평화를 갈망하며 자작나무 그늘 밑에 누우러 간다. 마침내 최후의 전투에서 살아남은 13명 모두 누워있다. 한 병사가 피로한 머리를 이웃병사의 신발 위에 기대고 있고, 다른 병사는 그의 숨소리(물론 그 병사의 숨소리)에 방해받지 않고, 그의 등을 베고 있다. 최후의 13명의 병사들이 하나의 자작나무 아래에서 잠들었다.

저녁 무렵 그들은 잠에서 깨어나 의심스럽게 서로들을 살펴보고 무기에 손을 갖다 댄다. 그들 중 한 명(역사는 그의 이름을 모른다)이 말한다. "제기랄, 친구들 이제 무기는 버립시다."

"친구여, 당신 말이 맞아요." 다른 한사람이 안심을 하며 말하고 무기를 버린다.

"자, 그 베이컨 좀 줘, 이 친구야." 세 번째 병사가 확실히 부드러운 태도로 말한다.

네 번째 병사가 이에 대꾸한다. "이봐 친구들, 담배피우고 싶어 죽겠네. 누가 가진 거 없어……?"

"친구들, 이제 좀 그만 하지." 다섯 번째가 충고한다. "우린 더 이상 게임을 하지 않지."

"내가 자네에게 담배 한 대 주지." 여섯 번째가 말한다. "그러나 자네는 내게 빵 한 조각 줘야 해."

"집으로, 상상이나 해봐요. 집으로 갑시다." 일곱 번째가 외친다.

"자네 늙은 마누라가 기다리고 있는가?" 여덟 번째가 묻는다.

"하나님 맙소사, 난 벌써 6년이나 제대로 된 침대에 못 누워봤다네." 아홉 번째가 추억에 잠겨 말한다.

"이 얼마나 쓸데없는 일인가?" 열 번째가 말하고 침을 뱉는다.

"예, 그래요." 열한 번째가 말한다. "그러나 이제 모든 것을 끝내요."

"모든 것을 끝내요." 열두 번째가 되풀이한다. "우린 바보가 아니에요. 친구들 집으로!"

"이제 끝이 나서 난 기뻐요." 열세 번째가 결론을 내리고 몸을 뒤집어 눕는다.

그렇게 해서 우리는 규모가 가장 큰 전쟁이 끝났다는 것을 상상할 수 있다.

제30장 대단원

수많은 해가 지나갔다. 현재 자물쇠 제조공장 사장인 엔지니어 브리흐는 우다모르호르스키흐 선술집에 앉아서 인민일보를 읽고 있다.

"대창 소시지가 곧 준비됩니다." 주인은 부엌에서 나오며 말했다. "이것 좀 보세요. 이자가 회전목마 주인이었던 얀 빈데르 아닌가. 조금 뚱뚱해졌군 그리고 이제는 줄무늬 셔츠를 입지 않고 있군. 하지만 그자임에 틀림없어!"

"서두를 거 없어요. 시간은 충분해요." 브리흐는 천천히 말한다. "그 요슈트 신부님도 아직 여기에 없고 레이제크 편집장도 여기에 없군요."

"그리고 쿠젠다 씨는 어떻게 지내요?" 빈데르는 묻는다.

"저, 빈데르 씨. 아시다시피 그는 건강이 천천히 나빠지고 있어요. 그분 참 좋은 사람이었는데요."

"예 그래요." 주인은 동의한다. "저는 잘 몰라요…… 브리흐 씨, 혹 이 소시지 요리를 그에게 좀 가져다줄 수 있어요? 아주 맛있는 요리에요. 브리흐 씨, 그렇게 해주시면 대단히 고맙겠습니다."

"기꺼이 그렇게 하지요, 빈데르 씨. 아시다시피 그는 당신이 그를 각별히 생각하고 있다는 것을 좋아할 것입니다. 예, 물론이지요. 기꺼이 그렇게 하겠습니다."

"주님을 찬양할지어다." 출입문 쪽에서 소리가 들려왔다. 요슈트 신부가 추위로 얼어붙은 얼굴을 하고 들어와서는 모자와 털 코트를 걸었다.

"안녕하세요, 신부님." 브리흐가 대답했다. "우리는 기다리고 또 기다리고 있습니다."

요슈트 신부는 즐거운 듯이 입을 오므리고 굳어버린 손가락들을 문질렀다. "그래 신문에 뭔가 났어요, 브리흐 씨. 그들이 무엇을 썼나요?"

"제가 바로 읽어드리겠습니다. '공화국의 대통령은 젊

은 학자이며 조교수인 블라호우스 박사를 석좌교수로 임명하였다.' 신부님, 블라호우스 박사가 옛날에 쿠젠다에 대해 썼던 바로 그 분이였다는 것을 기억하시겠지요?"

"아하, 아하." 요슈트 신부는 작은 안경을 닦으면서 말했다. "아시다시피 그는 기독교인이 아니지요. 대학에는 모든 사람들이 신을 믿지를 않아요. 당신도 그 중의 하나고요, 브리흐 씨."

"저, 신부님께서는 이제 우리들을 위해 기도하시겠지요." 빈데르가 말했다. "그는 천국에서 카드 판을 벌이기 위해 우리를 필요로 하겠지요. 2대 1로, 그렇지요 신부님?"

"물론, 2대 1."

그는 부엌 쪽 문을 열고 소리쳤다. "소시지 2개와 블랙 푸딩 1개 추가."

"안녕들 하세요." 레이제크 편집장이 들어오면서 으르렁거렸다. "바깥에는 정말 추워요, 친구들이여."

"안녕하세요." 빈데르가 대답했다. "손님들께나 모이는군요."

"뭐 새로운 소식 있어요?" 요슈트 신부가 명랑하게 물었다. "편집실에 무슨 소식 있어요? 아 나도 젊었을 때 거기서 신문기사를 쓰곤 했었는데."

"하지만 그 블라호우스가 그때 신문에 저에 대해서도 언급했었지요." 브리흐가 말했다. " 제가 그때 오려놓은 것이 어딘가 있는데요. '쿠젠다 숭배의 사도', 또는 뭐 그와 비슷하게 그는 나에 대해서 썼었지요. 예, 예, 그때가 전성시대였었는데요."

"저녁이 준비되었군요." 레이제크가 소리쳤다.

빈데르와 그의 딸이 벌써 소시지 요리를 식탁으로 가져왔다. 소시지들은 양배추 절임 위에서, 기름진 작은 거품들이 쿠션 위에 앉아있는 터키 노예의 육체처럼 여전히 지글지글 거렸다. 요슈트 신부는 입맛을 다시며 소시지 첫 한 조각을 잘랐다.

"바로 이 맛이군요." 잠시 후 브리흐가 말했다.

"으흠" 한참 후에 레이제크가 언급했다.

"빈데르, 이거, 당신 정말 칭찬 받을만 해요." 설교자는 감사한 마음으로 말했다.

조용한 가운데 감사의 분위기가 지배했다.

"새로운 양념소스군요." 브리흐가 덧붙여 말했다. "저는 이 향기를 좋아해요."

"하지만 너무 많이 넣은 것은 아닌지."

"아니오, 딱 좋은데요."

"껍질도 아삭아삭해야 해요."

"으흠." 다시 침묵이 흘렀다.

"그리고 양배추 젤리도 아주 흰 색이어야 해요."

"모라비아에서." 브리흐가 말했다. "그들은 양배추 젤리 죽을 만든다지요. 저는 거기서 견습생 요리사로 일한 적이 있어요. 그건 참 물기가 많아요."

"오, 제발." 요슈트 신부는 의아해하면서 말했다. "젤리는 반드시 물기를 빼야 해요. 하지만 그런 말 하지 마세요. 젤리는 그렇게 먹는 게 아니에요."

"저, 거기에선 그렇게 먹어요. 숟가락으로 젤리를 먹는답니다."

"그거 끔찍하군요." 설교자는 몸서리를 쳤다. "거기 모라비아 사람들 이상한 사람들이군요. 좌우간 젤리는 그저 기름을 살짝 치면 되는데요. 그렇지 않아요, 빈데르 씨? 나는 사람들이 달리 요리하는 것을 이해하지 못하겠어요."

"아시겠지만." 브리흐는 잠시 생각에 잠겼다가 말했다. "그건 마치 그 믿음과 같아요. 어떤 사람도 그와 다른 것을 믿을 수 있는지 이해를 못하거든요."

294

"제발 그런 말하지 마세요." 요슈트 신부는 자신을 방어했다. "나는 그런 젤리를 먹느니 차라리 모하메드를 믿겠어요. 좌우간 젤리는 약간 기름을 쳐서 요리한다는 것은 당연한 이치인데요."

"믿음은요, 그것은 당연한 이치가 아닌가요?"

"우리의 믿음은 그렇습니다." 설교자는 단호하게 말했다. "그러나 다른 믿음은 이치에 맞지 않아요."

"자 그래서 우리는 이제 다시 전쟁 전으로 돌아왔네요." 브리흐는 한숨을 내쉬었다.

"사람들은 언제나 자기 있던 곳에 돌아옵니다." 빈데르가 말했다. "바로 그렇게 쿠젠다 씨가 말하곤 했지요. '빈데르.' 그는 말하곤 했지요, '어떤 진리도 싸울 가치가 없어요. 아시겠어요, 빈데르?' 그는 말하곤 했지요. '우리가 준설선에서 모시고 있었던 신도 그리 나쁘지는 않았어요. 그리고 당신이 회전목마에 모시고 있었던 신도 그리 나쁘지 않았어요. 그렇지만 모두 사라졌어요. 각자는 자신의 신이 최고라고 믿어요. 그러나 그는 뭔가 또한 다른 착한 것을 믿는 다른 사람을 믿지 않아요. 먼저 사람들은 다른 사람들을 믿어야 해요. 그러면 다른 사람들이 벌써 곧 따를 거예요.' 바로 쿠젠다 씨가 그렇게 말하곤 했지요."

"예, 그렇습니다." 브리흐가 생각에 잠겼다. "사람은 다른 사람의 믿음이 나쁜 것이라고 생각은 할 수 있어요. 그러나 그런 믿음을 가지고 있는 사람이 나쁘고, 잔인하고 정직하지 못한 사람이라고 생각해서는 안 됩니다. 이것은 정치에도 해당되고 모든 것에 해당됩니다."

"아시다시피, 그래서 수많은 사람들이 서로 미워하고 살해합니다." 요슈트 신부는 말했다. "사람의 믿음이 더 강할수록 그는 그의 신앙을 믿지 않는 사람을 더 지독하게 경멸합니다. 그러나 가장 큰 믿음은 인간에 대한 믿음일 것입니다."

"모든 사람은 인류에 대해서 매우 높게 생각합니다. 그러나 개인에 대해서는 그렇지 않습니다. '나는 당신을 살해합니다. 그러나 인류를 구원할 것입니다.' 그것은 옳지 않습니다. 신부님, 사람들이 사람들을 믿지 않으면 이 세상은 악해질 것입니다."

"빈데르 씨." 요슈트 신부는 신중하게 말했다. "내일 저를 위해 모라비아 젤리를 준비하십시오. 한번 먹어 보겠습니다."

"먼저 약간 튀기고 그리고 쪄야 합니다. 그런 식으로

소시지와 아주 잘 어울립니다. 모든 믿음과 모든 진리는 뭔가 좋은 것을 가지고 있습니다. 비록 오직 다른 한 사람만이라도 그것을 좋아하더라도."

바깥문이 열리고 경찰이 들어왔다. 그는 무척 추웠고 럼주를 한 잔 마시고 싶었다.

"아, 당신이군요. 흐루슈카 경관님." 브리흐는 말했다. "그래 어디에 있었어요?"

"쥐슈코프에." 경찰은 말하고 커다란 장갑을 벗었다. "불시단속이 있었어요."

"무엇을 좀 낚아챘습니까?"

"오, 두 명의 불량배, 악당들 몇 명. 1006번지 지하에 소굴이 있었어요."

"어떤 소굴입니까?" 레이제크가 물었다.

"카뷰레터 소굴. 레이제크 편집장님, 거기에는 전쟁 전의 낡은 모터로부터 빼낸 아주 작은 카뷰레터가 있었어요. 그따위 패거리들이 거기에 모여서 난잡한 잔치를 벌이고 있었어요."

"난잡한 잔치라니요?"

"아 예, 왜 그 못된 짓 있잖아요. 그들은 기도를 하고 노래를 부르고 그리고 환상에 젖어서 예언을 하고 기적을 행하는 등 그런 짓들 말입니다."

"그리고 그런 것은 해서는 안 되나요?"

"안돼요. 그것은 경찰에 의해서 금지되었어요. 아시다시피 그것은 아편을 피우는 소굴 같아요. 그러한 것이 구시가지 광장에 또 하나 더 있었어요. 우리는 벌써 그러한 카뷰레터 소굴을 일곱 개나 낚아챘어요. 인간쓰레기들이 거기 다니곤 했어요. 부랑자들, 창녀들과 그런 이상한 인간들 말입니다. 그래서 그것은 금지되었어요. 그건 무질서에요."

"그런 소굴이 많아요?"

"이제는 아니에요. 제 생각인데, 이것이 최후의 카뷰레터였어요."

『압솔루트노 공장』

(Továrna na Absolutno, 1922)

　　1922년『압솔루트노 공장』을 시작으로 장편소설도 쓰기 시작한 카렐 차페크는 1924년『크라카티트』, 1936년『도롱뇽과의 전쟁』등 일련의 빼어난 과학소설을 써내면서 체코 SF 문학의 선구자가 되었다.『압솔루트노 공장』은 카렐 차페크의 소설에서 과학의 테마를 시도한 첫 작품이다. 큰 에너지 소모 없이 단순히 원자의 핵 분해에 의

해서 무한한 힘을 발휘하는 '압솔루트노'라는 기계를 발명함으로써 인류가 겪게 되는 갈등, 전쟁과 파괴를 다루고 있다. 이는 동시에 당시의 극단적인 교권주의, 국수주의적인 민족주의, 군국주의 등의 정치적인 상황에 대한 경고를 담은 작품이기도 하다.

소설 『압솔루트노 공장』은 물질을 완전히 연소시켜 아주 값싸고 무한한 에너지를 방출하는 카뷰레터의 대량생산에 초점이 맞추어져 있다. 오늘날 탄소배출로 인한 환경 파괴로 가능한한 극소량의 탄소를 배출하는 에너지원을 찾는 것이 전 지구적으로 중요한 이슈인데, 차페크는 벌써 반세기 전에 이런 문제를 과학소설 속에서 다루었다. 그의 혜안이 돋보이는 장면이다.

소설은 전 세계적인 이익추구를 꿈꾸는 강철회사의 회장인 본디의 이야기로 시작된다. 그는 학창시절 괴짜 친구인 엔지니어 마레크를 찾아가서 그가 발명한 카뷰레터에서 무한한 가능성을 찾는다. 한편 마레크는 자신이 발명한 원자력 카뷰레터의 가공할 결과에 대해 공포에 사로잡힌다. 상상의 원자력 모터 카뷰레터는 물질을 완전히 연소시켜 순순한 에너지를 방출한다. 이를 지켜본 대자본가 본디는 더 큰 돈을 벌기 위해 흥미를 가진다. 본디는 곧 친구 마레크부터 이를 인수하여 대량생산해서 전 세계에 보급한다. 그러나 이는 결국 경제적 구조에 치명적 위기를 초래하고 결국 전쟁, 기아, 죽음과 재난으로 치닫는다.

불행하게도 이 카뷰레터 기계는 기대치 않던 '압솔루트노' 란 부산물을 만들어낸다. 압솔루트노는 어떤 종교적인 철학에 의하면 그것은 모든 물질에 침투하는 영적인 본질이다. 그것은 인간의 종교적 경험과 관련이 있다. 물론 이 소설도 차페크의 다른 작품들처럼 인간애를 바탕으로 하고 있다. 광범위한 카뷰레터의 사용은 순수한 절대자인 압솔루트노를 어마어마한 규모로 세상 속으로 퍼트린다. 이는 처음에 종교적인 열정을 일으키고, 이어서 민족주의적 광풍이 잇따르고 곧 역사상 규모가 가장 큰 전쟁으로 치닫는다.

차페크는 이 전쟁을 부조리한 방식으로 묘사한다. 이 전쟁의 우스꽝스러운 특징은 '핀란드 해변에서 중국인과 세네갈 인들의 전투' 같은 전 세계적인 규모의 군사적 행군이다. 이 전쟁은 러시아제국의 군대가 중국의 침입을 받아 유럽을 거쳐 아프리카로 진출하고, 일본에 의한 동아시아의 점령은 중국의 러시아 침략을 그만 두게 하고 유럽은 옛날의 오스트리아-헝가리 제국으로 제한된다. 또한 일본은 금주 법에 의해서 반대자와 찬성자에 의한 내란으로 치닫는 북아메리카를 점령한다. 소설의 무대인 체코는 수많은 침략자들에 의해 매번 주인이 바뀐다.

압솔루트노는 인간의 정신적인 것 이상에 영향을 끼친다. 즉 물리적인 것에도 작용한다. 전쟁 동안 그것은 적에게 치명적인 패배를 안긴다. 무엇보다도 압솔루트노는 초자연적인 방식으로 물질을 무한대로 생산한다. 인간이 필요로 한 것 이상을 생산한다. 이는 이어서 경제적 몰락을 초래한다. 불합리할 정도로 충분함에 의해서 모든 생산된 물품들의 결핍을 초래한다. 왜냐하면 압솔루트노 때문에 물건 값이 영으로 떨어지니 아무도 물건을 생산하거나 팔려고 하지 않는다. 압솔루트노는 결국 농산물을 생산하지 않아 기아가 찾아오고, 농민들은 도시민들이 음식물을 사는 데 모든 돈을 소비하게 한다. 이는 경제적 정치적 파멸의 시대에 시골로부터 도시로 음식물을 가져오는 집 없는 사람들의 진정한 현실에 대한 풍자적인 언급이다.

신을 존경하기 위한 인간의 종교에 대한 잘못된 생각이 이 소설의 또 다른 중요한 주제다. 작가는 그가 너무나 복잡하고 규정하기 힘들다고 생각한 이러한 인위적인 폭력의 제한에 의해서 분명히 딜레마에 빠졌다.

이 소설에서 차페크는 탄소를 기반으로 한 에너지 생산의 부산물은 인간의 상상을 초월할 정도로 위험하다는 것을 경고한다. 신의 경지에 도달한 압솔루트노는 스스로 산업생산을 주도하고 더욱 박차를 가한다. 이런 식으로 차페크는 산업생산의 자본이 물질과 상품의 유통과 소비의 한계로 스스로 치닫는 자율적인 존재라고 한다. 소설의 뒷부분에서 마레크는 본디에게 생산의 증대 그리고 궁극적으로 경제적 파탄으로 치닫게 되는 압솔루트노의 무모한 추진력은 압솔루트노의 약점이라고 설명한다. "그 자(압솔루트노)는 시장법칙이 하나님의 법칙보다 더 강하다는 것을 몰랐다." 마레크의 언급은 역설이다. 왜냐하면 사실 어떤 법칙도 하나님의 법칙보다 더 우월하지 않기 때문이다. 그렇지만 압솔루트노가 자본주의적 생산을 강하게 몰아붙일 때 그는 이러한 진리를 무시한다. 이는 오늘날 전 지구적 위기에 직면한 지나친 자본주의 경제, 환경과 기후의 상황을 상징한다 하겠다.

소설의 종결부분에서 역사상 규모가 가장 큰 전쟁과 기아로부터 살아남은 일련의 사람들의 대화에서 그래도 인간 세상에는 희망이 있다는 것을 차페크는 보여준다.

"사람은 다른 사람의 믿음이 나쁜 것이라고 생각은 할 수 있어요. 그러나 그런 믿음을 가지고 있는 사람이 나쁘고 잔인하고 정직하지 못한 사람이라고 생각해서는 안 됩니다. 이것은 정치에도 해당되고 모든 것에 해당됩니다."

요슈트 신부는 말했다. "사람의 믿음이 더 강할수록 그는 그 믿음을 믿지 않는 다른 사람을 더 지독하게 경멸합니다. 그러나 가장 큰 믿음은 인간에 대한 믿음일 것입니다." 또 다른 주인공은 말한다. "사람들이 사람들을 믿지 않으면 이 세상은 악해질 것입니다." 우리는 여기서 차페크의 인간에 대한 신뢰를 찾을 수 있다.

카렐 차페크의 생애와 문학

1936년 일설에 의하면 그는 그의 뛰어난 문학 작품들로 인하여 노벨문학상의 유력한 후보로 거론되었으나 당시 유럽을 영향권 아래에 두고 있던 아돌프 히틀러의 나치의 간섭에 의해 반(反) 나치주의자였던 차페크의 노벨문학상 수상은 무위로 돌아갔다고 한다. 차페크의 미망인의 증언에 따르면 히틀러의 눈치를 보던 스웨덴 한림원이 차페크로 하여금 정치적으로 중립적인 작품을 다시 쓰면

노벨상을 고려해 보겠다고 하였지만 그는 벌써 박사 논문을 제출했으니 더 이상 하고 싶지 않다고 단호히 거절하였다고 한다. 그는 자신의 일생을 통해서 인간에 대한 사랑과 현대사회와 기계문명의 병폐에 대한 아픔을 작품화한 문학적 재능과 열정으로 인하여 사람들에게 지금까지도 깊이 기억되고 있다. 체코슬로바키아를 독일 나치에게 넘겨준다는 영국, 프랑스, 독일 삼국에 의한 뮌헨 협정의 체결(1938년 9월)로 조국이 풍전등화의 위기에 빠진 1938년 크리스마스에 48세의 나이로 요절하였다.

카렐 차페크(Karel Čapek 1890.1.9.-1938.12.25)는 20세기 체코가 낳은 가장 위대한 작가로 평가 받을 뿐만 아니라 체코 문학사 천년 동안에 체코 인들의 가장 많은 사랑과 존경을 받고 있다. 그는 또 20세기 세계문학사에도 두드러진 공헌을 한 작가로 널리 평가 받고 있다.

차페크는 체코의 북부 크르코노세지역의 말레스바토노비쩨(Malé Svatoňovice)의 시골 의사인 아버지와 예술적 취향이 강한 어머니 사이에서 태어났다.

카렐의 어머니는 아주 감수성이 풍부하고 지적이었으며 신경과민 등으로 요절하였다. 그녀는 집에 수많은 문학과 문화에 관한 도서들과 잡지들을 수집하고 책들을 즐겨 읽었다. 그녀는 민속학에 관심이 많아서 에르벤의 낭만적인 발라드를 좋아했고 민요, 전설, 속담과 경구들을 수집 정리하였다. 시골 농민 이야기꾼들이 그녀의 부엌에 모여서 즐겨 이야기를 읊었다. 이러한 분위기가 카렐과 그의 형 요제프에게 큰 영을 끼쳤다. 차페크 형제는 소설보다는 이 당시 귀 동냥으로 들은 민속 이야기들과 동화들을 좋아했다. 훗날 그의 작품들에 자주 등장하는 구어체 체코어와 대중적인 표현들은 어릴 때 이러한 경험에서 비롯된다.

차페크의 창작 생활에 가장 큰 영향을 준 식구는 외할머니였다. 그는 그 당시 세계문학사에 나타난 위대한 작가들의 어린 시절에서 흔히 볼 수 있듯이 특히 어린 시절 흘러간 옛 이야기를 많이 알고 있는 외할머니 덕택에 문학적인 풍토에서 자랄 수 있었다. 이 지역 사람들의 사투리에 능숙했던 외할머니는 전형적인 지혜로운 시골 할머니답게 속담, 경구, 상투적인 말들, 운율이 있는 관용구 구사에 능숙한 이야기꾼이었다. "이러한 것들이 카렐의 작품에 나오는 풍부하고 간결하고 동시에 단순 구어체 형성에 큰 영향을 끼쳤다."고 형 요제프는 말한다. 카렐 차페크는 할머니의 용기, 상식과 그리고 제한된 시골 세계에도 불구하고 풍부한 경험의 다양성에 대한 민감한 반응에 대해 찬사를 보냈다.

차페크의 형제자매는 3남매였다. 누나 헬레나는 1886년에 태어났고 작가로 활동하기도 했다. 그녀는 어린 시절을 형상화 한 『작은 소녀』(1920)를 출판하였다. 헬레나는 같은 이름으로 SF 희곡 『에르 우 에르, R.U.R.』에 나오는 감수성이 강하고 인본주의자인 주인공 헬레나를 연상시킨다.

형 요제프는 1887년 생으로 카렐 차페크보다 3살 많이다. 그들은 '차페크 형제들'이란 이름으로 공동 집필도 하는 등 생애에서 가장 친한 친구 겸 식구들이었다. 요제프는 아주 천재적인 화가요 작가였으며 카렐의 여러 책에 직접 삽화를 그렸다. 그는 20세기 초 유행한 체코 입체주의화가(kubista) 대표자의 하나였다. 육체적으로 더 강했던 형 요제프는 늘 카렐을 도와주며 자랐다. 그의 어머니는 요셉에게 "동생 카렐을 잘 돌봐줘. 카렐은 민감하고 연약해. 그리고 저렇게 재주 있는 아이들은 일찍 죽기도 하지."라고 말하며 꼭 카렐의 보호자로 늘 보살피라고 했다.

차페크는 훗날 자서전적인 요소가 강한 『크르크노셰

의 정원』(1918)의 서문에서 무정부주의자 단체의 일원으로 밝혀져 흐라데츠 크랄로베를 떠나서 모라비아의 수도 브르노로 가야했다고 썼다. 당시 이러한 정치적 단체는 오스트리아 정부에 의해 허가되지 않았지만 체코 학생들 사이에서는 유행했다. 아마도 카렐은 이러한 이유로 학교에서 제적당했을 것이다. 1905-1907년 동안 그는 브르노에서 결혼해서 살던 누나 헬레나의 집에서 함께 살며 중, 고등학교를 다녔다. 1907년 카렐의 아버지가 은퇴하고 자녀들의 교육을 위해 프라하로 이사를 오자 프라하에서 1909년 고등학교를 마쳤다. 그리고 프라하 카렐대학교 철학부에서 철학을 전공하기 시작하였다. 요제프는 부모가 원하던 직조 공장의 매니저 역할을 그만두고 미술을 공부하러 프라하로 왔다. 두 형제는 1907년부터 함께 문학창작 수업을 하였다. 그들은 함께 처음으로 「예언자 헤르모티누스의 귀환」이란 단편을 1908년 『리도베노비니(Lidové noviny)』 1월 18일자에 실었다. 그 이후 그들은 단편, 꽁트, 아포리즘, 수필, 책과 그림에 대한 비평문 등등을 프라하 여러 신문 잡지에 기고하기 시작했다.

1910년 여름, 요제프 차페크는 미술 공부를 계속하기 위해서 파리로 떠나갔다. 1911년 카렐은 프랑스로 가서 요제프와 함께 마르세유와 파리에서 여름을 보냈다. 샤울리악(Chauliac)이라는 한 프랑스 화가가 그들에게 자주 파리의 카바레를 소개해주었다. 차페크는 그 후에 베를린에서는 대학교만 다녔지만 파리에서는 화려한 밤의 삶도 보았기 때문에 파리가 베를린보다 그에게 더 영향을 주었다고 말했다. 파리에서 카렐은 그의 베르그송(Bergson)의 철학에 심취하게 되었다. 베르그송은 미국의 실용주의자들과 더불어서 그의 사상에 있어서 주요한 영향을 주었다. 또한 그는 이때부터 프랑스 아방가르드문학과 그림들에 대해서도 엄청난 관심을 가지기 시작했다.

그 형제들은 1911년 가을에 프라하로 돌아왔고 카렐은 카렐대학에서 학업을 계속해 나갔다. 1915년에 그는 "심미주의에 관한 객관적 관점"에 대한 논문으로 박사학위를 받았다. 1년에 2,000코루나(당시 미국 돈으로 약 500달러)의 유산은 그들 형제들이 문학으로 버는 궁핍한 수입에 큰 도움이 되었다. 그 와중에 카렐의 문학 작업은 계속되었지만, 이 동안 작품을 많이 출판하지는 못했다. 1916년에 형제들은 첫 번째 공동 단행본 『빛나는 심연』을 출판했다. 이는 1910년부터 1912년까지의 다양한 잡지에 실은 이야기들의 모음집이다.

차페크 형제들은 프랑스에서 경험을 통하여 입체주의 경향을 받아들였다. 형 요제프는 회화에 차페크는 소설, 드라마 속에 이를 형상화하였다. 훗날 차페크는 이러한 경향을 가장 선명하게 보여주는 소설 『별똥별』(1932)을 발표하였다.

당시 체코에서는 생기 넘치는 활력주의(vitalismus)가 유행하였다. 이들은 인간 삶의 즐거움, 성적인 사랑, 삶의 열정을 찬양하였다. 이는 물론 철학적으로 프랑스 베르그송의 '생명의 약동(elan vital)'의 신조에서 영향을 받았다. 차페크 형제의 1911-1912년도 작품에 이러한 경향이 뚜렷이 나타난다. 그러나 그들의 작품 『빛나는 심연』에서는 인간 실존의 비극문제를 다루기 시작한다. 1913년 체코 젊은 작가들은 『1914년 연감』을 통해서 문학에 데뷔하기 시작하였고 차페크도 이에 공헌하였고 활력주의가 바로 이 연감의 새로운 경향이었다.

이 당시 차페크는 프랑스 근대시들을 체코어로 번역 출판하기 시작하여 체코 시단에 새로운 경향을 불러 일으켰다. 1차대전이 끝나고 차페크는 그동안 번역해오던 『프랑스 근대시집』을 1920년에 출판하였다. 여기에는 52명의 시인들의 92개의 시를 실었다. 이 시집은 당시 체코 시단에 새로운 경향을 소개했고 큰 영향을 끼쳤다.

차페크는 무엇보다도 자신의 드라마『에르 우 에르』 (*Rossum's Universal Robots*, 1921), 과학소설『크라카티트』(Krakátit, 1924)를 통해 20세기 과학소설과 유토피아 소설 및 희곡을 개척한 대표적인 작가 중의 한 사람이 되었으며, 실용주의 철학의 상대주의와 깊은 휴머니즘에 바탕을 둔 작품들로 세계적인 명성을 얻었다. 차페크는 또한 전통적인 사실주의에 입각하면서도 유토피아적이고 과학적인 요소와 탐정소설과 대중소설의 기법을 가미하여 독창적인 작품세계를 구축하였다.

일찍이 현대사회의 병폐에 눈을 돌렸던 그는, 희곡『에르 우 에르』와『곤충극장』(Ze života hmyzu, 1921)을 통해서 통렬하게 사회적 병폐를 풍자하였다.『에르 우 에르』는 로봇, 즉 인조인간이 인간의 노동을 대신해 준다는 내용의 극단적인 기계화를 희비극적으로 그리면서 기술의 발달이 거꾸로 인간을 멸망시킬지도 모른다는 점을 경고한 과학 드라마다. 오늘날 우리가 사용하는 '로봇'이라는 말은 이 작품에서 유래된 것이다. 로봇이란 체코어 '로보타'(robota)에서 따온 말이며 robota는 체코어로 중노동, 부역노동이라는 뜻이다.

『에르 우 에르, R.U.R.』로 큰 성공을 거두자 자신감을 얻은 카렐 차페크는 1921년 『곤충극장』, 1922년 『마크로풀로스의 비밀』(Věc Makropulos) 등의 희곡작품을 발표하였다. 『곤충극장』은 각종 곤충들의 삶에 빗대어 인간의 향락주의(나비), 탐욕주의(개미), 이기주의(쇠똥구리), 군국주의 집단정신을 풍자한다. 이 연극의 기법은 표현주의적인 알레고리 드라마로서 당시 유럽에서 큰 호평을 받았다. 『마크로풀로스의 비밀』은 영원히 살고 싶어 하는 인간의 욕망을 풍자한 작품으로 300여 년 간 비밀리에 살아온 16세기 루돌프 황제의 궁정의사의 딸을 소재로 한 비극적 코미디이다. 이 환상적인 과학 드라마 『마크로풀로스의 비밀』은 체코의 유명한 작곡가 야나체크의 오페라로 각색하여 오늘날 연극과 오페라로 체코 인들의 사랑을 받는 작품이다.

1927년 형과 함께 쓴 『창조자 아담』(Adam Stvořitel)에서는 너무 많은 모순이 존재하는 현실은 파괴하고 새로운, 보다 나은 이상적인 세계의 창조를 시도하지만 뜻대로 되지 않는다. 아마 작가의 이러한 관점은 그의 상대주의 철학에서 비롯된다고 하겠다. 즉 작가는 우리가 사는 현실 세계를 인위적 혁명으로 변화시키지 않아도 괜찮을

만큼 살만한 세상이라는 것을 말해주는 것 같다. 1920년대 내내 전 유럽에서 그의 희곡 상연이 하루라도 멈추어진 날이 없을 정도로 큰 인기를 끌었다고 한다.

1922년 『압솔루트노 공장』(Tovàrna na Absolutno)을 시작으로 장편소설에도 손을 대기 시작한 그는 1924년 『크라카티트』, 1936년 『도롱뇽과의 전쟁』(Vàlka s mloky) 등 일련의 빼어난 SF를 써내면서 SF 문학의 선구자가 되었다. 『압솔루트노 공장』은 작가가 소설에서 과학의 테마를 시도한 첫 작품이다. 원자물리학의 발달로 생겨난 폭탄의 쟁탈전을 묘사한 『크라카티트』는 오늘날의 원자로 문제와 원자탄에 의한 전쟁위협 등을 예견하였다고도 할 수 있다. 『도롱뇽과의 전쟁』에서 차페크는 로봇의 메커니즘으로 전환한 도롱뇽들의 인류에 대한 위협을 파시즘의 위협과 빗대면서 당시 유럽에 전쟁위협이 고조되어 가는 것을 미리 경고하고 있다. 자본가에 의하여 양식된 도롱뇽이 진화하여 도구를 사용하는 등 인간화하여 대량으로 증식되고 마침내 인간 세계를 정복하게 된다는 『도롱뇽과의 전쟁』은 명백한 독일 파시즘에 대한 경종이었다.

그의 작품들의 철학적인 초점은 상대주의로서 절대자는 인간의 세계 밖에 존재함으로 인간은 자신의 세계 내에서 최대한의 지혜로 삶의 만족을 찾아야 한다는 주장이다. 그는 이러한 긍정적인 입장에서 일상에서 따온 테마를 중심으로 재미있는 단편 이야기를 발표한다. 범죄 추리 소설과 철학 소설을 종합하였다고 할 수 있는 그의 단편집 『첫 번째 주머니 속 이야기』(Povídky z jedné kapsy, 1929) 24편과 『두 번째 주머니 속 이야기』(Povídky z druhé kapsy, 1929) 24편에서 그는 이야기꾼으로서의 재능을 발휘한다. 인간 생활에서 일어나는 여러 사건들을 픽션화하면서 작가는 인간의 초능력, 인생의 신비스러운 것들을 다루면서 불가사이한 인생의 심층을 들추어내고 있지 정답을 제시하지는 않는다.

카렐 차페크는 체코슬로바키아 독립의 아버지로 불리는 마사리크(Tomáš Garigue Masaryk, 1850~1937) 대통령과도 각별한 관계를 유지하는 등 사실상 체코 인들의 정신적 지주역할을 하였다. 1924년 차페크는 작가, 예술가, 정치가, 학술위원들로 구성된 비공식 모임을 만들었는데 그 모임은 금요일회원(Patecnici)이라고 불린다. 그들은 매주 차페크의 집에서 금요일 저녁에 모였다. 처음에는 예술적인 토론회를 하기위해 그 모임을 만들었지만, 그 모임은 점차적으로 다양한 관심을 포괄하는 사회조직이

되었으며, 그 모임은 어렴풋하게나마 민주정치를 지향하는 모임으로 확장되어 나갔다.

마사리크와의 우정은 차페크에게 『T. G. 마사리크와의 대화』(1928-35)라는 세 권짜리의 책을 내도록 하였고, 마사리크가 죽은 후에는 『T. G. 마사리크의 침묵』(1935)이란 수필로 내용을 보충하였다. 수필집 『T. G. 마사리크와의 대화』는 긴 인터뷰에 기반을 두고 있다. 그의 『마사리크와의 대화』(1935)는 제1공화국 시절 매주 대통령인 마사리크와의 대화를 통해 마사리크의 정치적 이상을 기록한 것이다.

차페크는 프라하 펜클럽에서 핵심적인 인물이었다. 그리고 그는 1925년에 클럽 회장으로 선출되었다. 그는 또한 슬로바키아의 펜클럽이 만들어지는 데에 큰 영향을 주기도 하였다. 1935년에 웰즈(H. G. Wells)는 그의 뒤를 이어 차페크가 국제 펜클럽 회장을 맡아주었으면 하는 희망을 표현했다. 그리고 차페크는 결국 그것을 수락하였다. 그러나 시간의 부족과 부담으로 인한 엄청난 긴장감으로 인해 결국 그는 그 해 부에노스 아이레스에서 열리는 펜클럽의 세계대회에 참가하지 못하게 되었다. 그리고 그 불참으로 그는 클럽회장에 선출되지 못하였다.

그의 천부적인 면모는 대표작이라고 할 수 있는 3부작 소설인 『호르두발』(*Hordubal*, 1933), 『별똥별』(Povětroň, 1934), 『평범한 인생』(Obyčejný život, 1934)에서 절정에 도달하였다. 이러한 소설들은 한 사건을 풀어나가는 데 있어 여러 직업의 주인공들을 통해 각기 다른 관점에서 관찰하면서 궁극적인 초점을 진실의 문제에 모으고 있다. 철학의 인식론문제와 현상학적 관점을 소설로 다루고 있다. 특히 진리의 절대성보다 상대성에 깊은 신뢰를 소설적인 상황에서 보여주고 있다. 체코 출신의 세계적인 문학 이론가이자 비평가인 르네 웰렉(René Wellek, 1903~1995)의 말을 빌면 세계의 모든 언어권에서 써진 철학 소설의 시도 중에서 가장 성공적인 작품의 하나로 간주되고 있다.

1937년에 발표한 『제1구조대』(První parta)에서는 이미 파시즘의 위협에 대한 강한 저항 정신을 나타내고 있다. 말년에 반파시즘을 호소한 희곡 『하얀 역병』(Bílá nemoc, 1937)과 『어머니』(*Matka*, 1938)에서는 군비경쟁의 정지를 호소하고, 나치의 체코슬로바키아 침입을 앞두고 침략자와의 싸움을 호소한 것이다. 『하얀 역병』은 분명히 파시즘의 팽창주의와 무력으로 전쟁을 꿈꾸는 독재자에 대한 강한 경고를 담고 있다. 전염병인 하얀 역병이 마침 독재자도 걸려서 의사에게 치료를 부탁할 때 의사는 전쟁을 포기하면 병을 치료하겠다는 조건을 거는 것이 재미있다. 여기서 작가의 반 전쟁 인도주의 사상을 엿볼 수 있다. 이는 임박한 나치의 전쟁도발을 예고한 작품으로도 유명하다.

나치의 위협이 임박할 때 전 국민적 사랑을 한몸에 안고 차페크는 1938년 크리스마스 날 사망했다. 공식적인 집회 불가의 위협에도 불구하고 그를 사랑했던 사람들의 행렬은 거리를 가득 메웠다. 차페크에 대한 애도의 글 중 영국의 극작가 조지 버나드 쇼(George Bernard Shaw, 1856-1950)의 것이 아주 인상적이다. "그것은 너무도 불합리하다. 이번엔 내 차례가 되었어야 했는데. 그는 또 다른 40여 년 동안 세계문학을 위해 공헌할 수 있었을 텐데. 그의 희곡들은 그가 얼마나 왕성하고 훌륭한 극작가인지를 증명하고 있다."

쇼가 아쉬워했듯이 카렐은 너무나 일찍 죽었다. 그는 40여 년 생애 동안 세계 문학사에 큰 공헌을 하였다. 1939년 3월 15일 나치 군대들이 프라하로 들어왔다. 그들은 나치에 반대하는 체코 지식인들의 정치적인 견해를 조사

하기 위해 호별 방문을 하기 시작하였다. 차페크의 미망인은 다른 사람들의 이름이 포함되어 있을지 모르는 그의 많은 서신들을 불살랐다. 그녀는 어떤 편지가 혐의를 받지 않고 무해한 것인지 구분할 시간적 여유가 없었다. 그러나 석 달 전에 죽은 차페크의 죽음을 알지 못하는 게슈타포 군대는 그를 체포하기 위해 그의 집에 들이닥쳤다. 한편 지인들이 해외 망명갈 것을 간청했으나 이를 거절한 요제프 차페크는 곧 체포되었고 강제 수용소에 이송되었다. 그는 1945년 전쟁이 끝나기 몇 주 전에 베르겐-벨젠(Bergen-Belgen) 수용소에서 죽었다.

|역자 소개|

김규진

한국외국어대학교 러시아어과를 졸업하고 동대학원 러시아어과에 재학 중 미국으로 유학을 떠났다. 시카고 대학교 대학원 슬라브어문학 과에서 석·박사과정을 수료했고, 체코 프라하 카렐 대학교에서 수학 했다. 체코 카렐 대학교 한국학과 교환교수를 거쳐 2014년까지 한국외 국어대학교 체코·슬로바키아어과 교수로 재직했다. 현재 명예교수 로 체코문학 번역에 전념하고 있다. 한국외국어대학교 글로벌캠퍼스 부총장과 동유럽학대학장을 지냈다. 전국부총장협의회 회장직을 지 냈다. 한국동유럽발칸학회 회장, 세계문학비교학회 부회장, 번역원 이 사, 대한민국오페라연합회 상임고문 등을 맡았다. 현재 대학에서 '서 양문학의 이해와 감상', '카렐 차페크', '동유럽 문화와 예술' 등의 과 목을 가르치고 있으며 1990년부터 신문 및 잡지 등에 러시아와 동유럽 의 문학과 예술에 대한 여행기를 써왔다.

저서로는『한 권으로 읽는 밀란 쿤데라』『카렐 차페크 평전』『일생 에 한번은 프라하를 만나라』『체코현대문학론』『프라하-매혹적인 유 럽의 박물관』『여행 필수 체코어 회화』『여행 필수 슬로바키아어 회 화』『러시아·동유럽 문학·예술기행』 등이 있고, 번역서로 밀란 쿤 데라의 소설『참을 수 없는 존재의 가벼움』『이별의 왈츠』카렐 차페 크의 소설『별똥별』『첫번째 주머니속 이야기』『체코 단편소설 걸작 선』(공역) 편역으로『러시아문학 입문』 등이 있다.

　※이 책의 번역은 2017년 체코공화국 문화부의 지원 하에 이루어 졌다.

The translation of this book into Korean Language was supported by the Ministry of Culture of the Czech Republic.

　※이 책의 번역에 사용한 판본은 다음과 같다.

Čapek, Karel. Továrna na Absolutno, Praha : Československý spisovatel, 1982.